让 我 们 一 起 追 寻

罗伯特·哈里斯（Robert Harris）

英国小说家，皇家文学会会员，现居于英国西伯克郡，著有多部畅销小说，被翻译成 37 种语言。代表作包括《祖国》《庞贝》《影子写手》《军官与间谍》《秘密会议》《慕尼黑》，以及"西塞罗三部曲"《最高权力》、《权谋之业》和《独裁者》等。其中，《军官与间谍》为他赢得了包括沃尔特·司各特历史小说奖（Walter Scott Prize for historical fiction）在内的四项大奖，著名导演罗曼·波兰斯基的新作《我控诉》便改编自这部作品。

译者简介

汪潇，毕业于上海外国语大学英语语言文学专业，现从事翻译工作。

CONCLAVE

by

ROBERT HARRIS

©Canal K Ltd 2016

This edition arranged with INTERCONTINENTAL LITERARY AGENCY LTD (ILA)

through BIG APPLE AGENCY, LABUAN, MALAYSIA.

Simplified Chinese edition copyright:

2020 SOCIAL SCIENCES ACADEMIC PRESS (CHINA)

All rights reserved

秘密会议

甲骨文

**罗伯特·哈里斯
作品集**

〔英〕
罗伯特·哈里斯 作品
Robert Harris

汪潇 译

CONCLAVE

社会科学文献出版社
SOCIAL SCIENCES ACADEMIC PRESS (CHINA)

本书获誉

哈里斯非常擅长描写权力斗争，这本关于教皇的小说真是扣人心弦，令人爱不释手。

——彼得·肯普，《星期日泰晤士报》年度图书

年度最佳惊险小说……情节是如此的迂回曲折，我都舍不得放下。

——杰弗瑞·万塞尔，《每日邮报》年度图书

一部短小精悍的大作。

——保罗·康诺利，《都市日报》年度图书

我一直在等罗伯特·哈里斯写不出扣人心弦、见解深刻又富有趣味的作品的那一天。我现在还在等。其最新作品《秘密会议》实在是太棒了。

——本·麦金泰尔，《泰晤士报》年度图书

罗伯特·哈里斯把梵蒂冈惊险小说从丹·布朗手中解救了出来。

——马克·劳森，《卫报》年度图书

扣人心弦。

——奥利弗·卡姆,《泰晤士报》年度图书

一本令人不忍释卷的书,最后出现了神转折。

——利比·波维斯,《泰晤士报》年度图书

就和其他伟大的小说一样,看完这个集精彩与智慧于一身的故事让人怅然若失。

——理查德·苏斯金,《泰晤士报》年度图书

如果说有什么选举比美国大选存在更多阴谋,那就是秘密会议。这就是这本悬疑小说讲述的主要内容。

——《星期日邮报》年度图书

罗伯特·哈里斯出品,必属精品。

——艾伦·约翰逊,《观察家报》年度图书

罗伯特·哈里斯的每一部惊险小说都有不同的精彩之处。

——伊恩·蓝钦,《镜报》年度图书

罗伯特·哈里斯无疑是本时代的故事大师……构思精妙……令人叹服,充满政治智慧,在节奏上张弛有度,结局的反转出人意料……没有比这更好的故事了。

——《苏格兰人报》年度图书

《秘密会议》不仅是一本精彩的惊险小说，还揭露了所有人在被野心与现实、神圣与世俗撕扯时都面临的困境。

——《天主教先驱报》

《秘密会议》从头到尾都很精彩……哈里斯的天才之处就在于，他能巧妙地利用夸张的情节：他不会深陷其中，反而会超越它。

——《每日电讯报》

阅读盛宴。

——爱丽丝·琼斯，《独立报》

阅读此书令人震惊，就像打了强心针……富有见地且诙谐的惊险小说。

——蒂姆·史丹利，《文学评论》

故事层层递进、娓娓道来，情节迂回曲折、扣人心弦，关于秘密会议的描写给人一种真实的感觉。书中呈现了基于真实历史的细节和充满阴谋的压抑氛围，让人读来叹为观止。

——《爱尔兰审查报》

《秘密会议》是关于教宗选举章程的指南，更是一本一流的惊险小说。

——皮尔斯·保罗·里德，《天主教先驱报》

哈里斯写了本扣人心弦的书……可能成为天主教版的《撒旦诗篇》。

——凡妮莎·弗里德曼，《纽约时报》

太精彩了……哈里斯不负众望……无论你信仰上帝，还是教会，抑或是两者皆非，《秘密会议》都会让你无法自拔。

——丹尼斯·德拉贝尔，《华盛顿邮报》

大获全胜……我从未在任何书评中用到这个词。在超过二十五年的书评人生涯中，我一直尽量避免使用陈词滥调、做出草率总结或故弄玄虚。但只有一个词可以用来形容罗伯特·哈里斯的新书，那就是不忍释卷。

——伊恩·桑塞姆，《卫报》

哈里斯的作品总是那么扣人心弦……《秘密会议》不仅是犯罪小说，还是心理和政治惊险小说……读得越久，就越能感受它的狡猾。哈里斯的畅销书家族又添一员。

——大卫·格里尔斯，《星期日泰晤士报》

扣人心弦的作品，情节曲折离奇，一波三折……引人入胜……堪称天主教会中的“纸牌屋”……《秘密会议》节奏轻快，最后的转折非常有意思。

——罗比·米伦，《泰晤士报》

流畅又快节奏的惊险小说……这个有趣、令人爱不释手的故事讲述了一群野心家的钩心斗角，他们的斗争最终以一缕白烟告终。

——休斯顿·吉尔摩，《每日快报》

快节奏的悬疑小说，文笔优美，不愧是一流作家的作品。

——西蒙·汉弗莱斯，《星期日邮报》

这本小说吊起了我的好奇心。它没有借助耸人听闻的描写，却完全刻画出了教宗选举的戏剧性。哈里斯运用娴熟的技巧，展现了枢机们的人性弱点，扒下了他们神圣的外衣。虽然这本低调又引人深思的小说与他的其他作品十分不同，但其水准完全不输于它们。

——夏洛特·希斯科特，《星期日快报》

罗伯特·哈里斯的作品，从《祖国》到《军官与间谍》，构成了宏大的交响乐曲，而这本以教宗去世后的梵蒂冈为故事背景的作品，就是其中一小段室内乐……任何对天主教会内部运作有兴趣的人都不容错过。对于教会小说的超级爱好者来说，它无疑是无法抵抗的诱惑。

——《科克斯书评》

作者按

　　虽然笔者为了体现小说的真实性，在整部小说中使用了现实世界中的头衔（如米兰大主教、枢机团团长等），但从某种意义上来说，这些头衔就像虚构的美国总统或英国首相。笔者希望自己笔下出任这些职位的角色与如今的在任者没有任何相似之处。如有谬误或雷同之处，笔者在此致以诚挚的歉意。虽然《秘密会议》中描述的前任教宗表面上与现实中的现任教宗有相似之处，但这并不意味着后者就是前者的原型。

献给查理

我认为与枢机们一同用餐不是明智的做法，所以我选择在自己的房间里用餐。在第十一轮投票时，我被选为了教宗。主耶稣，我现在也能说出庇护十二世当选教宗时所说的话："主啊，求你按你的慈爱怜恤我。"有人会说这就像一场梦，而我觉得，在死亡降临之前，这将是我一生中最庄严的时刻。主啊，我已经准备好"与你同生共死"。当我登上圣彼得大教堂的阳台时，我受到了约三十万人的鼓掌欢迎。弧光灯太过耀眼，我什么也看不见，只有无数攒动的人头，无边无际。

　　　　　　　　　　——教宗若望十三世，1958 年 10 月 28 日日记

　　我过去是独居者，但现在我的独居生活变得更加圆满，也更加令人惊叹。接下来的生活将令人头昏眼花、晕头转向，就像站在基座上的雕塑一样——这就是我现在的生活。

　　　　　　　　　　　　　　　　　　——教宗保禄六世

教宗秘密会议示意图

梵蒂冈花园

博尔吉庭院

桑蒂尼庭院

西斯廷教堂

国王

行政宫

保禄小堂

万达门塔大街

圣彼得大教堂

圣斯德望堂

圣玛尔大广场

圣卡罗宫

圣玛尔大之家

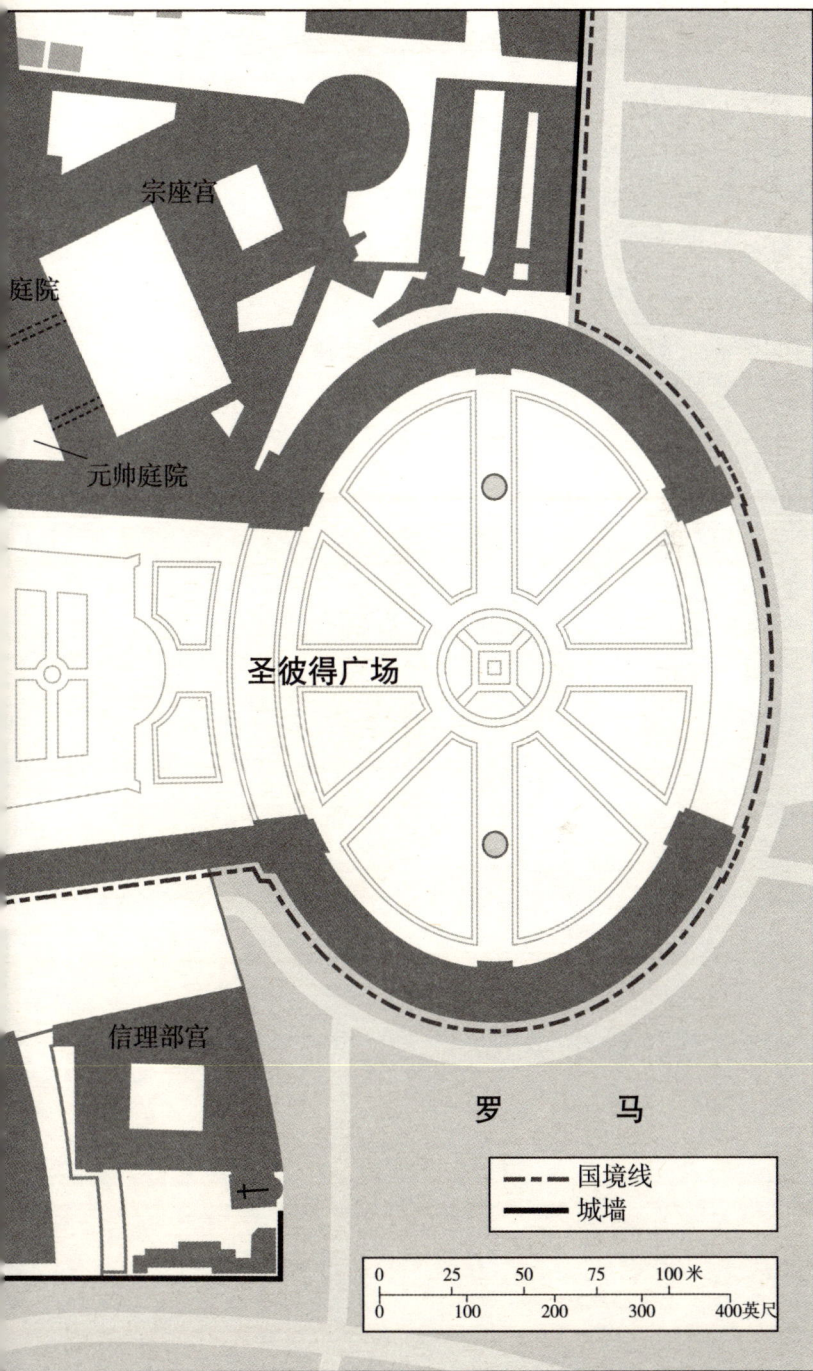

宗座宫

庭院

元帅庭院

圣彼得广场

信理部宫

罗 马

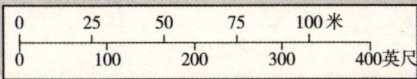

- - - 国境线
—— 城墙

| 0 | 25 | 50 | 75 | 100米 |
| 0 | 100 | 200 | 300 | 400英尺 |

目　录

1

宗座出缺

临近凌晨2点，洛麦利枢机离开信理部宫①的房间，匆匆穿过梵蒂冈昏暗的回廊，向教宗的卧房走去。

他在路上默默祈祷：主啊，他还有许多未竟之事，而我已完成侍奉你的工作。他是你的宠儿，而我是被遗忘之人。主啊，请宽恕他。请宽恕他。请让我来代替他。

他沿着鹅卵石斜坡艰难地向坡顶的圣玛尔大广场走去。整个罗马都被笼罩在潮湿的雾气中，已经能够感受到秋天的第一丝凉意。天上正飘着细雨。之前教宗官邸总管在电话里表现得非常惊慌，洛麦利以为会撞见一片混乱。而事实上，整个广场都显得异常平静，只有一辆谨慎地停在远处的救护车，其轮廓映衬在圣彼得大教堂被灯光照亮的南墙上，并不显眼。救护车内的灯是亮着的，雨刮器在来回刮动。他走近救护车，直到能够看清司机和其助手的脸。司机正在打电话，洛麦利突然意识到：他们并不是来将病人送往医院的——他们是来带走尸体的。

在圣玛尔大之家②的玻璃门入口，瑞士卫队将戴着白手套的手

---

① 信理部全称为信仰理论部，前身是著名的宗教裁判所。它几乎堪称天主教法庭，在罗马教廷九个圣部中是历史最悠久的，部门所在地是信理部宫。本书脚注均为译者注或编者注，如无特殊情况，后文不再另做说明。

② 圣玛尔大之家是位于梵蒂冈圣彼得大教堂南侧的住宿设施，由若望·保禄二世修建，主要功能是接待参加教宗选举的枢机团成员，平时亦作为招待所供与教廷有密切来往的人士使用。现任教宗方济各在2013年当选教宗后选择居住于此。

放在以红色羽毛装饰的头盔旁，朝洛麦利敬礼致意："阁下。"

洛麦利朝救护车的方向点了点头，说道："可以请你确认一下吗？那个人不是在通知媒体吧？"

旅社非常简朴整洁，就像一家私人诊所。十二名神父——其中三名还穿着睡袍——不知所措地站在白色大理石大厅内，就像火灾警报响起，他们却不知道应该做些什么一样。洛麦利在门口迟疑了片刻，感觉左手拿着什么。他低头看去，发现自己正紧紧地捏着他的红色小瓜帽。他不记得曾拿上这顶帽子。他展开帽子，戴在头上，他的头发还带着湿气。当洛麦利走向电梯时，一名非裔主教想要截住他，但洛麦利只朝那位主教点了点头，就继续向前走去。

电梯过了很久才到。他应该走楼梯的，但他现在几乎无法呼吸。他察觉到其他人的视线正落在他的后背上。他应该说点什么，但电梯到了，门开了，他只得转过身，抬起右手为他们祝祷。

"祈祷吧。"他说。

他按下去二楼的按钮，门缓缓合上，电梯开始上升。

主啊，如果将他带到你面前而将我留下是你的旨意，请赐予我力量以成为他人的磐石。

镜中的他面如死灰，黄色的灯光在他脸上投下斑驳的光影。他渴望得到一种征兆，希望它能为他带来力量。电梯抖了一下，突然停住，但他的心似乎仍在上升，他不得不抓住金属扶手来稳住身形。他记得教宗刚即位时，有次他和教宗共乘这部电梯，然后两名年长的蒙席也跟了上来，震惊地发现他们与基督在世上的代理人打了个照面，直接跪了下去。教宗笑着对他们说："别担心，快起来，我只是一个年老的罪人，并不比你们好到哪里去……"

洛麦利抬起下巴。这是他在公众面前的面具。门开了，门口围着一群穿深色西装的人。他们让开一条道让他通过。他听见其中一人向袖中低语道："团长到了。"

教宗的套房就在楼梯平台的斜对面，三名来自圣文生·德保仁爱修女会的修女正在屋外，她们握着彼此的手，低声哭泣着。教宗官邸总管伍兹奈克大主教上前迎接洛麦利。他戴着钢框眼镜，灰色的眼睛因哭泣而变得红肿。他抬起手，无助地说："阁下……"

洛麦利轻轻捧住大主教的脸颊。他的手可以感受到这个年轻人的胡茬。"雅努什，他很高兴你能前来。"

随后，另一个保镖——也可能是送葬者，因为这两种行业的着装实在是太像了，但不管怎样，这是另一个身穿黑衣的人——打开了通往套房的门。

狭小的客厅和里面更小的卧室内都挤满了人。后来洛麦利列出一个名单，回想出了十多个在场人员（还不包括警卫）的姓名。他们是两名医生、两名私人秘书、教宗礼典长曼多夫大主教、至少四名来自教廷财务院的神父、伍兹奈克，当然还有四名天主教会的资深枢机——国务卿奥尔多·贝里尼、教廷财务总管约瑟夫·特朗布莱、宗座圣赦院院长（或称首席忏悔者）约书亚·阿德耶米，以及作为枢机团团长的洛麦利他自己。他的虚荣心让他以为，自己将是第一个被传唤的，现在却发现事实上他是最后一个。

他跟着伍兹奈克进了卧室。这是他第一次见到卧室里面是什么样的，以前这扇双开大门总是紧闭着。一张文艺复兴风格的教宗卧榻朝向客厅，它的上方还悬挂着一个基督受难像十字架。这张高度抛光的方形橡木床几乎占据了整个空间，对这个房间来说实在是太大了。它营造了一种庄严的氛围。贝里尼和特朗布莱正低头跪在床边。洛麦利从他们腿肚的上方跨过，走近枕头。教宗就躺在这些枕头间，身上盖着一张白色的床罩，双手交叠，压在他朴素的铁制胸前十字架上。

洛麦利还没有习惯教宗不戴眼镜的样子。他的眼镜就叠放在床头柜上一个磨损的旅行闹钟后。镜框在他的鼻梁两侧留下了红色的压痕。在洛麦利的经历中，死者的脸通常是呆滞麻木的，但这张脸看上去很机敏，神情有些愉悦，就像话说到一半被打断了一样。在俯身亲吻教宗的额头时，洛麦利注意到他的左嘴角留有白色牙膏的污迹，还闻到了薄荷的香气和一股似有似无的洗发液的花香味。

"你还有如此多的未竟之事，为何主会在此时传唤你？"洛麦利轻声说道。

"主啊，求你赐予他安息……"①

阿德耶米开始吟咏祷文。原来他们在等他。洛麦利小心地弯下身，跪在磨得锃亮的镶木地板上，双手合十，开始祈祷，然后将双手放在床单边缘，将脸埋入手掌。

"……迎接天使和主……"

上帝的圣徒向他施以援手；主的天使争相迎接他……

尼日利亚裔枢机低沉的声音在这个小房间内回荡。

"……接受他的灵魂，并将它带到主的面前……"

接受他的灵魂并将它呈现在主的面前……

洛麦利的头脑中充斥着这些话语。这种情况发生得越来越频繁了。主啊，我向你祈求，但你从未给过回答。在过去的一年里，一种精神上的失眠，一种噪声干扰，一直在悄悄地侵扰他，使他无法再像过去那样自然地与圣灵共融。有意义的祈祷就如同睡眠

---

① 本书中的斜体部分在原文中皆为拉丁语。

4

一样，人们越想抓住它，就越是抓不住。在最后一次同教宗会面时，他坦白了他所面临的危机。他申请离开罗马，放弃身为团长的职责，退居一处修会。他已经 75 岁了，是时候退休了。但出乎他意料的是，教宗对他非常无情。"一些人被选为牧羊人，而这个农场还需要由另一些人来管理。你的角色不是牧者，你并不是一名牧羊人，你是一名管理者。难道这对我来说很容易吗？我需要你留下。别担心。主会回到你身边的。他总是如此。"洛麦利感到很受伤。一个管理者？他就是这样看待我的？之后他们的关系便冷了下来。那是洛麦利最后一次见到教宗。

"……主啊，请赐予他永恒的安息，并以永恒的光照耀他……"

主啊，请赐予他永恒的安息，并以永恒的光照耀他……

在念完祷文后，四名枢机仍围在教宗临终之床前默默祈祷。几分钟后，洛麦利稍微转了下头，半睁开眼睛。在他们身后的客厅里，所有人都低头跪在地上。他再次将脸埋回手中。

想到他们的长期联系就要这样画上句号，他十分难过。他试图回想这是从什么时候开始的。两周前？不，是一个月前；确切来说，是在 9 月 17 日圣方济各受五伤圣痕瞻礼后。就他和教宗的会面频率而言，这是自教宗当选以来隔得最久的一次。可能在那时，教宗就已经感到死期将近，无法完成他的使命了。也许这就是教宗异常烦躁的原因？

房间里一片寂静。他想知道谁会是第一个打破沉默的人。应该是特朗布莱，因为这个法裔加拿大人总是匆匆忙忙的，是一个典型的北美人。而事实也的确如此。没过多久，特朗布莱就夸张地长舒一口气，还带着一丝欣喜，说："他和上帝在一起。"然后，特朗布莱伸出胳膊。洛麦利以为他要进行祷告，但他只是向两个来自教廷财务院的助手发出信号。助手们走进卧室将他扶了起来，

5

其中一人带着一个银盒。

"伍兹奈克大主教，"就在人们陆续起身时，特朗布莱说道，"可否请你把教宗的戒指交给我？"

洛麦利缓缓站起身，连续七十多年的跪拜使他的双膝嘎吱作响。他贴在墙边，使教宗官邸总管得以绕过。戒指并不容易取下。可怜的伍兹奈克尴尬得满头大汗，在教宗的关节上反复上下推动戒指，最终还是取了下来。伍兹奈克伸手将它递给特朗布莱，后者从银盒中取出一把剪子——洛麦利想，这东西可以用来修剪枯萎的玫瑰——并将戒指的印章部分放在刀片中间。他用力挤压，力量大得让他的脸都扭曲了。突然，啪的一声，这块有圣彼得用渔网捕鱼图像的金属盘就这样被剪断了。①

"*宗座出缺。*"特朗布莱宣布道。

＊

洛麦利低头对床凝视了几分钟，在沉思中做了告别，随后帮特朗布莱将一块薄薄的白色面纱盖在教宗脸上。守夜很快被窃窃私语的人群打断。

他走回客厅，好奇这么多年以来，教宗到底是怎么忍下这一切的——不仅要在武装警卫的包围下生活，还要忍受这个地方。这间房有 50 平方米大，缺少个人特色，装饰符合中级推销员的收入和品位。里面没有任何可以体现个性的东西。淡柠檬黄的墙面和窗帘、方便清洁的镶木地板、标准配置的桌子和书桌、靠背呈贝壳状的蓝色可洗布艺沙发和两把扶手椅，就连深色的木制祈祷

---

① 这里指的是用来封印教宗签署的官方文件的渔人权戒，每位教宗都会用黄金铸造一枚新权戒，在其死后权戒会被礼节性地压碎。

台也和旅社中的其他几百个一样。在那场他当选教宗的秘密会议前，他就以枢机身份住在这里了，从来没有离开过。再看看他位于宗座宫的豪华公寓——公寓内设有图书馆和私人礼拜堂，大到可以让人在里面跑步。他与梵蒂冈保守派的斗争就是从这个套间开始的。从来到这里的第一天起，他就在住处问题上和保守派争论不休。当部分教廷负责人以有损教宗威严为由反对他住在这里时，他引用了基督对其门徒的指示加以回击，就好像他们是学童一样：行路的时候，不要带拐杖和口袋，不要带食物和银子，也不要带两件褂子。[①] 从那以后，他们每次要回到豪华的官方公寓时，总能感受到他责备的眼神；很自然地，他们对此耿耿于怀。

国务卿贝里尼背对房间站在桌旁。他的任期在渔人权戒被剪断时就结束了。他又高又瘦，身材像苦行者一般。过去他总是像一棵箭杆杨一样笔直地站着，现在这棵箭杆杨看上去却似乎被折断了。

洛麦利说："亲爱的奥尔多，我非常遗憾。"

他发现贝里尼正在查看教宗以前放在随身公文包里的旅行象棋棋具，其苍白修长的食指在红白塑料棋子间来回移动。这些棋子杂乱地堆在棋盘中央，被禁锢在一场注定无法结束的深奥对战中。贝里尼心烦意乱地问道："你觉得会有人介意我把这个带走吗？就当它是纪念品？"

"当然不会。"

"我们过去经常在一天结束时下棋。他说这能帮他放松。"

"谁赢了？"

---

① 《路加福音》9:3。本书中的《圣经》译文均引自和合本，后文不再说明。

"从来都是他。"

"拿走，"洛麦利鼓励他道，"他最喜欢的就是你，他肯定也想让你留着它。拿走吧。"

贝里尼环顾四周。"我想我应该先去征求同意，但我们热心的财务总管似乎打算将整间公寓都封起来。"

他朝特朗布莱及其神父助手的方向点了点头，他们正在咖啡桌旁摆放要贴在门上的材料——红丝带、蜡和胶带。

贝里尼的眼中突然充满泪水。他素以冷淡出名——一个冷漠无情、凭理智行事的人。洛麦利之前从未见他流露过情绪，因此非常吃惊。他将手搭在贝里尼的胳膊上，同情地问："你知道发生了什么吗？"

"他们说是心脏病发作。"

"但我以为他的心脏强健得和牛的一样。"

"说实话，不完全对。之前有过征兆。"

洛麦利惊讶地眨了眨眼："我从未听说。"

"他不想让其他人知道。他说一旦消息泄露，他们就会开始散布谣言，说他准备辞职。"

他们。贝里尼不需要一一指明他们都有谁。他说的是教廷的那群人。在那个晚上，洛麦利第二次有了被忽视的感觉。是因为这样，他才对这个长期的健康问题一无所知吗？就因为教宗认为他不仅是一个管理者，还是他们中的一员吗？

洛麦利说道："我们在和媒体提到他的状况时，必须在措辞上非常小心。你比我更了解他们。他们想知道关于心脏病史的一切，还有我们到底做了些什么。如果他们发现我们不仅隐瞒了所有消息，而且什么都不做，他们就会想知道原因了。"在最初的震惊平息后，他开始意识到一系列紧迫的问题，全世界都想要得到它们

8

的答案——事实上他也想。"教宗去世时，有人和他待在一起吗？他是在听告解吗？"

贝里尼摇了摇头。"不，当被发现时，他就已经去世了。"

"是谁发现的？什么时候？"洛麦利招手叫伍兹奈克大主教加入他们的讨论，"雅努什，我知道现在你很难过，但我们需要一份详细的报告。是谁发现了教宗的尸体？"

"阁下，是我。"

"感谢上帝，还好是你。"在教宗官邸的所有成员中，伍兹奈克与教宗的关系最为亲密。第一个到达现场的人是他，这让人稍感安慰。而且，单纯从公关角度出发，由他发现总比警卫好，而且比修女也要好多了。"你做了什么？"

"我通知了教宗的医生。"

"他什么时候到的？"

"立刻，阁下。他晚上都待在隔壁房间里。"

"但你们什么都没做？"

"不是的，虽然我们有心肺复苏的设备，但为时已晚。"

洛麦利仔细想了一下，问道："你看到他躺在床上？"

"对。十分安详，就和现在一样。我还以为他睡着了。"

"什么时候？"

"十一点半左右，阁下。"

"十一点半？"那差不多是两个半小时之前了。

他的惊讶肯定都写在了脸上，因为伍兹奈克急忙接话道："我本该早点通知您的，但特朗布莱枢机已经掌控了局面。"

听到自己的名字，特朗布莱转过头来。这房间太小了，而他就站在几步远的地方。他立刻走到他们身边。虽然已经这么晚了，但他仍然神采奕奕、风度翩翩，顶着一头精心打理的浓密银发，衣着整洁，身形轻盈，看上去就像一名成功转型为体育节目主持人的退役运动员。洛麦利依稀记得他年轻时还玩冰球。这个法裔加拿大人用意大利语谨慎地说："雅各布，如果未能及时通知你让你觉得受到冒犯，我很抱歉。我知道你和奥尔多是教宗最亲近的同僚，但作为财务总管，我的首要任务是维护教会的完整。我让雅努什晚点通知你，这样我们就能冷静下来查明情况。"他虔诚地将双手合在一起，就像在祈祷一样。

他真是让人无法忍受。洛麦利回应道："我亲爱的乔，我只在意教宗的灵魂和教会的福祉。在半夜还是凌晨两点通知都完全无关紧要。我认为你做得很好。"

"当教宗意外去世后，因最初的震惊和混乱而出现的错误，总会在之后带来各种恶意的谣言。你只需要记住若望·保禄一世的悲剧——我们花了近四十年的时间才让全世界相信他不是被谋杀的，就因为没有人愿意承认他的尸体是被一名修女发现的。而这一次，官方说法就不会有任何差池了。"

特朗布莱从法衣中掏出一张叠好的纸，将它交给洛麦利。它摸上去还是热的。（新鲜出炉的消息，洛麦利心想。）上面整齐地印着几行字，它们的标题为"时间线"。洛麦利的手指从上往下一行行滑过。晚上 7:30，教宗和伍兹奈克在圣玛尔大之家的教宗专用餐厅内一起用餐。晚上 8:30，教宗回到公寓，阅读并默念《师主篇》①的段落（第八章"避免过于亲昵"）。晚上 9:30，上床睡觉。晚上 11:30，伍兹奈克大主教前来查看教宗的状况，发现教宗已经失去生命迹象了。晚上 11:34，从梵蒂冈米兰圣拉斐尔医院借调过来的朱利奥·巴尔迪诺缇医生开始进行紧急救治，做了一组心脏

---

① 天主教的经典灵修文献之一，相传作者为生于 14 世纪的德国隐修士耿稗思。

按压和除颤，但毫无效果。凌晨 0:12，宣告死亡。

阿德耶米枢机走到洛麦利身后，越过他的肩膀阅读文件。这个尼日利亚人身上总有一股浓烈的古龙香水味。洛麦利能感受到他温热的呼吸喷在自己的脖子上。阿德耶米的存在感实在是太强了。洛麦利把文件递给阿德耶米，转身走开，特朗布莱却向他手中塞了更多的纸。

"这是什么？"

"教宗最近的医疗记录，是我带过来的。这是上个月做的血管造影的片子。你看，"特朗布莱说着，将 X 光片对着屋顶中央的灯，"这里有堵塞的迹象……"

单色的图像看上去像弯曲的纤维，太邪恶了。洛麦利向后退了一步。看在上帝的分上，这到底有什么意义？教宗都已经 80 多岁了，他的离世没有任何可疑之处。他们认为他还能活多久？现在应该关心他的灵魂，而不是动脉。洛麦利坚决地说："在必要时把数据发布出去，但 X 光片不行，不然太侵犯隐私了，有损他的尊严。"

贝里尼说："我同意。"

"接下来，"洛麦利补充道，"必须进行尸检吗？"

"如果没有尸检，就会有谣言。"

"没错。"贝里尼说，"曾经主能够解释所有奥秘，但现在他已经被阴谋论者取代了。这些异教徒。"

阿德耶米看完了"时间线"，摘下金边眼镜，嘴里咬着镜架。"教宗七点半以前在做什么？"

伍兹奈克回答道："他在进行晚祷，就在圣玛尔大之家里。"

"那我们应该这样说：这是他最后一次圣事，表明他正在蒙受圣恩，特别是在他无法领受临终圣餐时。"

"说得好，"特朗布莱说，"我会加上这一点。"

"时间再往前推一点，推到晚祷前。"阿德耶米继续说道，"他那时在做什么？"

"据我所知，应该在开例行会议。"特朗布莱听上去充满防备，"我并不了解全部事实，我的注意力都放在他去世前的几个小时上了。"

"谁是最后一个和他见面的人？"

"实际上，我觉得是我。"特朗布莱说，"我四点见的他。没错吧，雅努什？我是最后一个吧？"

"是的，阁下。"

"你和他说话时，他看上去怎么样？有生病的迹象吗？"

"没有，我不记得有。"

"后来呢，大主教？当他和你共进晚餐时？"

伍兹奈克看向特朗布莱，似乎想征得后者的同意。"他很累，非常非常累。他没有胃口，声音嘶哑。我本该意识到的……"伍兹奈克停了下来。

"你不需要自责。"阿德耶米将文件还给特朗布莱并戴上眼镜。他的动作过于小心，显得不太自然。阿德耶米总是很注意自己的仪态。他是一名真正的枢机。"把他那天参加的所有会议都加上，这样做可表明他一直努力工作到了生命中的最后一刻。谁都不会怀疑他病了。"

"我认为正好相反。"特朗布莱说，"如果我们公开了这么紧凑的行程，会不会让人觉得我们将巨大的负担甩在一个病人身上？"

"教宗职位确实是一个巨大的负担。人们应该意识到这一点。"

特朗布莱皱着眉头，什么也没说。贝里尼瞥了一眼门口。房间内隐隐升起一种紧张的气氛，令人无法忽视。洛麦利花了几分钟才明白原因。让人们意识到教宗职位的巨大负担，就意味着最好让一个年轻一点的人来出任，而刚过60岁的阿德耶米比另两位年轻了近一轮。

最后，洛麦利说："我们不如就加上教宗参加的晚祷活动，其他保持不变？以防万一，我们另外准备一份文件，列出教宗一整天的安排，等需要时再用？"

阿德耶米和特朗布莱交换了一下眼神，点了点头。然后贝里尼冷淡地说："多亏有团长，我就知道将来会用到他的外交手腕。"

*

后来，洛麦利认为，继位权的竞争就是从这一刻开始的。

他们三位在选举团内获得了不同派系的支持。洛麦利记得，贝里尼是自由派的主要希望，是宗座格列高利大学的前校长和前米兰大主教；特朗布莱是财务总管和万民福音部①部长，一名与第三世界有联系的候选人，看上去像美国人，但没有身为美国人的缺点；还有阿德耶米，他的体内孕育着革命性的神圣火种，他成为"第一名黑人教宗"的可能性一直吸引着媒体。

在观察圣玛尔大之家内的部署时，洛麦利逐渐意识到，他必须负责选举的管理工作。他从未想过会有这一天。几年前他被诊断出前列腺癌。虽说这种病是可治愈的，但他一直以为自己会比教宗先去世。他曾以为自己只是替补，还想过辞职；但现在，他必须在最艰难的情况下组织一场秘密会议。

他阖上了眼睛。主啊，如果让我履行这一职责是你的旨意，我恳求你能赐予我智慧，让它巩固我们教会的地位……

首先，他必须做到公正。他睁开眼睛："有人给特德斯科枢机

---

① 万民福音部是罗马教廷的圣部之一，为天主教会的最高宣教机构，隶属于教廷国务院。

打电话了吗？"

"没有。"特朗布莱答道，"特德斯科？为什么是他？需要通知他吗？"

"考虑到他在教会中的职位，出于礼貌——"

"礼貌？"贝里尼喊道，"凭什么？如果说有人杀了教宗，那肯定是他！"

洛麦利对他的痛苦表示理解。在前任教宗的所有批判者中，特德斯科是最蛮横的。他对教宗和贝里尼的抨击差点让教会陷入分裂，甚至有人叫嚣要将他们逐出教会。但特德斯科有一批忠诚的传统派追随者，使他从众多候选者中脱颖而出。

"但我还是应该给他打个电话，"洛麦利说，"从我们这里得到消息总比从记者那里好。天知道他会即兴发挥点什么。"

他从座机上拿起听筒并按下了零。接线员问有什么需要为他做的，她的声音因激动而颤抖。

"请帮我接通威尼斯的宗主教宫，转特德斯科枢机专线。"

他以为不会有人应答，毕竟现在还不到凌晨 3 点。但电话铃第一声还没响完，电话就接通了。一个粗哑的嗓音说道："我是特德斯科。"

其他枢机正在轻声讨论葬礼的安排。洛麦利抬手示意他们噤声，然后转身专心打电话。

"戈弗雷多？我是洛麦利。我有一个坏消息。教宗刚才去世了。"对面沉默良久。洛麦利能听到背景音里有一些响动。脚步声？开门声？"宗主教？你听到了吗？"

在他空荡荡的官邸里，特德斯科的声音听上去很空洞。"谢谢，洛麦利，我要为他的灵魂祈祷了。"

咔嗒一声，电话被挂断了。"戈弗雷多？"洛麦利拿远电话，对着它皱眉。

特朗布莱说："怎么了？"

"他已经知道了。"

"你确定？"特朗布莱从法衣内拿出一样东西，看上去像是一本包在黑色皮革里的祈祷书，实际上它是一部手机。

"他当然知道了，"贝里尼说，"这里到处都是他的支持者。他可能比我们还早得到消息。他可能会在我们不注意时自行在圣马可广场发表官方声明。"

"听上去好像有人和他在一起……"

特朗布莱用拇指快速地点击手机屏幕，向下滑动页面。"完全有可能。教宗去世的传言已经在社交媒体上扩散开来了。我们必须立刻行动起来。可以提个建议吗？"

这是那个晚上的第二个分歧，特朗布莱强烈要求立即将教宗的尸体移至停尸间，而不是等到早上再移。（"我们不能落在新闻周期后面，那将是一场灾难。"）他提议立即发布官方消息，让两个梵蒂冈电视中心的摄制组、三名备用摄像师和一名新闻记者进入圣玛尔大广场，拍摄下尸体被转移到救护车上的全过程。他的理由是：如果摄制组和记者的动作够快，就可以进行现场直播，教会将得到最大限度的曝光。在亚洲的天主教信仰中心，现在还是上午；而拉丁美洲和北美洲还在晚上。只有欧洲人和非洲人要被这一消息从床上叫醒。

阿德耶米再次表示反对。他辩称，为了维护教宗的体面，他们必须等到天亮，等到有一辆灵车和一副合适的棺材，还要在棺上盖教宗旗。贝里尼一针见血地反驳："教宗不会在意体面的。他选择活成世界上最卑微的人，他也希望以卑微的身份死去。"

洛麦利表示同意："要记得，这个人曾拒绝乘坐豪华轿车。而救护车是目前离我们最近的可用公共交通工具。"

但阿德耶米没有改变主意，最后以一比三的结果落败。此外，大家还同意对教宗的尸体进行防腐处理。洛麦利补充道："但我们必须确保处理得当。"他永远不会忘记在1978年的圣彼得大教堂，教宗保禄六世的尸体从他面前缓缓经过的情形：8月的暑热中，尸体脸泛灰绿，下颌凹陷，散发着一股腐败的气息。但即便是这种恐怖的窘境，也没有再之前二十年的那次糟糕：教宗庇护十二世的尸体在棺材里面发酵，然后在拉特朗圣若望大殿外像爆竹一样爆炸了。"还有一件事，"他补充道，"我们必须确保没人能拍到尸体的照片。"庇护十二世曾受过这样的侮辱，他尸体的照片曾出现在全世界的新闻杂志上。

特朗布莱去教廷的新闻办公室做安排。过了不到三十分钟，救护人员（他们的手机被没收了）走了进来，将教宗的尸体装入白色的塑料运尸袋，绑在带轮子的担架上，最后带出教宗公寓。他们在二楼停了下来，四名枢机带着尸体先搭乘电梯下楼，然后在大厅与其他人会面，一起将尸体护送出圣玛尔大之家。这具尸体看上去卑微而渺小，头和脚看上去像胎儿一般小而圆，让人想起那段意义深远的陈述：约瑟买了细麻布，把耶稣取下来，用细麻布裹好，安放在磐石中凿出来的坟墓里……[①]耶稣基督的孩子最后都是平等的，洛麦利想。所有人都仰仗于上帝的仁慈，以期获得重生。

各级教士都站在大厅和楼梯两侧。他们的沉默让洛麦利印象深刻。电梯门开了，尸体被推了出来。让他失望的是，他只听见手机摄像头的咔嚓声和嗡嗡声，间或夹杂着一声呜咽。特朗布莱

---

① 《马可福音》15:46。

和阿德耶米走在担架前头，洛麦利和贝里尼走在后头，身后跟着来自教廷财务院的高级教士。他们穿过门，走进10月的寒意中。小雨已经停了，空中点缀着几颗星星。他们从两名瑞士卫兵中间穿过，直面各色光线的残酷考验——救护车的顶灯，像一道划破雨帘的蓝色阳光一样从人群中穿过的警察，湿滑的广场上那些摄像师的白色闪光灯，以及仿佛要淹没一切的电视摄制组的黄色灯光。而在这一切的背后，灯火通明的圣彼得大教堂在阴影中若隐若现。

走到救护车面前时，洛麦利试着想象普世教会①的12.5亿个灵魂的反应：马尼拉和圣保罗的贫民窟内，衣衫褴褛的人群围坐在电视机前；成群的东京和上海上班族拿起手机；在波士顿和纽约酒吧里看比赛的体育迷被打断……

你们要去使万民作我的门徒，奉父、子、圣灵的名给他们施洗……②

尸体被推进救护车的后车厢，然后砰的一声车门关上了。随从人员离开时，四名枢机在一旁沉重地哀悼。两辆摩托车，然后是一辆警车、一辆救护车、一辆警车，最后是更多的摩托车。它们穿过整个广场，消失得无影无踪，然后警笛响起。

多么谦卑啊，洛麦利想，他为世间的穷乏者考虑了这么多，本可享受独裁者规格的车队。

随从的恸哭声渐渐消失在夜色中。

隔离带后的记者和摄像师向枢机们大声呼喊，就像动物园里试图引诱动物靠近的游客："阁下！阁下！这里！"

---

① 普世教会（Universal Church）是天主教中与地方教会相对应的概念，指历世历代、普天之下的基督信徒。

② 《马太福音》28:19。

"必须有人说点什么。"特朗布莱宣布，然后没有等到回复就动身穿过广场。灯光似乎为他戴上了火红的光环。阿德耶米忍了几秒，然后匆匆跟上了特朗布莱的脚步。

贝里尼压低声音，鄙夷道："好一出闹剧！"

"你不和他们一起吗？"洛麦利建议。

"上帝啊！我才不要！我才不去迎合这群乌合之众。我宁愿去礼拜堂祈祷。"贝里尼悲伤地笑了笑，紧捏着旅行象棋棋具，捏得它们发出响声。"来，"他说，"一起为我们的朋友举办一场弥撒。"在回圣玛尔大之家的路上，贝里尼抓住洛麦利的手臂。"教宗曾告诉我你在祷告时遇到困难，"他低声说道，"或许我能帮你。你知道他最后有过怀疑吗？"

"教宗怀疑过上帝？"

"不是上帝！从来不是！"然后，他说了一句让洛麦利永生难忘的话："他曾失去对教会的信任。"

2

圣玛尔大之家

三周后，秘密会议开幕。

教宗逝世于圣路加日的第二天，也就是 10 月 19 日。从 10 月 19 日到 11 月初，他们不仅举办了教宗的葬礼，而且几乎每天都在召开枢机团全体会议。枢机们从世界各地拥入罗马，前来选出教宗的继任者。他们在这些非公开会议中讨论教会的未来。让洛麦利放心的是，虽然进步派和传统派之间偶有不合，但他们都搁置了争议。

今天是 11 月 7 日，周日，也是圣海古拉诺殉道日。洛麦利站在西斯廷教堂门口，他的两侧分别站着枢机团秘书雷蒙德·奥马利蒙席和教宗礼典长威尔海姆·曼多夫大主教。从今晚起，枢机选举人将被锁在梵蒂冈内，静候第二天投票开始。

午餐后不久，三名高级教士来到大理石和铁做成的屏风内侧，这扇屏风将西斯廷教堂的主体部分和前厅分割开来。他们一同视察了现场。临时木地板就快铺好了。工人们正将一块米黄色地毯钉在地板上。聚光灯逐渐亮起，椅子被陆续搬进屋内，桌子被并在一起。所有人都在忙碌。在洛麦利看来，这些尘世中笨拙的行为正对应着米开朗基罗天花板壁画中所有伸展着的、做着手势的、弯曲着的和提抱着的粉灰色半裸肉体的热闹活动。米开朗基罗的巨幅壁画《最后的审判》占据着西斯廷教堂的一隅，人类浮在天上宝座周围的蔚蓝天空中，耳边回荡着锤击、电钻和圆锯的合奏。

"阁下，"枢机团秘书奥马利带着他的爱尔兰口音说道，"这真是一片地狱景象。"

"不要亵渎神明，雷，"洛麦利回应道，"明天才是地狱，等枢机们进来之后。"

曼多夫大主教笑得很放肆。"说得好，阁下！非常好！"

洛麦利转向奥马利："他以为我在开玩笑。"

奥马利年近50岁，手拿一块记事板，身材高大，有发胖的趋势。他的红脸让他看上去就像一直待在户外同猎狗一起狩猎，尽管他可能从未做过这事。这种肤色源于他的基尔代尔①血统和对威士忌的喜爱。莱茵兰的曼多夫则更为年长。他已经60多岁了，身材也很高大，圆形头顶光滑无毛，像一颗鸡蛋。他在艾希施泰特天主教大学发表了一篇关于神父独身之起源和神学基础的论文，获得了巨大的声誉。

24张光秃秃的木桌被摆在教堂两侧，面朝长走廊排成四排。只有离屏风最近的桌子上放着桌帷供洛麦利检查。他走进教堂，轻轻抚摸桌帷的两层：一层是垂到地面的深红色柔软布料；另一层是米黄色的布料，比前者更厚也更光滑，与地毯很搭，盖住了桌面和桌沿，让人可以在桌上写字。桌上有一本《圣经》、一本祈祷书、一张名片、数支钢笔和铅笔、一小张选票纸和一张长表。那张表上列有117名候选枢机的名字。

洛麦利拿起名片：XALXO SAVERIO。这是谁？他突然十分恐慌。自教宗的葬礼以来，他几乎见过所有枢机，并记住了其中几人的详细资料。但新面孔实在是太多了——前任教宗共擢升了超过60位枢机，单去年就有15位。这件差事的难度出人意料。

---

① 爱尔兰岛东部的一个郡。

"这名字应该怎么读？萨尔索？"

"阁下，是考尔科，"曼多夫说道，"他是个印度人。"

"考尔科。非常感谢，威利。谢谢。"

洛麦利坐下试了试椅子，很高兴这椅子上有坐垫，而且可以让人把腿伸直。他向后靠去。可以，非常舒适。考虑到他们将被锁在这儿的时间，舒适是必不可少的。早餐时，他重读了一遍意大利新闻，这是选举结束前他最后一次看报。关注梵蒂冈的记者一致认为这将是一场存在意见不合的漫长会议。他希望不会这样。他祈求圣灵能够早点来到西斯廷教堂，指引他们选出那个名字。但如果圣灵未能出现——毕竟之前的十四场会议中都没有出现任何征兆——他们就要在这里困上好几天了。

他环视着西斯廷教堂。奇怪的是，坐在离地一米高的椅子上居然会改变看这个地方的视角。安防专家在他们脚下安装了干扰设备以防止电子窃听，但其竞争者坚称这种预防措施远远不够。他们声称，激光束可以射向上层走廊的窗户并检测屋内说话引起的玻璃振动，这些振动又能被转录为语音。因此，他们建议封上所有窗户。但洛麦利否决了这一提案。缺乏日光和幽闭恐惧将让人难以忍受。

洛麦利礼貌地回绝了曼多夫的帮助，从椅子上站了起来，继续向教堂内走去。新铺的地毯有种淡淡的清香，就像打谷场里的大麦一样。施工人员起身让他经过，枢机团秘书和教宗礼典长紧随其后。洛麦利仍然对自己成为负责人的事实感到难以置信，感觉就像做梦一样。

"要知道，"他提高声音以盖过电钻的噪声，"1958年在热那亚的一所神学院上学时和1963年我被授予神职之前，我都喜欢看关于秘密会议的画，它们被印在报纸上，就像艺术家的大作。我还记得过去枢机们需要围墙一周地坐在有华盖的宝座上投票。选举结束时，他们依次拉动控制杆，让宝座降下来，当选的枢机除外。你能想象吗？老枢机隆卡利[①]，他从未想过自己会成为一名枢机，更不用说当选教宗。还有蒙蒂尼[②]，保守派特别讨厌他，以至于在投票期间，西斯廷教堂里居然真的发生了一场骂战。想想看，他们坐在座位上，几分钟后还得排队向对手鞠躬！"

意识到奥马利和曼多夫正礼貌地听着，洛麦利不禁陷入自责：他唠叨得就像个老头子一样。但回忆触动了他。在1965年的第二次梵蒂冈大公会议[③]结束后，宝座就被抛弃了，就和教会的其他旧传统一样。现在，作为文艺复兴的糟粕，枢机团过于庞大，涉及的国家也太多了。但洛麦利心中仍渴望文艺复兴的糟粕。他私下里认为，在看待朴素和谦卑时，前任教宗有时过于极端了。毕竟过分的朴素只是另一种形式的卖弄，而以个人的谦卑为傲则是一种罪恶。

洛麦利跨过电缆，站在《最后的审判》前，双手叉腰，注视着这一片狼藉：刨花、锯屑、板条箱、纸板盒、衬垫条。碎木料和织物在光束中打着旋。还有锤击、锯切、打钻的声音。他突然觉得很震惊。

混乱。邪恶的混乱。就像建筑工地。在西斯廷教堂里！

---

① 即教宗若望二十三世（John XXIII, 1881年11月25日~1963年6月3日），原名为安吉洛·朱塞佩·隆卡利（Angelo Giuseppe Roncalli），1958年至1963年在位。

② 即教宗保禄六世（Paul VI, 1897年9月26日~1978年8月6日），原名为乔瓦尼·巴蒂斯塔·蒙蒂尼（Giovanni Battista Montini），1963年至1978年在位。

③ 第二次梵蒂冈大公会议是天主教会第二十一次大公会议，也是罗马天主教在现代召开的第一次大公会议，同时还是距今最近的一次大公会议，于1962年10月11日由教宗若望二十三世召开，1965年9月14日由次任教宗保禄六世结束。它掀起了罗马天主教在当代的革新运动，使罗马天主教的面貌发生了巨大变化。

洛麦利大喊："我们必须及时完工！"

"如果有必要，他们会连夜赶工，"奥马利说道，"没事的，阁下，不会有问题的。"他耸了耸肩，"意大利，你懂的。"

"是的，意大利！没错。"洛麦利从祭坛上走了下来。左面是被称为"泪之屋"的圣器收藏室。新教宗在当选后需要立刻到这里换上法衣。这是一间很小的小房间：拱形天花板十分低矮，四周是普通的白石灰墙，就像被家具塞满的地牢。这里有一张桌子、三把椅子、一把躺椅，还有一个宝座，留待新教宗上座并接受枢机选举人的致敬。房间正中是金属衣架，上面挂着三件包在玻璃纸内的教宗法衣，分别是小号、中号和大号。旁边还有三件短袍、三件肩衣和十二个盒子，盒里装着各种尺码的教宗鞋。洛麦利从中拿出一双，里面塞满了棉纸。他把鞋子翻了过来。这是一双正红色的摩洛哥山羊皮平底轻便鞋。他把鞋子提到鼻子下闻了闻。"我们做好了一切准备，但没有人知道会发生什么。例如教宗若望二十三世，他的体型过于庞大，就连最大号的法衣也穿不上，因此他们只能把衣服前襟扣上，然后把后背撕开。据称，他是先把手臂伸进去，就像外科医生穿手术衣一样，教宗裁缝再从背后把衣服缝上。"他把鞋子放回盒里，在胸前画了个十字。"愿上帝保佑蒙召穿上它们的人。"

三人离开房间，从原路返回，穿过铺着地毯的走廊，路过大理石屏风，走下木制斜坡，最后来到前厅。角落里并排摆着两个矮胖的灰色金属炉子，看上去与这里格格不入。它们都只有齐腰高，一圆一方，各有一根铜烟囱。两根烟囱被焊在一起，形成一个单烟道。洛麦利怀疑这套设施快要散架了。烟道有近二十米高，仅靠一个脚手架支撑，从窗上的洞伸出去。每次投票后，选票都会出于保密目的在圆炉中被焚毁。然后烟囱向外冒烟，黑色表示无结果，白色表示选出新教宗。整套装置有种陈旧而荒谬的美感。

"测过这套系统吗？"洛麦利问。

奥马利耐心地说："测试过，阁下。试过几次。"

"你当然会，"洛麦利拍了拍爱尔兰人的胳膊，"我不应该大惊小怪。"

他们穿过宽敞的大理石国王大厅，走下楼梯，踏入元帅庭院内铺满鹅卵石的停车场，旁边的大型轮式垃圾桶里装满了垃圾。洛麦利问："明天会倒掉吧？"

"是的，阁下。"

三人穿过拱门，走过其他庭院，穿过错综复杂的秘密回廊。他们左侧是西斯廷教堂，教堂外沉闷单调的砖墙总是让洛麦利感到沮丧。为什么要用所有智慧来装饰室内，却根本没考虑过外部？在他看来，内部简直精致得过了头，让人的审美消化不良。它看上去就像一座仓库，或是工厂。可能这才是问题所在。所积蓄的一切智慧知识，都在神的奥秘里面藏着——①

奥马利打断了他的思考。"对了，阁下，伍兹奈克大主教想和你谈谈。"

"不太可能，你觉得呢？枢机们一小时后就要到了。"

"我说过了，但他看上去很激动。"

"谈什么？"

"没说。"

"这太荒谬了！"他向曼多夫寻求支持，"圣玛尔大之家六点就要封闭。他之前就应该来找我。现在我抽不出时间。"

"不夸张地说，他真是考虑不周。"

---

① 《歌罗西书》2:2。

"我会告诉他的。"奥马利说。

他们继续走着，路过岗哨内敬礼的瑞士卫队，来到大路上。还没走出多远，洛麦利就开始自责了。太过刻薄，过于自负，不够仁慈，自视过高。他应该记住，秘密会议结束后，就不再有人对他感兴趣，不再有人假装听他讲华盖和胖教宗的故事了。到那个时候，他就能理解伍兹奈克的感受了。伍兹奈克不仅失去了爱戴的教宗，还失去了工作、家庭，还有发展前景。一切都发生在那一刻。主啊，请宽恕我。

"我的胸襟太小了，"他说，"这可怜的家伙正在担心他的未来。告诉他我就在圣玛尔大之家迎接枢机，结束后会留出几分钟去见他。"

"遵命，阁下。"奥马利边说边在记事板上记了下来。

*

圣玛尔大之家建成前，也就是二十多年前，枢机选举人在秘密会议期间要住在宗座宫。强势的热那亚大主教斯里枢机是经历过四次秘密会议的老手，曾在 20 世纪 60 年代为洛麦利授圣职，过去常常抱怨自己就像被活埋了一样。所有床铺都挤在那里的 15 世纪风格的办公室和接待室内，床铺间挂着帘子以保证基本隐私。洗漱用品就只有一个水壶和一个脸盆，厕所是一个便桶。在进入 21 世纪前，圣若望·保禄二世认为这种古雅的不洁难以忍受，下令在梵蒂冈城的西南角修建了圣玛尔大之家，并为此花费了两千万美元。

它让洛麦利想起苏维埃式的公寓大楼：这是一块横放的六层楼高的灰色石制矩形。圣玛尔大之家一共有两个楼群，各有十四扇窗这么宽，中间由一段短路相连。在那天早上发布的航拍图中，它就像一个拉长的 H。北面的楼群是 A 区，面向圣玛尔大广场；南面的楼群是 B 区，从这里可越过梵蒂冈城墙俯瞰罗马。圣玛尔大之家共有一百二十八间卧室，每间卧室都配有盥洗室，由圣文生·德保仁爱修女会的蓝衣修女统一管理。在大多数情况下，如两次教宗选举之间，对于前来参观的高级教士而言，圣玛尔大之家是一家旅社；而对于部分在教廷机构工作的神父来说，这里是半永久性旅社。最后一批住户一大早就离开了他们的房间，被送到离梵蒂冈半公里远的杜慕斯罗马纳酒店，就在特拉斯蓬地纳大道上。参观了西斯廷教堂后，洛麦利又回到这栋建筑。圣玛尔大之家里有一种荒凉的氛围。他穿过大厅内的安检仪，从前台的修女手中接过钥匙。

房间在一周前就通过抽签分配好了，洛麦利抽到了 A 区二层，在前往那里时他要经过前任教宗的套房。在教宗去世的那天早上，他们根据教廷的规章封锁了那里。对于侦探小说爱好者来说，它就像犯罪现场一样让人不安。一堆红色缎带被蜡固定在门上，缠着门框，蜡上还印有财务总管的枢机牧徽图案。门口有一个大花瓶，里面装有新鲜的百合花，散发出一股令人作呕的气味。桌子的两侧分别放有十二根许愿蜡烛，它们立在红色玻璃托盘上，在寒冷的黑暗中闪烁着火光。这个楼梯平台曾作为教会的管理中枢非常忙碌，现在却已被遗弃。洛麦利跪在地上，拿出念珠，试着祈祷，却不断回想起自己与教宗的最后一次谈话。

你知道我的难处，他朝紧闭的门说道，但你还是拒绝了我的辞职。很好。我明白你肯定有你的理由。现在，至少请赐予我力量和智慧，让我找到方法来通过这次考验。

背后传来电梯停下开门的声音。他回头看去，却发现根本没有人。电梯关上门，继续上行。他收好念珠，挣扎着站了起来。

　　他的房间在走廊右侧。他打开门，里面一片漆黑。他沿墙摸去想要找到灯的开关，在开灯后失望地发现这里没有客厅，只有一间卧室、几面白墙、一层抛光的镶嵌地板和一张铁床。但他又觉得这样才是最好的。他在信理部宫有一套四百平方米大的公寓，能放下一架三角钢琴。想起简单的生活是一件好事。

　　他打开窗户，试着拉开百叶窗，完全忘了它已经被封死了，就和这栋楼里的其他窗户一样。电视和收音机都被搬走了。在选举期间，枢机们必须完全与世隔绝，这样就不会有人或新闻影响他们默想。他想知道这扇百叶窗外的景色是怎样的。是圣彼得大教堂吗？还是罗马城？他已经辨不清方向。

　　他检查了壁橱，满意地发现他能干的随行神职人员萨内蒂神父已经帮他把手提箱从公寓带过来了，还替他打开了行李。咏祷服已经挂好，红色的四角帽放在最顶层的架子上，内衣物在抽屉里。他数了数袜子的数量，笑了出来，这都够穿一个星期了。萨内蒂太悲观了。狭小的盥洗室内放着牙刷、剃刀和剃须刷，还有一小包安眠药。桌上放着祈祷书、《圣经》、《主的普世羊群》①合订本（也就是选举新教宗的规章），还有一份奥马利准备的文件，上面有全部候选枢机的详细资料和照片。旁边还有一个真皮文件夹。明天他要在圣彼得大教堂的弥撒直播上布道，文件夹里就是布道稿。刚看一眼，他就感觉胃在痉挛，只能冲进盥洗室。出来后，洛麦利低头坐在床边。

　　他试图说服自己，这种力不从心的感觉只不过证明了他的谦逊。他可是奥斯蒂亚的枢机主教、罗马圣玛策禄堂的枢机司铎、

---

①　1996 年，若望·保禄二世公布了新的《使徒宪典》(*Apostolic Constitution*)，又称《主的普世羊群》(*Universi Dominici Gregis*)，以指导教宗继任者的选举工作。

阿奎莱亚的领衔主教。无论上述职务是多么的有名无实，他都积极投身工作：布道、主持弥撒、聆听忏悔。但即便是普世教会最伟大的枢机，也可能缺乏乡村神父的最基本技能。他要是在普通教区待过就好了！一两年就行！但自他获圣职以来，他的职务——从教会法教授到外交官再到国务卿——让他远离了上帝。他爬得越高，离天堂就越远。现在，在所有卑微的造物中，轮到他来带领同僚们选出圣彼得之钥匙的继承者了。

*忠实的仆人。*这是写在他牧徽上的话。平凡的人，平凡的座右铭。

一名管理者……

过了一会儿，他走进盥洗室，倒了一杯水。

非常好，他想。管理。

＊

圣玛尔大之家计划在下午6点关闭，之后任何人都不得进入。"早点来，阁下们，"洛麦利在与枢机们的最后一次会议上提醒道，"请记住，登记后，你们不得与外界有任何交流。所有手机和电脑必须留在前台，你们还要接受安检仪的检查，确保身上没有上述物件。如果你们遵守规定，登记流程就会很快。"

下午2点55分，他身穿黑色法衣和冬衣站在入口处，身侧是他的工作人员。枢机团秘书奥马利蒙席、教宗礼典长曼多夫大主教和曼多夫的四名助手又和他站在一起。这四名助手中有一位蒙席和一位神父，他们都是司仪。另外二人是隶属教宗圣器收藏室的奥斯定会修道士。洛麦利也有一名随行的神职人员，即年轻的萨内蒂神父。还有两名医生在旁待命，以防出现紧急医疗事故。

这就是选举世上最有影响力的精神领袖的会议的全部监督人员了。

天渐渐冷了起来。一架直升机在 11 月的昏暗高空中盘旋，旋翼的轰鸣声如海浪般袭来。旋翼转动或风向改变时，声音就开始出现高低变化。洛麦利盯着空中的云，试图找出直升机的位置。这架直升机应该是哪家电视广播公司派来拍摄枢机到达的照片的，但也可能属于安保部队。意大利内政部部长曾向他简单介绍安保部署。这位经济学新人出生于一个著名的天主教家庭，之前从未接触过政治以外的工作。在介绍注意事项时，他的手甚至在颤抖。内政部部长提到，来自恐怖主义的威胁非常严峻，迫在眉睫。梵蒂冈周边建筑的屋顶上不仅部署了地对空导弹，还埋伏了狙击手。五千名身穿制服的警察和军人将在邻近街道上公开巡逻，以展示自身实力。同时还有数百名便衣警察混入人群。会面结束时，部长请洛麦利为自己赐福。

除了直升机的噪声外，偶尔还能听到隐隐约约的抗议声，那是成千上万人在齐声反复喊叫，里面还夹杂着鼓声、口哨声和报警器的响声。洛麦利试图分辨抗议的内容，但一无所获。同性恋婚姻的支持者和民事结合的反对者，离婚支持者和主张应为了天主教的团结而组建家庭的人，申请担任神父职位的女性和寻求堕胎权及避孕权的女性，穆斯林和反穆斯林者，移民和反移民者……不同的诉求融为同一种愤怒。警笛响起，在整个城市里此起彼伏。

他想：我们就像一艘方舟，被争吵声构成的洪水围困。

在广场最靠近大殿的角落里，以刻为单位的钟声第四次敲响了。紧接着，圣彼得大教堂的大钟敲了三下。身穿黑色短外套的警卫紧张地走来走去，像乌鸦一样烦人。

几分钟后，第一批枢机出现了，从坡下的信理部宫走来。他们身穿镶红边的黑色法衣常服，腰间围着红色的丝绸宽腰带，头戴红色的无边便帽。一名戴着羽毛头盔、手持长戟的瑞士卫兵向他们走去。如果忽略行李箱轮子在鹅卵石路面上发出的噪声，这就像是 16 世纪时的场面。

他们走得更近了。洛麦利挺了挺胸。他根据手上的文件认出了两位。左边是萨尔瓦多大主教、巴西籍枢机萨（60 岁，解放神学[①]，教宗的潜在人选，但不是这次），右边年龄较大的是圣地亚哥荣休大主教、智利籍枢机孔特雷拉斯（77 岁，极端保守分子，曾是奥古斯托·皮诺切特上将[②]的告解神父）。中间的人身形矮小，但给人一种端庄的感觉，洛麦利花了一些时间才想起他的名字：墨西哥城大主教希尔拉枢机。洛麦利只记得他的名字了，但他马上又想起他们曾共进午餐，试图在候选人上达成一致。来自拉丁美洲的枢机选举人共有 19 名，如果他们作为一个整体进行投票，就将成为不可小觑的势力。但仔细观察巴西人和智利人的肢体语言就会发现，他们甚至拒绝对视，这说明他们不可能形成统一战线。他们甚至会因为在哪个餐厅会面而发生争执。

"弟兄们，"他敞开双臂说道，"欢迎。"墨西哥籍大主教立刻开始用夹杂着西班牙语的意大利语抱怨横跨罗马的旅行和在梵蒂冈入口的待遇。他黑色的袖子上沾满口水，他们还被要求出示护照、接受搜身并打开行李接受检查。"我们是罪犯吗，团长？这都是在干什么？"

洛麦利紧紧握住大主教挥舞的双手。"阁下，我希望你至少可

[①] 解放神学是 20 世纪 60 年代产生于拉丁美洲的激进神学运动和理论，主张为被压迫、被剥削的人争取物质和精神上的解放。

[②] 奥古斯托·皮诺切特（Augusto Pinochet, 1915~2006）是智利的军事独裁者。1973 年在美国支持下，他通过流血政变，推翻了民选左翼总统阿连德，建立了右翼军政府。

以好好享用午餐。之后可能就没有机会了。对你的遭遇我很抱歉，但我们必须尽最大努力确保此次秘密会议的安全，一定程度的不便是我们必须付出的代价。萨内蒂神父将带你们去前台。"

说着，洛麦利拉起希尔拉大主教的手，温和地将他带往圣玛尔大之家的入口处。奥马利目送他们离开，将他们的名字写入名单，然后向洛麦利挑了挑眉。洛麦利回了一个谴责的眼神，奥马利原就充血的脸颊涨得更红了。洛麦利喜欢奥马利的幽默感，但不希望自己的枢机被嘲笑。

此时，又有三个人慢慢地朝坡上走来。应该是美国人，洛麦利想，他们总是一起行动——他们甚至想一起开每日新闻发布会，直到被他出面阻止。洛麦利猜他们是搭同一辆出租车从美国神父馆斯特里奇别墅过来的。他认出了波士顿大主教威拉德·菲茨杰拉德（68岁，全身心投入教牧工作，仍在收拾性侵丑闻的烂摊子，与媒体关系良好）、加尔维斯顿－休斯敦大主教、耶稣会会士马里奥·桑托斯（70岁，美国天主教会会长，谨言慎行的改革者）和保罗·库拉辛斯基（79岁，芝加哥荣休大主教，宗座圣玺最高法院荣休院院长，传统主义者，基督军团修会的坚定支持者）。和拉美人一样，北美人也有19张选票。大家都认为魁北克荣休大主教特朗布莱会获得大部分选票，但库拉辛斯基肯定不会投给他，因为这个芝加哥人已经明确表示要支持特德斯科。当时他说的话还暗中侮辱了已逝的教宗："我们所需的教宗，是能够在教会迷失很久后，引领她重回正轨的人。"库拉辛斯基走路时挂着两根手杖，并冲洛麦利挥舞其中一根。一名瑞士卫兵拎着他的大皮箱。

"下午好，团长。"库拉辛斯基很高兴能够回到罗马，"没想到还能见到我吧！"

库拉辛斯基是资格最老的秘密会议成员，一个月后他就80岁了，而80岁是法定投票年龄的上限。他还患有帕金森综合征，一直有人质疑他是否适合长途旅行。不过，洛麦利冷酷地想，反正他做到了。

"正相反，阁下，没有你我们就不敢召开秘密会议。"

库拉辛斯基瞟了一眼圣玛尔大之家。"那么，我住哪儿？"

"我为你安排了底楼的套房。"

"套房！团长，你真是太好了。不是抽签决定房间吗？"

洛麦利凑了过去。"我搞定了。"他低声说。

"哈！"库拉辛斯基用一根手杖敲打鹅卵石地面。"我不信你们这些意大利人也搞定了其他人！"

他蹒跚而去，他的同伴却犹豫不前、局促不安，就像带着一个年长亲戚参加家庭婚礼却无法对其行为负责一样。桑托斯耸了耸肩："老保罗还是这样。"

"没事，这么多年来我们一直在互相调侃。"

奇怪的是，洛麦利非常想念这个老家伙。他们都是幸存者。这将是他们经历的第三次教宗选举。只有少数几个人能这么说，毕竟大部分是第一次参加秘密会议。如果枢机团选出了一个年轻一些的人，大多数人就没有机会参加第二次会议了。他们正在创造历史。下午的时光渐渐流逝，人们带着行李箱爬上山坡，有些人独自前来，大部分是三四个一起。多数人对这个场合充满了敬畏，尽管有些人表现得满不在乎。这着实感动了洛麦利。

多么的种族多元化啊！宽宏的普世教会！生而不同的人因对上帝的共同信仰而建立联系！来自东仪派，也就是马龙派和科普特教会的黎巴嫩、安条克和亚历山大宗主教，来自印度特里凡得琅和埃尔讷古勒姆-安加马里的大总主教，还有兰契大主教萨维里奥·考尔科。洛麦利很高兴能正确说出兰契大主教的名字："考尔科枢机，欢迎参加秘密会议……"

远东地区来了不下 13 名亚裔大主教：雅加达和宿务岛、曼谷和马尼拉、首尔和东京、胡志明市和香港……非洲也来了 13 名：马普托、坎帕拉、达累斯萨拉姆、喀土穆、亚的斯亚贝巴……洛麦利确信这群非洲人都会把票投给阿德耶米枢机。半下午的时候，洛麦利注意到这个尼日利亚人在广场上朝着信理部宫的方向漫步。几分钟后，他和一群非洲枢机一起回来。他们大概是在门口碰了面。阿德耶米边走边以一种主人翁的姿态指向这栋建筑。他将他们领到洛麦利面前，洛麦利对他们致以正式欢迎。他们对阿德耶米的顺从程度让洛麦利感到震惊。即使是莫桑比克的祖库拉和肯尼亚的万盖尔这些头发灰白的老主教也对阿德耶米言听计从，尽管他们见过更多世面。

但只有非洲和第三世界的支持是远远不够的，这就是阿德耶米所面临的困境。就像阿德耶米常说的那样，要获得非洲的选票，他就必须攻击"全球资本主义这个魔鬼"和"可恶的同性恋"，但这会使他失去美国和欧洲的支持。而主导秘密会议的仍然是欧洲的 56 位枢机，也是洛麦利最了解的人。例如热那亚大主教尤格·德卢卡和洛麦利是教区神学院的同学，他们维持了半个世纪的友谊。其他人也经常在过去三十多年的会议上碰面。

两名伟大的西欧自由派神学家携手上了山。他们曾一度被逐出教会，但后来教宗授予他们枢机的红冠，以彰显自己的反抗。他们分别是来自比利时的范德罗布洛艾克枢机（68 岁，前鲁汶大学神学教授，主张教廷应任命女性，无望当选）和来自德国的勒文施泰因枢机（77 岁，罗滕堡－斯图加特荣休大主教，1997 年曾因异端嫌疑接受信理部的调查）。里斯本宗主教鲁伊·布兰达·克鲁兹叼着雪茄走了过来，在圣玛尔大之家的门阶上驻足停留，不想掐灭烟头。布拉格大主教扬·扬达克一瘸一拐地穿过广场。20世纪 60 年代，还是年轻神父的他在进行地下传教工作时，曾遭到捷克秘密警察拷打。接下来是巴勒莫荣休大主教卡洛杰罗·斯科萨奇，曾因洗钱被调查了三次，但从未受到起诉。然后是里加大主教加提斯·布罗兹科斯，他的家庭在二战后皈依了天主教，他的犹太人母亲被纳粹杀害了。之后是来自波尔多的法籍大主教让－巴蒂斯特·柯尔特马赫，曾因身为异端马歇尔－弗朗索瓦·勒菲弗①的追随者而被逐出教会，还在声称犹太人大屠杀从未发生时被人偷偷录音。下一位是来自西班牙托莱多的大主教莫德斯托·比利亚努埃瓦，54 岁，秘密会议最年轻的成员，天主教青年会的组织者之一，坚称文化之美是通往上帝之路……

最后（广义上的最后），来了一群自成一派、高高在上的枢机，由 20 名教廷成员组成。他们永居罗马，管理着教廷的大型部门，在枢机团中形成了自己的团体——枢机执事团。许多人，包括洛麦利，都在梵蒂冈城内拥有教宗钦赐的公寓。他们大部分是意大利人。对这些人而言，拖着行李箱穿过圣玛尔大广场只是小菜一碟。他们还可以慢慢享用午餐，磨蹭到最后。洛麦利以同样的热情欢迎他们的到来，毕竟这都是他的邻居。但他注意到，其他地方来的人都表现出一种敬畏之情，而他们没有。虽然他们是好人，但他们显得无动于衷。洛麦利也有这种精神上的缺陷。他曾祈求能与之对抗的力量。前任教宗曾当面责骂他们："我的弟兄

---

① 原为罗马天主教会的法籍总主教，因不满第二次梵蒂冈大公会议而于 1970 年创立圣庇护十世司铎兄弟会，与主流天主教会存在神学争议。1988 年在未经教宗批准的情况下为兄弟会祝圣四位司铎为主教，次日教廷便宣布了对他的自科绝罚令。

们，当谨守你们的心，不可养成历代掮客的恶习，犯下虚荣和阴谋、恶意和传谣的罪。"贝里尼在教宗去世当日告诉洛麦利教宗曾失去对教会的信任，教宗指的肯定是这些官僚主义者。这一发现太过骇人听闻，洛麦利一直试图忘记它。

但任命他们所有人的也是教宗。没有人强迫他。信理部部长锡莫·古图索枢机就是一个例子。自由派对这名和蔼的佛罗伦萨大主教寄予厚望。他们称呼他为"若望二十三世第二"。但古图索并没有像他之前标榜的那样授予主教们更大的自主权。上任后，他重现了前任的独裁专制，只不过更懒了而已。他变得非常矮胖，仿佛来自文艺复兴时期，就连从圣卡罗宫的公寓走到隔壁的圣玛尔大之家都让他觉得很艰难。他带的随行人员拎着三个行李箱，气喘吁吁地走在后面。

洛麦利看着行李箱说："我亲爱的锡莫，你是打算把私人厨师偷运进来吗？"

"毕竟谁也不知道什么时候能回家啊。是吧，团长？"古图索用肥胖汗湿的双手抓住洛麦利，声音嘶哑地说，"换句话说，没人知道到底能不能回家。"他的话在洛麦利心头萦绕了片刻。上帝啊，他竟真的相信自己会当选。然后古图索眨了眨眼。"看看你的样子！别担心，我只是开个玩笑。我有自知之明，不像我们的一些同僚……"他亲吻了洛麦利的双颊，摇晃着走过。洛麦利看着他在门口停下，缓了口气，走进圣玛尔大之家。

洛麦利想，教宗在此时去世未尝不是古图索的幸运。再过几个月，古图索肯定就被解聘了。"我想要一个贫穷的教会，"教宗多次向洛麦利抱怨，"我希望教会更平易近人。古图索是个好人，但他忘了自己从何而来。"他引用了《马太福音》中的话："你若愿意做完全人，可去变卖你所有的，分给穷人，就必有财宝在天上，你还要来跟从我。"① 洛麦利猜想教宗肯定曾考虑解除近半数高级官员的职务。例如在古图索之后到达的比尔·路德加德：他可能来自纽约，虽然看着像华尔街的银行家，却完全没能控制住圣座册封圣人部的财务管理，尽管那是他的部门。（"不要告诉别人，我真不该让一个美国人来干这份工作。他们太天真了，根本不知道贿赂是怎么进行的。你知道现在宣福礼的价格已经到 175 万欧元了吗？最不可思议的是，所有人都会支付这笔巨款……"）

接下来是明年即将离任的主教部部长图廷诺枢机。据报道，为满足自身需要，他曾花费 50 万欧元来打通两间公寓，打造一个能装下三名修女和随行神职人员的空间。媒体对他的抨击使他成了人身攻击的受害者。有人泄露了他的私人电子邮箱地址，他一直想要找出这个人。他悄悄地走了过来，回头看了一眼，发现很难去和洛麦利对视。草草地寒暄几句后，他便匆匆溜进圣玛尔大之家，手中的廉价帆布旅行袋里装着他的所有行李。

*

5 点，天色开始暗下来。太阳落山后，空气逐渐变得寒冷。洛麦利问还差多少人。奥马利查看了一下名单。"14 人，阁下。"

"在夜幕降临前，有 103 只羔羊安全地待在羊圈里。罗科，"说着，他转向他的随行神父，"你能帮我把围巾拿来吗？"

直升机已经飞走了，但仍能听到示威者的声音，以及节奏平稳的鼓声。

洛麦利问："特德斯科枢机去哪儿了？"

---

① 《马太福音》19:21。

奥马利回答："他可能没来。"

"让他来真是奢望！抱歉，我太刻薄了。"如果他自己都没有表现出尊重，就不应该以此警告他人。他必须承认他的罪过。

萨内蒂神父刚拿着围巾回来，特朗布莱枢机就出现了。他独自从宗座宫走来，肩上搭着洗衣店帮忙包好的咏祷服，右手上挂着一个耐克运动包。这就是自教宗葬礼后洛麦利就预想到的画面：一名属于现代社会的教宗，谦逊、不拘礼节、平易近人，红色小瓜帽下的每根银发都如此得体。洛麦利曾希望这个加拿大人当选的可能性会被时间削弱，但特朗布莱知道怎么让记者记住他。身为财务总管，他在选出新教宗前负责教会的日常管理。虽然没有什么可做的，但他每天都在锡诺厅召开枢机会议，然后举办新闻发布会。接着，各种引用"梵蒂冈消息来源"的报道就会陆续出现，讲述他是如何用娴熟的管理技巧折服同僚。还有一种更切实的逢迎之法：来自发展中国家，特别是贫困国家的枢机，会向这位万民福音部部长申请资助，以补贴传教工作的开销以及滞留罗马期间的生活费用。这让人印象深刻。如果他有了这么强的使命感，或许他就应该当选？或许他得到了一个其他人不可见的信号？反正洛麦利看不见。

"乔，欢迎。"

"雅各布，"特朗布莱亲切地说，因无法与洛麦利握手而抱歉地笑着抬手。

加拿大人刚走过去，洛麦利就向自己保证：如果特朗布莱获选，自己第二天就离开罗马。

洛麦利将黑色羊毛围巾系在脖子上，双手深深插入大衣口袋，在鹅卵石路面上跺了跺脚。

萨内蒂说："我们可以在室内等，阁下。"

"不了，我还想享受一会儿新鲜空气。"

直到约5点30分贝里尼枢机才姗姗来迟。他瘦长的身影穿过广场角落的阴影，一手拎着行李箱，一手提着厚实的黑色公文包，正低头沉思。包没合拢，因为里面塞满了书和纸张。大家都认为贝里尼非常有希望继承圣彼得宝座。洛麦利很好奇他现在在想些什么。贝里尼太过清高，不屑于利用流言或阴谋。教宗对教廷的苛评与他无关。作为国务卿，他工作得非常努力，教廷官员不得不在每晚6点再安排一班助手，一直陪他待到凌晨。他在生理和心理上比其他秘密会议成员更适合当教宗。此外，他还经常祈祷。洛麦利决定把票投给贝里尼，但他故意不说。贝里尼又太讲究了，也不会问他。前国务卿沉浸在自己的思绪中，差点直接从欢迎仪式前走过。但最后他想起自己身处何地，于是抬起头，祝所有人晚安。他的脸比平时更苍白憔悴。"我是最后一个吗？"

"差不多。还好吗，奥尔多？"

"糟透了！"他从嘴角挤出一丝笑容，把洛麦利拉到一旁，"你看了今天的报纸吧——你觉得我还能怎样？我已经默想了两次圣依纳爵的《神操》①，就为了让自己安心。"

"是的，我已经看过新闻了。我的意见是，明智的人会无视这些自封的专家。交给上帝吧，我的朋友。如果这是他的意志，它就必将发生，反之亦然。"

"但我不只是上帝的工具，雅各布。在这件事上我是有发言权的。上帝给了我们自由的意志。"他放低声音免得让其他人听见。"那不是我想要的，你知道吗？理智的人是不会想当教宗的。"

"可有些同僚想啊。"

---

① 圣伊纳爵为天主教耶稣会创始人，他的《神操》记录了耶稣会灵修、默观的方法。

"太傻了。大家都知道它对前任教宗的影响。它就是骷髅地[①]。"

"但你必须做好准备。照这样下去，它可能会落到你头上。"

"但如果我不想要呢？如果我知道我配不上呢？"

"胡说！你比我们都配得上。"

"不。"

"那让你的支持者不要给你投票，把圣杯交给其他人。"

贝里尼的脸上闪过一丝痛苦。"然后让给他？"贝里尼朝山下点了点头，一个矮胖、笨重、近乎方形的人影正向坡上的他们走来。在旁边衣着华丽、身形高大的瑞士卫兵的衬托下，他的身材显得更滑稽了。"毫无疑问，他已经准备好去破坏我们在过去六十年里取得的成果了。如果不阻止他，我就没脸面对自己。"不等洛麦利答复，贝里尼就匆忙走进圣玛尔大之家，留下洛麦利独自面对威尼斯宗主教。

戈弗雷多·特德斯科枢机是洛麦利见过的最不像神父的神父。如果你把他的照片给不认识他的人看，他们肯定会说这是一个退休的屠夫，或是公交车司机。特德斯科出身于巴斯利卡塔南部的一个农民家庭，家中有十二个孩子，他是最小的那个。这种大家庭在过去的意大利非常常见，但在第二次世界大战后就几乎消失了。他年轻时断过的鼻子现在长成了微微弯曲的蒜头鼻。他头发很长，勉强从中间分开，脸刮得很粗糙。昏暗光线下的他让洛麦利想起属于另一个世纪的人：焦阿基诺·罗西尼[②]。粗野的形象只是特德斯科的伪装。他有两个神学学位，精通五门语言，曾是拉

---

① 髑髅地是一个地名，在那里，基督"要用自己的血叫百姓成圣，也就在城门外受苦"（《希伯来书》13:12）。

② 焦阿基诺·罗西尼（Gioacchino Rossini）于1792年出生于意大利港口城市佩萨罗，为著名作曲家。

青格在信理部的得意门生，并在那里被称为"坦克枢机"[①]的执法者。教宗葬礼结束后，特德斯科就以重伤风为由离开罗马。当然，没人相信。他不需要更多关注，缺席进一步增加了他的神秘感。

"抱歉团长，火车在威尼斯耽搁了。"

"身体还好吗？"

"噢，不算太糟——在我们这个年龄谁又能好呢？"

"我们很想你，戈弗雷多。"

"当然。"他笑道，"唉，没办法。不过我的朋友们一直在告诉我进展。待会儿见，团长。不不，孩子，"他对瑞士卫兵说，"把那个给我。"这位人民公仆坚持要自己把包拎进去。

---

① 教宗本笃十六世［本名若瑟·拉青格（Joseph Alois Ratzinger），2005 年至 2013 年在位］在做信理部部长时，因二战时服役于德国国防军的经历，又被称作"坦克枢机"。

3

揭露

5点45分，基辅荣休大主教瓦季姆·亚岑科坐着轮椅上了山坡。奥马利在记事板上画了一个大大的勾，宣布117名枢机都已安全抵达。

洛麦利松了一口气，低下头，闭上眼睛。七个秘密会议的官员立刻做了同样的动作。"天父，"洛麦利说，"天地的创造者，我们蒙你拣选。我们所做的一切都是为了荣耀上帝。请保佑此次秘密会议，以智慧指引它，将你的仆人集合在一起，让我们在爱与快乐中相遇。天父，我们将永远歌颂汝名。阿门。"

"阿门。"

洛麦利走向圣玛尔大之家。现在所有百叶窗都已经锁上了，没有一丝光线能射入上面几层楼。黑暗之中，它变成了一座碉堡，只剩入口处尚有灯光。在厚重的防弹玻璃后，神父和警卫在淡黄色的灯光下无声地行动着，就像水族馆里的生物一样。

洛麦利就要走到门口时，有人碰了碰他的胳膊。萨内蒂说道："阁下，伍兹奈克大主教还等着要见您。"

"啊，是的，雅努什。我都忘了。他时间卡得很紧啊，不是吗？"

"他知道他六点就必须走了，阁下。"

"他在哪？"

"我让他在楼下的一间会议室里等您。"

洛麦利对朝自己敬礼的瑞士卫队微微点头，随后走进温暖的旅社。他跟着萨内蒂穿过大厅，边走边解开上衣纽扣。在经历了广场上令人舒适的凉爽后，他感到这里面热得简直让人难以忍受。枢机们三三两两地站在大理石石柱间闲话。经过他们时，他对他们示以微笑。他们是谁？他开始在记忆里搜索答案。当他还是教廷大使时，他能记住所有外交官同事、他们的妻子，甚至还有他们孩子的名字。然而现在，每次谈话都可能造成尴尬。

他站在礼拜堂对面的会议室入口，将外套和围巾递给萨内蒂。"你能帮我把这些带到楼上去吗？"

"您希望我同您一起去吗？"

"不必，我自己能处理好。"他把手放在门把手上，"晚课是在什么时候？"

"六点半，阁下。"

洛麦利打开门。伍兹奈克大主教背对他站在房间的最远端，似乎在盯着光秃秃的墙。房间里有一股很淡但很明显的酒味。洛麦利不得不再次压下他的怒意。难道他现在的事还不够多吗！

"雅努什？"洛麦利走向伍兹奈克，想要给后者一个拥抱。但让他惊慌的是，这名前教宗官邸总管竟跪倒在地，在胸前画了一个十字。

"以圣父、圣子、圣灵之名，我上一次告解是在四周前——"

洛麦利伸出手。"雅努什，雅努什，请原谅我，但我真没时间听你告解。再过几分钟就要关门了，那时你就得走。快坐下，告诉我你的困扰。"洛麦利将大主教扶起来，拉着他在椅子上坐下，鼓励地笑了笑，并拍了拍他的膝盖。"继续。"

伍兹奈克圆胖的脸上汗水淋漓。洛麦利凑得很近，能看到他眼镜上的灰渍。

"阁下，我之前就该来找你，但我曾发誓不再提这件事。"

"我理解。别担心。"伍兹奈克满身都是伏特加的味道。谁说汗水是没有味道的？他的手在发抖，整个人都散发着一股汗臭。"你说你发誓不再提起这事——你向谁发的誓？"

"特朗布莱枢机。"

"我知道了。"洛麦利向后退了一点。在听了一辈子的秘密后，他已经有了一种本能。大众总是认为最好去了解一切。但根据他的经验，越无知通常越好。"在你继续说之前，雅努什，我希望你能花一些时间问问上帝，你违背誓言的做法是否正确。"

"我问过很多次了，阁下，这正是我来的原因。"伍兹奈克的嘴也在颤抖，"如果你很为难……"

"不不，当然不。请开门见山。我们没有时间了。"

"很好。"波兰人深吸一口气，"你还记得教宗去世那天，最后一位和他正式见面的人，在四点的时候，是特朗布莱枢机吗？"

"我记得。"

"在那次会面中，教宗解除了特朗布莱枢机在教会中的所有职务。"

"什么？！"

"教宗解雇了他。"

"为什么？"

"因为他严重渎职。"

洛麦利震惊得说不出话来。"说真的，大主教，你应该换个时间告诉我这种事。"

伍兹奈克低下头。"我知道，阁下，请原谅我。"

"过去三周的任何时候都可以！"

"我不怪你生气，我能理解，阁下。但在前两天我才听到关于特朗布莱枢机的谣言。"

"什么谣言？"

43

"他可能会当选教宗。"

洛麦利沉默了一会儿,然后对这种坦白表示强烈不满。"你认为你有责任阻止它?"

"我已经不知道我的责任是什么了。我曾祈求上帝给我指引,最后我觉得应该告诉你,由你来决定是否告知其他人。"

"但事实是什么,雅努什?你没有告诉我任何事实。他们见面时你也在场吗?"

"不,阁下。教宗是在和我共进晚餐时告诉我的。"

"他告诉你解聘特朗布莱枢机的原因了吗?"

"没有,他说在不久后,一切都将水落石出。他当时非常激动,非常愤怒。"

洛麦利盯着伍兹奈克。他在说谎吗?不可能。他是一个简单的灵魂,来自一个波兰小镇,当圣若望·保禄二世钟鸣漏尽时,他作为随行神职人员陪伴左右。洛麦利肯定他说的是实话。"除了你和特朗布莱枢机外,还有人知道这事吗?"

"莫拉莱斯蒙席。他们见面时他也在场。"

洛麦利认识赫克特·莫拉莱斯,但并不十分了解他。他曾是教宗的私人秘书,是个乌拉圭人。

"听着,雅努什,"洛麦利说,"你确定是这样的吗?你看上去很难过。但为何莫拉莱斯蒙席从未提起此事?教宗去世那晚,他也在公寓里,那时他就可以说出来,或者告诉其他秘书。"

"阁下,我已经开门见山了。我反复回想这些事。我发现教宗去世了,我叫来了医生,医生叫来了特朗布莱枢机。这就是规定,'当教宗去世时,应第一个通知财务总管'。特朗布莱枢机前来控制了局势。我没理由反对,而且我当时仍处于震惊之中。大约一个小时后,他把我拉到一旁,问晚餐时教宗是不是有什么特别的想法。那时我就应该说点什么了。但我太害怕了。这不是我该知道的事。所以我只说了教宗看上去很激动，没有提到任何细节。后来，我看到特朗布莱枢机和莫拉莱斯蒙席在角落里窃窃私语，我想他应该是在劝莫拉莱斯蒙席不要提会面的事。"

"为什么这么想？"

"因为后来我向蒙席提过教宗告诉我的事，他很肯定没有解雇这回事，还说教宗这几周都不太正常，让我为了教会不要再提，所以我才没说。但这是不对的，阁下，主告诉我这样做不对。"

"是的，"洛麦利赞同道，"这是不对的。"他试图看穿这一切。这很可能不是什么大事，伍兹奈克可能只是太过紧张了。但话又说回来，如果真的在特朗布莱当选后丑闻被人揭露，它就会对教会造成非常可怕的影响。

突然，有人开始重重地敲门。洛麦利大喊："现在不行！"

门打开了。奥马利把身子探入房间，像滑冰运动员一样将庞大的身躯压在右脚上，左手紧紧抓住门框。"阁下、大主教，很抱歉打断你们，但情况紧急。"

"亲爱的上帝啊，又怎么了？"

奥马利瞥了一眼伍兹奈克。"我很抱歉，阁下，我还是不说为好。你现在能来一下吗？"

他退后一步，指了指大厅的方向。洛麦利不情愿地站了起来，冲伍兹奈克说道："这件事交给我了。你做得对。"

"谢谢。我就知道应该来找你。你会祝福我吗，阁下？"

洛麦利将手放在大主教的头上。"去热爱和侍奉我主吧。"他在门口转过身。"雅努什，你今晚祷告时，能不能想起我？我觉得我比你更需要代祷。"

*

在过去几分钟里，大厅变得更加拥挤了。枢机们开始走出房间，准备在旅社的礼拜堂里做弥撒。洛麦利和奥马利并肩大步走向前台，用余光看到特德斯科在和楼梯底部的一群人侃侃而谈。一名瑞士卫兵胳膊下夹着头盔，正站在抛光的长木柜台后，两名警卫和曼多夫大主教站在他身旁。他们眼睛发直，没有说话，给人一种不祥的感觉。洛麦利想，肯定是有一名枢机死了。

奥马利说："很抱歉搞得这么神秘，阁下，但我认为我不能在大主教面前说。"

"我知道你想说什么。你想告诉我我们失去了一名枢机。"

"正好相反，团长，我们似乎得到了一名。"爱尔兰人紧张地傻笑着。

"你在开玩笑吗？"

"不，阁下，"奥马利严肃起来，"我说的就是字面上的意思。又有一名枢机出现了。"

"这怎么可能？我们漏了谁？"

"不，名册上没有他的名字。他说他是教宗默存于心中的枢机。"①

洛麦利感到面前好像出现了一堵无形的墙。他在前厅停住脚步。"他一定是个冒牌货，不是吗？"

"我也是这么想的，阁下。但曼多夫大主教和他谈了谈，觉得他不是骗子。"

---

① 默存于心的枢机或教宗默存于心中的枢机（cardinal *in pectore*）指基于环境因素，名字由教宗保密，待适当时候再由教宗公布出来的枢机。

洛麦利匆匆走向曼多夫。"这到底是怎么回事？"

两名修女在前台忙着摆弄电脑，假装没有听见。

"阁下，他的名字是赫克托·贝尼特斯，他是巴格达大主教。"

"巴格达？我都不知道那地方还有大主教。伊拉克人？"

"不！是菲律宾人。教宗去年任命的。"

"啊，我想起来了。"他隐约记得有本杂志上的照片，一名天主教高级教士站在一间被烧毁的教堂的废墟前。他现在已经是枢机了吗？

曼多夫说："你应该最清楚他的升职呀。"

"但我并不知道，你看上去很吃惊。"

"啊，我还以为教宗会通知你。"

"不一定。你还记得吗，他在去世前不久才彻底修改了关于默存于心任命的教会法。"

洛麦利试图让自己听上去若无其事，但事实上，这更加刺痛了他。默存于心是一个古老的条款，它规定教宗可在不透露名字，甚至连最亲密的伙伴都不知情的情况下任命枢机。除受封者外，只有上帝知道他的身份。当洛麦利还在教廷时，他只听说过一位默存于心的枢机。即使在教宗去世后，这位枢机的名字都没有被公开。那是在 2003 年若望·保禄二世在位期间。到现在也没有人知道他是谁。很多人猜他是为了避免遭受迫害才匿名的。想必这名巴格达的教会高级代表也同样担心自己的安全。不是吗？

洛麦利意识到曼多夫仍盯着自己。这个德国人热得满头大汗，湿漉漉的秃头在灯光下闪闪发亮。洛麦利说："但在做出这么敏感的决定前，教宗至少会和国务卿商量。雷，请贝里尼枢机过来。"奥马利离开后，洛麦利又看向曼多夫。"你认为他真的是枢机吗？"

"他有前任教宗派他去巴格达总教区的委任书，他们应教宗要求对此保密。上面还有官印，你看，"他将一袋文件递给洛麦利，"他确实是一名大主教，在世界上最危险的地方之一传教。我想不出伪造证明的动机，你呢？"

"我也是。"这些文件看着像真的，洛麦利还了回去。"他现在在哪儿？"

"我让他在后面的办公室里等着。"

曼多夫把洛麦利带到前台后方。透过玻璃墙，洛麦利可以看到一个瘦长的身影坐在角落里的橙色塑料椅上，就在打印机和几箱打印纸中间，身穿纯黑色法衣，没有戴小瓜帽。他身体前倾，手肘拄在膝盖上，手握念珠，低着头，应该是在祈祷。一绺深色的头发挡住了他的脸。

曼多夫像不想打扰睡觉的人一样悄悄地说："他是在快关门时到的。名单上没有他的名字，他穿得也不像枢机，所以瑞士卫队才来找我。我让他们把他带进来检查。我没做错吧？"

"当然没有。"

菲律宾人正全神贯注地拨弄着念珠，洛麦利觉得光是看着他都太过冒昧了，但很难移开目光。洛麦利很嫉妒这个人。他自己已经很久不能从专注中汲取力量并切断与外界的联系了。这些天他总是满脑子杂音。先是特朗布莱，然后是这个人。他想知道还会有什么意外在等他。

曼多夫说："想必贝里尼枢机能将整件事弄清。"

洛麦利环顾四周，看到贝里尼和奥马利正向这边走来。前国务卿的脸上还挂着不安和困惑的神情。

洛麦利说，"奥尔多，你知道这事吗？"

"我没想到教宗真的会这样做，"贝里尼惊讶地盯着玻璃后的贝尼特斯，就像看到某种神话生物，"但他就在那里……"

"所以教宗提过这事？"

"是的，几个月前说过。我表示强烈反对。就算不去进一步点燃穆斯林的怒火，基督徒也在那里吃尽了苦头。一名在伊拉克的枢机！美国人都会被吓住的。我们没法保证他的安全！"

"所以教宗才想要保密吧。"

"但人们肯定会发现的！一切都会泄露，特别是在这个地方，他比任何人都清楚这一点。"

"不管发生了什么，它现在都不是秘密了。"玻璃墙后，菲律宾人仍在安静地拨弄念珠。"既然能确定是教宗将他任命为枢机的，那他的证明文件也应该是真的。我想我们没有别的选择，只能承认他了。"

洛麦利起身准备开门，但贝里尼抓住了他的手臂。"等等，团长，"贝里尼低声问，"必须这样吗？"

"为什么不？"

"教宗那时有做出决定的能力吗？"

"慎言，我的朋友，这听上去像是异端邪说。"洛麦利轻声答道，他不想让别人听见。"我们无权决定教宗的做法是对是错。我们的责任是确保他的愿望能够得到尊重。"

"教宗无谬误论①代替了教义，但它并不涉及任命。"

"我很清楚教宗无谬误论的局限之处，但这是教会法的问题。关于这一点，我们都有资格进行评判。《使徒宪典》第三十九款明确规定：'每位枢机选举人要"事态清白"，即在新教宗选出以前，

---

① 教宗无谬误论（papal infallibility）是天主教会在失去世俗权力后，为巩固教宗精神上的权威而于1870年通过的教义。所谓的教宗无谬误，并不指他所说的每一句话都绝对正确，而是说他代表教会所宣告的关于信仰和道德的训令不可能有谬误。

49

在选举前所指派的场地留位。'① 在教会法层面，他就是枢机。"

洛麦利把手臂抽出来，打开了门。

他走进去时，贝尼特斯抬起头，慢慢站了起来。贝尼特斯的身高略低于平均水平，面容精致英俊，让人很难猜出他的年龄。他皮肤光滑，颧骨突出，身材单薄，甚至有点憔悴。他轻轻地和洛麦利握了握手，看上去筋疲力尽。

洛麦利说："欢迎来到梵蒂冈。抱歉让你在此等候，但我们必须进行一些调查，希望你能理解。我是洛麦利枢机，也是团长。"

"我才应该为我非正统的闯入道歉。"他平静且清晰地回应道，"让我进来就已经很好了。"

"没关系，你肯定有自己的原因。这位是贝里尼枢机，我想你应该认识。"

"贝里尼枢机？我好像不认识。"

贝尼特斯伸出手。洛麦利还以为贝里尼会拒绝，但最后他还是握了上去，并说道："很抱歉这么说，但我觉得你的到来是个严重的错误。"

"为什么，阁下？"

"因为基督徒在中东的处境已经非常危险了，更别提你还被选为枢机，出现在了罗马。"

"我知道这些风险，所以我才犹豫是否要来。但我可以向你们保证，我在出发前，已经认真做了一次长时间的祈祷。"

"好吧，如果你做出了选择，就无需多言。不过，既然你来了，我就必须告诉你，你可能回不了巴格达了。"

---

① 来自《使徒宪典》的引文均以刘顺德译本为基础，后文不再说明。

"我当然会回去，我也会面对信仰带来的一切，就像其他几千人那样。"

贝里尼冷冷地说："我并没有怀疑你的勇气或信仰，大主教。但你的回归会造成外交上的影响，所以我劝你改变主意。"

"这也不是你能决定的，阁下。这是下一任教宗需要考虑的问题。"

他比看上去要强硬，洛麦利想。贝里尼似乎无言以对。洛麦利说："想得太远了，弟兄们。重点在于你来了。现在，让我们现实一点，看看还有没有多余的空房。你的行李呢？"

"我没有行李。"

"什么？！一件也没有？！"

"空手去巴格达机场才是最好的决定，这样可以隐藏我的真正目的，毕竟政府的人一直在跟踪我，无论我去哪里。我在贝鲁特的到达大厅里睡了一晚，两个小时前才到罗马。"

"天啊，看看我们能为你做点什么吧！"洛麦利把他带到前台。"奥马利蒙席是枢机团秘书，他会帮你准备好一切。雷，"他对奥马利说，"他需要洗漱用品、一些干净的衣物，还有咏祷服饰。"

贝尼特斯问："咏祷服饰？"

"我们去西斯廷教堂投票时，必须身着全套礼服。梵蒂冈肯定有套备用的。"

"我们去西斯廷教堂投票时……"贝尼特斯重复道，突然变得很惊慌。"原谅我团长，这太出乎意料了。我无法严肃对待投票，我一个候选者都不认识。贝里尼枢机说得对，我不应该来的。"

"胡说！"洛麦利抓住他干瘦的手臂，感到里面积蓄着强大的力量。"听我说，阁下，今晚你要和我们共进晚餐，我会向他们介绍你，然后你们可在晚餐时交谈，这样你至少能认识其中一些人。

你要和我们一起祈祷，圣灵将在适当的时候带领我们选出那个名字。这将是绝妙的心灵体验。"

*

晚课在底楼的礼拜堂里开始了。素歌的声音飘过大厅。洛麦利突然觉得非常疲惫。他留下奥马利来照顾贝尼特斯，自己搭电梯回房。上面像地狱般炙热，空调似乎没开。他忘了百叶窗被焊上，试图打开窗户，然后失败了。他在房间里环视了一圈。灯光非常明亮，被刷白的墙壁和光滑的地板似乎增强了这种亮光，让他头疼。他关掉卧室的灯，摸索着向盥洗室走去，找到一根绳索，拉下它打开镜子上方的灯管。他半掩上门，躺在陷入蓝色阴影的床上，想要做祷告。但不到一分钟，他就睡着了。

他梦到自己站在西斯廷教堂内，看见教宗在祭坛上祈祷。但每当他想走近教宗，教宗都会走开。这个老人一直走到圣器收藏室门口，转身朝他微笑，然后打开门，纵身一跃，消失在他的视野中。

洛麦利大叫着醒来，然后一口咬在指关节上，强迫自己安静下来。在睁眼后的好几秒内，他都不知道自己在哪里。周围没有任何熟悉的物品。他静静地躺着，等心跳恢复平稳。过了一会儿，他试着回想梦的内容。有很多很多的图像，对此他敢肯定。他能感受到它们。但当他试图想起它们时，它们就像破裂的泡沫一样消失得无影无踪，只有教宗掉下去的可怕景象深深地烙印在他脑海里。

走廊上有两人在用英语交谈，好像是亚洲人。许多人在摆弄房间钥匙。门开了又关，一人向下走去，另一人在隔壁开了灯。

52

这墙薄得跟纸板一样。洛麦利能听到隔壁的人走来走去、自言自语、咳嗽、清嗓、冲马桶。他觉得那应该是阿德耶米。

洛麦利看了眼表，快晚上 8 点了。他睡了一个多小时，仍感疲惫无力，仿佛在梦中承受了更大的压力。他开始思考接下来的任务。主啊，请赐予我面对审判的力量。他小心地翻身坐起，将脚放在地上，前后晃动身体，好让自己有力气起身。这就是老年人。所有曾被视为理所当然的行动，比如从床上坐起这么简单的动作，现在都需要他精确地规划行动顺序。在第三次试图起身时，他终于站了起来，僵硬地小步走到桌子旁。

他坐下来，打开台灯，打开棕色的真皮文件夹，抽出十二张 A5 纸。它们是厚厚的、淡黄色的手抄纸，上面还有水印。这种纸最适合用来记录这一历史性的时刻。上面的字大而清晰，采用了两倍行距。布道结束后，这份文件将被永远保存在梵蒂冈的档案馆中。

这场布道被称为"教宗选举弥撒圣祭"。一直以来，这次布道都会提出新教宗应具有的品质。在他的记忆中，这次布道甚至能够操纵教宗选举。1958 年，安东尼奥·巴捷枢机发表了自由主义者关于完美教宗的描述（愿新的基督代理人能够成为社会各阶层以及所有国家之间的桥梁……），说的基本上就是威尼斯枢机隆卡利，后来的教宗若望二十三世。五年后，保守派在阿姆莱托·汤迪尼蒙席的布道中采用了相同的策略（应怀疑"和平教宗"收到的热烈掌声），最后却在温和派中激起了强烈不满，后者认为这过于低级。蒙蒂尼枢机因此当选。

与它们不同，洛麦利的演讲经过了精心构思，保持了中立而温和的立场：我们最近的几任教宗都在孜孜不倦地推进国家间的和平合作。让我们祈祷未来的教宗能够继续完成慈善与爱的工作……没有人能对此表示反对，特德斯科也不能。后者能像一条松露猎犬找到松露一样迅速地察觉到相对主义的论调。洛麦利担心的是弥撒，担心他自身的精神能力。他将接受精神上的审查。电视摄像机镜头会紧紧地贴在他脸上。

他放好演讲稿，朝祈祷台走去。这是一张简单朴素的木台，和教宗房里的那张一样。他俯身跪了下来，抓住木台两边，低下头，维持这个姿势近半小时，直到晚餐时间到了。

4

默存于心

餐厅是圣玛尔大之家最大的房间，铺有白色大理石地板，中庭天花板上罩着玻璃。这间房占据了大厅的右侧，面向大厅敞开。用来隔出教宗用餐专区的盆栽已经被移走。餐厅里有 15 张大圆桌，铺着白色的蕾丝桌布。每桌摆了 8 副餐具，中间放着葡萄酒瓶和水瓶。洛麦利走出电梯时，餐厅已经坐满了人。房间内回荡着欢乐且充满期待的喧闹声，就像商务会谈的第一夜一样。仁爱修女会的修女们已为大部分枢机倒上了酒水。

洛麦利四处寻找贝尼特斯，发现他独自站在餐厅外的一根柱子后。奥马利不知从哪里翻出了一套镶有红边的主教法衣，为它搭了一根红色腰带。但法衣不是很合身，显得有点大，让人几乎找不着贝尼特斯。洛麦利走了过去。"阁下，你安顿好了吗？奥马利蒙席给你找房间了吗？"

"是的，团长，谢谢关心，在顶楼。"贝尼特斯拿出钥匙，很惊讶能住进那个房间，"据说从这个房间能看到这个城市的绝妙景色，但百叶窗打不开。"

"那是为了防止你泄露秘密或从外界收到消息。"洛麦利说道。他注意到贝尼特斯的疑惑，又补充道："只是开个玩笑。所有房间都是这样的。你不能一晚上都自己待着。跟我来。"

"团长，我很高兴待在这儿。"

"胡说，我要向他们介绍你。"

"有这个必要吗？大家都在聊天……"

"你现在是枢机，要有自信。"

他把菲律宾人拉到餐厅正中，一路上向准备上菜的修女们点头致意。他们从桌子间挤过，最后找到一块空地。他拿起餐刀，轻轻敲了一下杯沿。寂静笼罩了整个房间，只有年迈的加拉加斯荣休大主教继续高声说话，直到同伴挥手示意他安静。他环顾四周，拨弄了一下助听器，刺耳的杂音响起，离他最近的人面部抽搐了一下，缩起肩膀。他举手致歉。

洛麦利向他鞠了一躬："多谢，阁下。我的弟兄们，请就座。"

等大家归位后，他继续讲话。

"各位，在用餐前我想介绍一位新成员，他几小时前才抵达梵蒂冈。在这之前，无人知晓他的存在。"人们开始骚动。"这是完全合法的程序，是默存于心的产物。只有上帝和前任教宗才知道原因，但我们能够猜到答案。新弟兄的工作非常危险，他经历了千难万险才抵达这里，出发前也祈祷了很久。让我们热烈欢迎他的到来。"他朝贝里尼看了一眼，后者紧盯着桌布。"蒙上帝恩宠，117 名弟兄现在已变成 118 名。欢迎，来自巴格达的枢机大主教，赫克托·贝尼特斯。"

他转向贝尼特斯，为他鼓掌。气氛陷入尴尬，好几秒钟里只有他自己的掌声。但渐渐的，其他人也加入了鼓掌的行列，最后演变成大家一起热烈地鼓掌。贝尼特斯惊讶地看着周围的笑脸。

掌声结束时，洛麦利向房内众人做了一个手势。"阁下，可否领我们做谢饭祷告？"

贝尼特斯的表情很惊慌，在那一刻，洛麦利甚至产生了一个非常荒谬的想法：贝尼特斯从未做过谢饭祷告。但贝尼特斯喃喃说道："当然，团长，这是我的荣幸。"他画了个十字，低下头。枢机们跟着他做了同样的动作。洛麦利闭目静待，但贝尼特斯沉默了很久。当洛麦利开始担心他是不是出了什么问题时，贝尼特斯开始念道："天主降福我等，暨所将受于主普施之恩惠，暨未受此餐之人。天主助我等于进餐时忆起饥寒交迫、孤独患病之人，暨准备食物之姐妹，暨今夜布菜之人。为我等主耶稣基督，阿门。"

"阿门。"

洛麦利在胸前画了个十字。

枢机们抬起头，展开餐巾。之前在一旁等候的蓝衣修女开始捧着各种汤盘在厨房和餐厅间来回穿梭。洛麦利拉着贝尼特斯，环顾四周，权衡着在哪一桌会受到友善欢迎。

他将这个菲律宾人带到他的同胞马尼拉大主教门多萨枢机和哥打巴托大主教拉莫斯枢机身边。他们和其他来自亚洲和大洋洲的主教坐在一起。当他走近时，两人都起身向他致敬。门多萨特别热情，他从桌子的另一边绕过来，紧紧地握住贝尼特斯的手："我感到非常骄傲。我们都是。整个国家都为你的升职感到骄傲。团长，你知道吗？在我们马尼拉教区里，贝尼特斯就是活着的传奇！你知道他都干了什么吗？"他转向贝尼特斯，"那是多久以前的事了？二十年？"

贝尼特斯回答道："快三十年了，阁下。"

"三十年！"门多萨开始回忆：汤都和圣安德烈斯岛、巴哈拉那和库拉通巴勒棱、柏雅塔斯和巴贡思朗……一开始，这些名字在洛麦利看来没有任何意义，但他慢慢发现，它们要么是贝尼特斯担任神父的贫民区，要么是他在营救受害者时面对的街头匪帮，大部分受害者是雏妓和瘾君子。营救仍在继续，人们仍在谈论这位"声音温和的神父"。"我们终于见到你了，这是我们的荣幸。"门多萨总结道，招手让拉莫斯加入谈话。拉莫斯热情地点了点头。

"等等，"洛麦利皱了皱眉，想确认自己没有理解错，"实际上你们三个并不认识？"

"不，我们没有私交。"主教们摇了摇头。贝尼特斯补充道："我离开菲律宾很多年了。"

"你是说，在这段时间你一直待在中东？"

身后传来一声大叫："不，团长！他在非洲待了很久！和我们一起！"

八名非洲主教就坐在邻桌。刚才说话的是年老的金沙萨荣休大主教波弗莱·穆安巴。他站起身，示意贝尼特斯过去，一把拍在后者胸口上。"欢迎！欢迎！"说着他把贝尼特斯带到桌旁。枢机们放下汤勺，依次起身和他握手。洛麦利很快意识到，这些人都没见过贝尼特斯，但听说过，并且尊敬他。他一直在偏远地区工作，经常处于教会传统结构之外。贝尼特斯站在一旁微笑、点头，始终专注地倾听，和洛麦利担任外交官时的表现一样。在非洲布道时，贝尼特斯和在马尼拉的街道上一样积极，且非洲的工作也很危险，包括为一些女性和女童建立诊所和避难所，她们曾在非洲大陆的内战中遭受强奸。

洛麦利感到眼前的迷雾渐渐散去。是的，他明白为什么这名传教士能够引起教宗的注意了。教宗经常这样解释自己的信仰：最容易遇见主的地方，是世界上最贫穷、最绝望的那些地方，而不是舒适的第一世界的教区。离开教区去寻找主需要勇气。若有人要跟从我，就当舍己，背起他的十字架，来跟从我。因为凡要救自己生命的，必丧掉生命；凡为我丧掉生命的，必得着生命……[①]贝尼特斯不是那种通过在教会中任职层层晋升的人，他甚

---

① 《马太福音》16:24—25。

至都没有想过要这样做。他在社交上太笨拙了。只有特别任命才能将他送进枢机团。是的，一切都清楚了。让洛麦利觉得困惑的是整件事情的保密性。对贝尼特斯来说，公开他的枢机身份真的会比公开他的大主教身份更危险吗？为什么教宗没有把这个秘密告诉任何人？

后面的人请洛麦利挪一下身。坎帕拉大主教奥利弗·纳基坦达一手拎着备用的椅子，一手抓着从邻桌拿过来的餐具，枢机们则左右移动座椅，为贝尼特斯腾出位置。新上任的马普托大主教（洛麦利忘了他的名字）向修女示意再加一份汤。贝尼特斯谢绝了敬酒。

洛麦利祝他用餐愉快，然后转身离开。两张桌子开外，阿德耶米枢机正和同伴侃侃而谈，逗得那群非洲人大笑，但他似乎有些心不在焉。洛麦利注意到他时不时地瞅向贝尼特斯，脸上有种困惑的愤怒。

*

参加秘密会议的意大利人很多，三张桌子都快坐不下了。贝里尼和他的自由派支持者坐一桌，特德斯科带领的传统主义者坐一桌，剩下的一桌要么在两个派别之间犹豫不决，要么自己暗藏野心。洛麦利沮丧地发现这三张桌子上都没有他的位置。特德斯科最先看到他。"团长！"他坚持让洛麦利和他们坐一起，洛麦利无法拒绝。

他们喝完了汤，继续享用开胃菜。洛麦利坐在威尼斯宗主教对面，接过半杯葡萄酒。出于礼貌，他还拿了一点火腿和马苏里拉奶酪，尽管他没什么胃口。阿格里真托、佛罗伦萨、巴勒莫、佩鲁贾等地的保守派大主教和失宠的主教部部长图廷诺坐在桌旁。

图廷诺一直被视为自由主义者，但毫无疑问的是，他希望特德斯科的就职能够拯救他的职业生涯。

特德斯科的进食方式很古怪。他左手端盘，右手用叉子飞快地往嘴里塞食物，还不停地看向左右，就像担心有人会偷食一样。大概是因为他出身于一个庞大又长年挨饿的家庭吧。

"那么，团长，"特德斯科的嘴里塞满了东西，"布道准备好了吗？"

"是的。"

"用拉丁文吗？"

"不，用意大利语，戈弗雷多，就像你知道的那样。"

其他人都停止了谈话，专心听着。没有人知道特德斯科会说什么。

"太可惜了！如果让我来，我肯定会坚持用拉丁语的。"

"然后谁都听不懂，阁下，那就太糟了。"

只有特德斯科笑了起来。"是的是的，我承认我的拉丁语很差，但我还是想和你说一下，只想借机提点意见。我想说的是，变动总是会适得其反，选举教宗时必须牢记这点。比如说抛弃拉丁语……"他用餐巾擦去嘴上的油，并仔细观察起它来。他看上去有点走神，然后说："看看这间餐厅，团长，看看我们是如何在不知不觉中根据自己的母语就座的。我们意大利人离厨房最近，非常明智。讲西班牙语的在那儿，讲英语的在前台对面。在我们小时候，在脱利腾弥撒①还是世界性的礼拜仪式时，参与秘密会议

---

① 脱利腾弥撒（拉丁语：Missa Tridentina），又译特伦托弥撒、天特弥撒，是传统拉丁文弥撒，在 1570 年至 1970 年的四百年间是罗马天主教会强制使用的罗马礼一般形式弥撒。1969 年，教宗保禄六世宣布在普世教会禁止司铎自由使用脱利腾弥撒举祭，使它变成了罗马礼的特殊形式。

的枢机还能用拉丁语交流。然后是 1962 年，那时自由主义者们坚称我们要摆脱一门死语言，从而简化交流。可现在呢？他们让交流变得更困难了！"

"这种情况只适用于秘密会议这个例子，不适用于普世教会的传教工作。"

"普世教会？如果要用 50 种不同的语言表达同一事物，它还怎么能被认为是普世的呢？语言是至关重要的，因为随着时间的流逝，语言会产生思想，进而产生哲学和文化。第二次梵蒂冈大公会议已经过去 60 年了，谁都看得出来，欧洲的天主教和非洲、亚洲或南美洲的天主教已经走上了不同的道路。用最乐观的话说，我们成了一个联邦。看看这个房间，团长，看看语言是怎么区分我们的，即使只是如此简单的一餐，然后再反驳我，告诉我我说的一点儿道理都没有。"

洛麦利拒绝做出回答，虽然他认为特德斯科的推论太过荒谬，但他决定保持中立，他不想被卷入争论。何况谁也不知道特德斯科是在调侃还是认真的。"我只能说，如果这就是你的观点，戈弗雷多，你会对我的布道十分失望。"

"抛弃拉丁语，"特德斯科坚持道，"最终也会抛弃罗马。记住我的话。"

"噢，得了吧！说得太过了！"

"我很严肃的，团长。很快，人们就会公然质问：为什么非得是罗马呢？已经有人开始在私下里议论了。教义和《圣经》中都没有规定教宗必须住在罗马。他可以在任何地方搭建圣彼得宝座。我们神秘的新枢机是从菲律宾来的？"

"是的，你知道的。"

"所以现在有 3 个菲律宾候选人。那个国家有 8400 万天主教徒。意大利只有 5700 万信徒，其中大部分还从未领过圣餐，却有26 名枢机候选人！你是不是觉得这种反常还能维持很久？太愚蠢了。"他丢下餐巾，"我刚才说得太严厉了，我向你道歉。但这次秘密会议将是我们保留教会的最后机会。如果像之前一样再过十年，再来一个上一任那样的教宗，她就将不复存在。"

"所以，你实际上想说的是，下一任教宗必须是意大利人。"

"是的，就是这样！为什么不呢？已经有四十多年没有出现过意大利教宗了。历史上从未有过这样的空位期。团长，重掌教宗职位才能拯救罗马教会。所有意大利人都会同意这点的。"

"我们意大利人可能会同意这一点，阁下，但我们不可能在其他事情上达成一致，我们会遇到重重阻力。现在我要去见见其他同僚了。祝各位度过一个愉快的夜晚。"

洛麦利站起身，向枢机们点了点头，走到贝里尼那桌坐下。

*

"我们不会问你和威尼斯宗主教一同擘饼的感受，你的脸色说明了一切。"

前国务卿就坐在他的"禁卫军"旁边，他们是米兰大主教萨巴丁、都灵大主教朗多尔菲、博洛尼亚大主教戴拉夸和两名教廷成员。其中一位教廷成员是桑蒂尼，他不仅是教育部的部长，还是资历最深的执事级枢机，这意味着他将在圣彼得大教堂的阳台上公布新教宗的名字。另一位是潘扎维切枢机，负责宗座文化委员会。

"至少，我会把这个给他，"洛麦利回答道，又取了杯酒来平复愤怒的心情，"他显然不会为了选票改变观点。"

"他从来不会。我还挺佩服他这一点的。"

萨巴丁此人以玩世不恭闻名，基本上算是贝里尼的竞选经理。他说："他之前远离罗马的做法实在是太精明了。对他来说，少即是多。一篇直言不讳的报纸采访就能搞定他了。他明天会好好表现一番的。"

"请定义'好'。"洛麦利说道。

萨巴丁看了眼特德斯科，轻轻晃了晃头，就像给野兽估价的农夫。"他在第一轮投票中能赢得 15 张选票。"

"你们呢？"

贝里尼捂住耳朵："别告诉我！我不想知道。"

"20 到 25 张，第一轮肯定会遥遥领先。明天晚上才是重头戏。我们必须让贝里尼得到三分之二的多数票，也就是 79 票。"

贝里尼苍白的长脸上闪过一丝痛苦。洛麦利认为他此刻特别像殉道的圣徒。"请不要再说了。我不会说哪怕一句恳求的话来争取任何一张选票。如果我的同僚们在这么多年里都无法了解我，那么我也没法用一个晚上说服他们。"

修女们开始为各桌端上主菜嫩煎小牛排，于是他们沉默下来。这肉看上去嚼不烂，上面的酱汁也凝固了。如果有什么能促使秘密会议迅速得出结论，洛麦利想，那肯定是食物。在修女们上完最后一道菜后，这桌最年轻的枢机，也就是 62 岁的朗多尔菲像往常一样恭敬地说道："你什么都不用说，阁下，交给我们吧。但如果我们必须把你的主张介绍给那些中立人士，你希望我们怎样回答？"

贝里尼朝特德斯科点了点头："告诉他们，我支持特德斯科反对的一切。他的信仰很真诚，但也十分荒谬。我们永远不会回到用拉丁语主持圣餐仪式的年代，那个神父们背对会众举行弥撒，一个家庭有十个孩子，只因为父母们没有其他事可做的年代。那是一个丑恶压抑的时代，我们应该庆幸这一切都已成为过去。告诉他们，我主张尊重其他信仰，容许教会内部存在不同观点。告诉他们，我认为主教应该拥有更大的权力，女性应该在教廷里扮演更多角色——"

"等等，"萨巴丁打断他，"你认真的吗？"他做了个鬼脸，发出啧啧的声音："我认为我们不应该提到女人这个话题。说这个只会给特德斯科送上把柄。他会说你暗中支持为女性授职，但你并没有。"

贝里尼在萨巴丁面前似乎有些犹豫，也许这只是洛麦利的错觉："我承认，为女性授职在我在世时，在接下来很多年里，都无法实现。"

"不，奥尔多，"萨巴丁坚定地回应道，"这永远不会实现。这是用教宗权威确定的一条铁律：只向男性授予神职是以上帝的话语为基础的——"

"'通过平时及普世训导权提出的永无谬误'，是的，我知道这规定。这也许不是圣若望·保禄二世最明智的一个声明，但它就摆在那里。当然，我并不是在提议为女性授职，但什么也不能阻止我们带领女性进入教廷高层。这是行政工作，不是僧侣工作。前任教宗经常提到这一点。"

"是的，但他从未真正地做到这一点。一个不被允许主持圣餐礼的女人，要如何训诫一名主教？更别说让她选拔主教了。枢机团会认为这是走后门。"

贝里尼戳了好几下牛肉，然后放下叉子，把手肘搁在桌上，探过身，依次看向每个人。"听我说一句，弟兄们，让我们明确一点：我并不想要那个职位。我惧怕它。因此，我无意隐瞒我的观点或伪装成其他身份。我劝你们，我恳求你们，不要以我的名义拉选票。什么也别说。明白了吗？我没胃口，恕我失陪，我先回房了。"

他们目送他离开。他鹳一般的身影在桌子间僵硬地移动，穿过大厅，最后消失在楼上。萨巴丁取下眼镜，朝镜片哈了口气，用餐巾擦干净，把眼镜戴回去，然后翻开一个黑色的小笔记本。"好了，我的朋友们，"萨巴丁说，"你们听到了吧。现在我们要分工合作。罗科，"他冲戴拉夸说道，"你的英语最好，你负责同北美人和来自英国和爱尔兰的同僚沟通。你们谁的西班牙语好？"潘扎维切举起手。"很好，由你负责南美人。我来负责那些害怕特德斯科的意大利人，也就是大多数意大利人。吉安马尔科，"他对桑蒂尼说道，"你在教育部工作过，应该认识很多非洲人吧？他们就交给你了。当然，要避免提起教廷中的女性……"

洛麦利把牛排切成碎块，一口吞下一块。萨巴丁在桌旁走来走去。米兰大主教曾是一名杰出的基督教民主党参议员，很早就学会了统计选票。贝里尼上任后，萨巴丁应该会出任国务卿一职。任务分配结束后，萨巴丁合上笔记本，灌了一杯酒，满意地坐了下来。

洛麦利从盘子里抬起头来。"你肯定不信我们的朋友是真心不想成为教宗的。"

"啊，他肯定是真心的，这也是我支持他的原因。那些渴望职位的人才是危险的人，他们才应该被阻止。"

*

洛麦利一整晚都在留意特朗布莱，但直到饭后人们都在大厅里排队喝咖啡时，他才有机会接近这个加拿大人。特朗布莱手拿咖啡杯和杯托，在角落里听科伦坡大主教阿桑卡·拉贾帕克斯说话，那是秘密会议中公认的最无趣的人之一。特朗布莱一直盯着他，身体前倾，专心点头，不时低声说："是这样的……是这样的……"洛

65

麦利在旁边等着，意识到特朗布莱虽然注意到了他的存在，却选择忽视他，希望他能放弃等待自行离开。但洛麦利决定等下去。最后，一直瞅着洛麦利的拉贾帕克斯不情愿地中断了自己的独角戏，说："我认为团长想和你谈谈。"

特朗布莱转身冲他微笑。"雅各布，是你啊！"他大喊道，"真是个美好的夜晚。"他的牙齿非常白，白得不太自然。洛麦利怀疑他专门去漂了牙。

"能占用点你的时间吗，乔？"洛麦利说。

"当然可以。"特朗布莱转向拉贾帕克斯，"那么，等会儿再聊？"斯里兰卡人朝两人点了点头，然后离开了。看着拉贾帕克斯走开，特朗布莱还有点遗憾。随后，他看向洛麦利，声音中带着一丝恼怒："怎么回事？"

"我们能去人少的地方说吗？去你的房间？"

特朗布莱的笑容消失了。洛麦利还以为他会拒绝。"好吧，如果有这个必要的话。尽量简单点，我还要和其他同僚谈谈。"

房间在二楼。他将洛麦利带上楼，穿过走廊。他走得很急，显出一副急于解决这事的样子。那是套房，和教宗的一样。所有的灯都亮着：头顶的枝形吊灯、床头灯和台灯，甚至还有厕所里的灯。房间看上去非常整洁，明亮得就像一间手术室，除了床头柜上的一罐发胶外，没有其他私人物品。特朗布莱关上门，没有请洛麦利坐下。"你想说什么？"

"关于你和教宗的最后一次会面。"

"怎么了？"

"我听说发生了一些事，是吗？"

特朗布莱擦了擦前额，皱着眉，就像努力在记忆中搜寻。"不，我没有印象。"

"好吧，说得具体一点，听说教宗要求你辞去所有职务。"

"啊！"他做出恍然大悟的表情，"胡说八道！是伍兹奈克大主教告诉你的，对吗？"

"我不能说。"

"可怜的伍兹奈克。你知道这是怎么一回事吧？"特朗布莱挥舞着双手，"当这事结束后，必须好好处置他。"

"所以关于你在见教宗时被解雇的事，他没有说实话？"

"一个字都没有！荒谬透顶！去问莫拉莱斯蒙席，他也在场。"

"我会的，但现在不行，因为现在我们被隔离了。"

"我保证，他只会证明我所说的一切。"

"毫无疑问。但有一点很奇怪。为什么会有这种流言？"

"这很明显吧，团长。我经常被称为未来的教宗人选，这是个可笑的暗示，我自不必多说，你肯定也听过同样的流言。但有人想用谣言抹黑我。"

"你认为是伍兹奈克？"

"除了他还有谁？我敢肯定，他向莫拉莱斯说了一些'据称'是教宗告诉他的故事。我知道这事是因为莫拉莱斯转告我了。伍兹奈克绝对不敢直接和我说这些。"

"所以你把这一切完全归咎于一个旨在诋毁你的恶毒阴谋？"

"恐怕这就是事实，非常遗憾。"特朗布莱合上双手，"我会在今晚的祷告中提到大主教，请求上帝帮助他渡过难关。好了，如果你不介意的话，我想回楼下了。"

说罢，他向门口走去，但洛麦利拦住了他。

"恕我冒昧，最后提一个问题，我只是想让自己安心：你能告诉我，你和教宗在最后一次见面时到底说了什么吗？"

特朗布莱的脸上突然泛起一丝怒意，声音也变得生硬："不，团长，我不能说。老实说，我很惊讶你居然希望我透露一场私人谈话的内容。那是我和教宗的最后一次交流，是一次非常珍贵且私密的谈话。"

洛麦利将手贴在心口，向特朗布莱低头道歉："我能理解，请原谅我。"

特朗布莱肯定在撒谎，他们对此心知肚明。洛麦利站到一边，让特朗布莱打开门。他们沉默地沿着走廊往回走，在楼梯间分道扬镳。特朗布莱回到大厅和人继续交谈，而团长带着满腹疑惑，疲惫不堪地走向房间。

5

弥撒圣祭

　　那天晚上，洛麦利躺在床上，脖子上戴着圣母玛利亚念珠，双臂在黑暗中交叠于胸前。他曾用这个姿势来平复青春期的冲动，一直保持不动到天明。现在，近六十年后，虽然那种冲动已不再是一种危险，但他仍然保留了习惯，躺得就像坟墓上的雕像一样。

　　禁欲并没有让他觉得被阉割或受挫，因为它被视为神父必备的美德，让他感觉充满力量、十分圆满。他把自己想象成一名拥有骑士身份的战士，一个孤独、遥不可及、出类拔萃的英雄。人到我这里来，若不爱我胜过爱自己的父母、妻子、儿女、弟兄、姐妹和自己的姓名，就不能做我的门徒。[①]他并不是天真的人。他知道女人和男人各有欲望，也知道他们对彼此的欲望，但他从未屈服于肉体吸引力。他为自己的孤独感到自豪。当他被确诊出前列腺癌时，他才开始为错过的一切耿耿于怀。是因为他现在的模样吗？他不再是耀眼的骑士。他只是一个虚弱的老头，不比疗养院里的那些人更有英雄气概。有时，他也会思考这一切的意义。夜间的性欲已不再是一种折磨，后悔才是。

　　隔壁传来非洲枢机的鼾声。这面薄墙就像一张随鼾声振动的薄膜。肯定是阿德耶米，没有人比他更吵，就连睡觉时也是。洛麦利试图靠数鼾声入睡。但在数到五百时，他放弃了。

---

　　① 《路加福音》14:26。

他希望能开窗呼吸新鲜空气。太压抑了。午夜，圣彼得大教堂的钟声不再响起。封闭的密室里，黎明前的黑暗显得如此漫长，如此漫无边际。

他打开床头灯，读了几页瓜尔蒂尼的《弥撒前的默想》。

　　如果有人问我，符合教仪的生活始于什么，我会回答：始于学会沉静。上帝的话语扎根于专注的沉静中。这必须在礼拜仪式开始前就确定下来，如有可能，在去教堂的路上也要保持安静，最好在前一晚保持短时间的冷静。

但怎样才能达到这种沉静？对于这个问题，瓜尔蒂尼没有给出任何答案。长夜将尽，但洛麦利并没有变得平静，他脑中的噪声变得比平时更加刺耳了。他救了别人，不能救自己[1]——文士和长老在十字架下发出嘲笑。这是福音书的核心矛盾：神父能够主持弥撒，但无法自行领圣餐。

他在脑里绘出一抹与周围格格不入的黑暗。嘲笑的声音如同晴天霹雳，从天而降。这是关于疑惑的神圣启示。

他绝望地捡起《弥撒前的默想》，冲墙壁扔了过去。它啪的一声弹了回来。鼾声消失了一会儿，然后又响起了。

*

早上 6 点 30 分，神学院的铃声响彻圣玛尔大之家。洛麦利睁开双眼，身体蜷缩在一侧，感到头昏眼花，不知道自己到底睡

---

[1]　《马太福音》27:42。

了多久，但肯定不超过一两个小时。想起接下来要做的事，他心里不禁泛起一阵恶心，好一会儿都只能躺在床上动弹不得。正常情况下，他在清醒后会默想十五分钟，然后起身做晨祷。但这次，他迫使自己站了起来，直接走进盥洗室，冲了一个热水澡。热水鞭打着肩背，他在热水的冲击下扭动着身躯，发出痛苦的叫声。随后，他擦去镜子上的水汽，厌恶地看着镜中被烫红的粗糙皮肤。身躯如泥土，名声亦空想，终将灰飞烟灭。

他太紧张了，完全无法和别人共进早餐。他待在房间里背诵布道稿，试着祈祷，直到最后几分钟才走下楼。

大厅早已成为一片红色的海洋，枢机们身着法衣，排队前往圣彼得大教堂。曼多夫大主教和奥马利蒙席带着秘密会议的官员回到旅社。萨内蒂神父在楼梯口准备帮洛麦利更衣。他们一同走进礼拜堂对面的等候室，洛麦利昨晚就是在这里见的伍兹奈克。萨内蒂问他昨晚睡得怎样，他回答道："睡得很好，谢谢关心。"他希望这位年轻的神父不会注意到他眼睛下方的黑眼圈，也不会注意到他颤抖的双手。他将布道稿递给萨内蒂，头伸进祭披的开口处。在过去二十年中，历任团长都会穿上这件厚重的红色礼服。他配合地伸出手臂，好让像裁缝那样忙得团团转的萨内蒂进行调整。斗篷沉甸甸地压在他的肩上。他默默地祈祷着。主啊，你曾经说过：因为我的轭是容易的，我的担子是轻省的。[①]请恩准我能承担你的重担，以获得你的恩典。阿门。

萨内蒂站在他面前，为他戴上白波纹绸制成的主教冠，然后后退一步检查是否戴正了。萨内蒂眯眼看了一会儿，又走上前，略微调整了一下，然后走到洛麦利身后，向下拽了拽绶带，将它

---

① 《马太福音》11:30。

理平。主教冠看着很不稳，令人担忧。最后萨内蒂将牧杖递给洛麦利，后者用左手抓住金牧杖的曲柄，掂了几下。你不是牧羊人，教宗的声音在他脑海中响起，你是管理者。他突然有种冲动，想把牧杖放回去，想扯掉祭衣，想承认自己是一个骗子，然后就此消失。但他只是笑着点了点头。"看上去不错，"他说，"谢谢。"

枢机们在十点前就开始陆续离开圣玛尔大之家，以资历为序成对走出玻璃门。奥马利在记事板上依次核对。洛麦利倚着牧杖，和萨内蒂与曼多夫一同候在前台。埃皮法诺蒙席加入了他们。这个身材矮胖、性格开朗的意大利人是曼多夫的副手，将在弥撒期间担任首席助理。洛麦利没有和他人交谈，也没有东张西望，而是试图在心中为上帝留出一点空间，但这只是徒劳。三位一体的真神，承蒙你的恩典，我得以主持弥撒以荣耀你，并为造福所有人，造福那些基督为之赴死的人，无论他们是生是死，而将教会的成果用于选举新教宗……

最后，他们一同踏进11月的空茫晓色。枢机们身着红袍站成两列，队伍沿着鹅卵石路面延伸到挂着钟的拱门，然后消失在教堂内。又有直升机在附近盘旋，寒冷的空气中隐隐传来游行示威者的声音。洛麦利试图隔绝所有干扰，但都徒劳无功。每隔二十步就站着一名警卫。他在路过时为他们祝祷，警卫们回以鞠躬。洛麦利和支持者一同走到拱门下，穿过为早期殉道者修建的广场，走过门廊，跨过巨大的青铜门，走进华美明亮的圣彼得大教堂。电视摄像机的灯光正逐渐亮起，有两万人等在这里。唱诗班在穹顶下诵唱，人群中传来巨大的嗡嗡声。队伍停了下来，他紧盯着前方，享受着短暂的静止，意识到有很多人正紧紧挤在他的周围。修女、神父和非专职的神职人员都在盯着他看，朝他微笑，窃窃私语。

三位一体的真神，承蒙你的恩典，我得以主持弥撒以荣耀你……

　　几分钟后，队伍又重新动了起来，沿着中殿宽阔的中央通道前进。他左右张望，将身体的重心放在左手的牧杖上，茫然地挥动右手，向眼前模糊的脸送上祝福。他瞥见自己出现在巨大的电视屏幕上，那是一个精心打扮、面无表情的笔直身影，神情恍惚地向前走着。那个木偶是谁？那个虚伪的人是谁？他感觉灵魂仿佛脱离了躯体，飘在身边。

　　他们一直走到走廊尽头，走到穹顶下方，在贝尔尼尼的雕像《圣朗吉努斯》旁停了下来，等最后几对上去亲吻祭坛的枢机归队。在这里，他们还可以听到不远处唱诗班的歌声。在这一套精心策划的复杂流程完成后，洛麦利才走到祭坛后方，朝祭坛鞠了一躬。埃皮法诺走上前来，接过牧杖，递给一名祭坛侍者，然后为洛麦利摘下主教冠，折好，递给第二名辅祭。洛麦利习惯性地摸了下小瓜帽，确认它还在原处。

　　他与埃皮法诺一同踏上通往祭坛的七层台阶。这些宽阔的台阶上还铺设了地毯。洛麦利再次鞠躬，亲吻白布，把十字裥的袖子拉直又卷起来，就像准备洗手一样。他从侍者手中接过装有火炭和焚香的银香炉，拉着链子摇晃香炉，在祭坛的一边晃了七次，然后绕祭坛一圈，依次在剩下三边焚香。馨香的烟雾唤起了记忆之外的情感。他通过眼角的余光看到几个穿深色制服的身影正将他的座位搬到指定位置。他放下香炉，再次鞠躬，绕着祭坛走到正面。一名祭坛侍者捧着翻开的祈祷书，另一位则举着一根长杆话筒。

　　洛麦利在年轻时曾以一口低沉的男中音而享有美誉。但随着年龄增长，他的声音变得尖细，就像一瓶留得过久的好酒。他双手紧握，闭上眼睛，深吸一口气，在飘忽不定的素歌中开始吟诵，声音响彻整间大殿：

"以圣父、圣子、圣灵之名……"

集会成员们低声接话道：

"阿门。"

他抬起双手为他们祝祷，分三次说出：

"愿，你们，平安。"

他们回应道：

"也与你的心灵同在。"

他开始进入正题。

*

没有人能在事后从弥撒录像中看出洛麦利内心的挣扎。至少在布道前一切看上去都很平常。是的，在完成忏悔礼的过程中，他的手确实会时不时地颤抖，但他毕竟已经 75 岁了。是的，他确实有那么一两次不知道自己该做什么，比如当他应在宣读福音前用勺把焚香撒到香炉内的燃煤上时。不过，他大多数时候表现得非常自信。来自热那亚教区的雅各布·洛麦利正是凭借那天展现的品质——平静、庄严、冷静、高贵和坚定——才被擢升至罗马教会的最高层的。

来自美国耶稣会的神父用英文宣读了《以赛亚书》选段（主耶和华的灵在我身上①）。接着，一名普世博爱运动的知名女士用单调的西班牙语宣读了《以弗所书》选段，阐述了教会的合一（便叫身体渐渐增长，在爱中建立自己②）。洛麦利端坐在座位上，试图通过在脑中翻译这些熟悉的句子来集中注意力。

---

① 《以赛亚书》61:1。
② 《以弗所书》4:16。

他所赐的，有使徒，有先知，有传福音的，有神父和教师……①

枢机们在他面前围坐成半圆形。在人数上，那些有权参与秘密会议的和那些因超过80岁而不再有投票资格的大致相同。（保禄六世在五十年前就限制了年龄，而持续的人员流动确实极大地巩固了教宗的权力，使之能按自己的心意塑造秘密会议。）在失去权力后，这些老人是多么的怨愤啊！他们该有多嫉妒更年轻的人啊！洛麦利甚至都能看见他们皱起眉头。

……为要成全圣徒，各尽其职，建立基督的身体……②

他看向那四排较宽敞的座位。睿智的脸、无聊的脸、洋溢着宗教狂热的脸，还有一名枢机睡着了，就和他想象中的共和国时代的古罗马教廷一模一样。他四处张望，发现贝里尼、特德斯科、阿德耶米和特朗布莱这几位主要竞争者彼此离得很远，每个人都沉浸在自己的世界中。他突然意识到秘密会议是一台很不完美且十分专制的人造仪器。它在《圣经》中找不到任何根据，《圣经》里没有一句提到枢机是由上帝创造的。圣保禄将教会描绘成一个躯体，而枢机们又是怎么融入其中的？

……惟用爱心说诚实话，凡事长进，连于元首基督。全身都靠他联络得合式，百节各按各职，照着各体的功用，彼此相助，便叫身体渐渐增长……③

诵读结束后是宣读福音的流程。洛麦利在座位上一动不动。他好像悟到了什么，又不太确定。香炉安静地燃烧着，旁边有一盘焚香和一柄小银勺。埃皮法诺不得不提醒他应将焚香洒在燃煤上。在冒烟的香炉被拿走后，助手示意埃皮法诺站起来。在伸手

---

① 《以弗所书》4:11。
② 《以弗所书》4:12。
③ 《以弗所书》4:15—16。

为洛麦利摘下主教冠时，埃皮法诺看着洛麦利的脸，不安地小声问道："你还好吗，阁下？"

"是的，我很好。"

"接下来到您布道了。"

"知道了。"

他试图使自己在《约翰福音》（是我拣选了你们；并且分派你们去结果子①）的诵唱中平静下来。但福音很快就结束了。埃皮法诺拿走了他的牧杖。他本该坐下等埃皮法诺重新为他戴上主教冠，但他忘记了，这意味着手短的埃皮法诺必须尴尬地伸长手臂，才能将主教冠放回他的头上。祭坛侍者把布道稿递给他，稿纸在左上角被一条红色的丝带拴在一起。话筒被递到他面前，辅祭们退了下去。

突然间，他就要对上电视摄像机的镜头。参加集会的人太多，无法被全部收入镜头，只是大致按颜色分成几块：黑色的修女和俗人站在远处，就在入口处的铜门那里；白色的神父站在中殿的半道上；紫色的大主教站在过道前端；而鲜红色的枢机站在他脚边，就在穹顶下方。沉默如期降临在大殿之中。

他低头看向稿件。他早上花了好几个小时去熟悉它，现在它却显得那么陌生。他盯着它，直到身边涌起一阵不安。他最好现在就开始。

"各位弟兄姐妹……"

*

一开始，他只是在机械地读稿："在神圣的基督教会历史上的

①　《约翰福音》15:16。

一个责任重大的时刻……"

他说出的话语还没传到中殿的一半，便消失在了空气中，没有激起任何水花。只有当他提到前任教宗，说到"上帝赐予他辉煌的教宗职位"时，掌声才慢慢响起，最早是大殿最远端的俗人的掌声，然后它缓缓蔓延到祭坛，枢机们也强打精神开始鼓掌。他不得不停下，等待掌声平息。

"现在，请主通过枢机们的关怀，为我们带来一位新的教宗。在这一个小时里，我们首先要记住的是耶稣基督的信念和承诺，他对他选定的那人说道：'你是彼得，我要把我的教会建造在这磐石上，阴间的权柄不能胜过他。我要把天国的钥匙给你。'①

"今天，教宗权力的象征仍是一对钥匙。但应该将这对钥匙委以何人？这是我们一生中最严肃、最神圣的职责，我们必须向上帝祈祷，请求他给予爱的协助，请求他指引我们做出正确的选择。"

洛麦利翻到下一页，简单地扫了一眼。通篇都是陈词滥调。他直接翻到第三页，然后是第四页，发现都没有好到哪里去。他突然心血来潮，转身将布道稿放在座位上，再转回来对着话筒。

"但这些你们都知道。"人群中传来一阵笑声。枢机们惊慌地面面相觑。"请允许我发自内心地说一句。"说罢，他停下来整理思路。他已经完全平静下来了。

"在耶稣将教会钥匙授予圣彼得的三十年后，使徒圣保禄来到罗马。他在地中海附近宣传教义，为教会奠定了基础。在走进这座城市后，他却被投入监狱，因为当局害怕他，他们认为他是革命者。和其他革命者一样，他在狱中仍在组织活动。公元62年或63年，他将推基古神父派往他自己生活过三年的以弗所，给忠诚

---

① 《马太福音》16:18。

77

的信徒带去一封影响重大的信，刚才我们听到的就是其中的部分内容。

"认真思考一下刚才听到的内容：保禄告诫以弗所人——要记得，以弗所是所谓的外邦人和犹太人的混居地——上帝为教会赐下了各样属灵的福气。他所赐的有使徒，有先知，有传福音的，有神父和教师。他们'为要成全圣徒，各尽其职，建立基督的身体'。他们为要成全圣徒，各尽其职。这些不同的人，这些坚定且不惧迫害的强者，为教会各尽其职，因此，他们才能聚集在一起，共同建设教会。毕竟，上帝本可以只创造一种原型来侍奉他；但相反，他创造了一种体系，自然主义者可能会认为它是一种囊括了神秘主义者、梦想家、实干家，甚至还有管理者的生态系统。他们不同的优势和欲望才塑造出了基督的身体。"

大殿内一片寂静。只有一个摄影记者正绕着祭坛底座拍摄他的身影。洛麦利的大脑全速运转起来。他从未如此笃定他究竟想说什么。

"在第二部分，保禄重申了教会是一个生命体。'惟用爱心说诚实话，'他说，'凡事长进，连于元首基督。全身都靠他联络得合式，百节各按各职，照着各体的功用，彼此相助。'手是手，脚是脚，他们侍奉主的方式不同。我们不应畏惧差异，正是这种差异为我们教会赋予了力量。在用爱心说诚实话后，保禄又说，'使我们不再作小孩子，中了人的诡计和欺骗的法术，被一切异教之风摇动，飘来飘去，就随从各样的异端'。①

"我将这种头和身体的说法视为一种关于集体智慧的美妙比喻，这是一个同归于一、满有基督长成的身量的宗教团体。为达

---

① 《以弗所书》4:14。

78

到这个目的，我们必须宽容，因为身体百节都是必需的。任何人、任何派系都不得妄图主宰他人。'又当存敬畏基督的心，彼此顺服。'①保禄在《以弗所书》中如此教导信徒。

"兄弟们、姐妹们，我想告诉你们，在为教会工作时，我最恐惧的罪是确定性。确定性是同归于一的最大敌人。确定性是宽容的死敌。即使基督在最后都无法确定。'以利，以利！拉马撒巴各大尼？'约在申初，基督在十字架上痛苦地大喊，意思是'我的神，我的神！为什么离弃我？'②正因为我们的信仰与怀疑同行，才仍有人信奉它。如果没有怀疑，就没有不解之谜，就不需要信仰。

"恳请主赐予我们一位会怀疑的教宗，他的怀疑将使天主教信仰继续流传，鼓舞整个世界。恳请主赐予我们一位会犯下罪行，请求宽恕，然后继续前行的教宗。借着圣母玛利亚的代祷，借着所有在历史进程中使罗马教会万古流芳的殉道者和圣徒的代祷，向主恳求。阿门。"

*

他从座位上拿起布道稿，递给埃皮法诺蒙席。后者接过布道稿，狐疑地看着他，就像不知道应如何处理它一样。它并未被发表，所以是否应被放入梵蒂冈档案馆？洛麦利坐了下来。按照传统，他们应保持九十秒的沉默，以理解布道的内涵。不时发出的咳嗽声扰乱了这份肃静。他无法猜测他们的反应。他们可能都陷入了震惊之中。如果是这样，那便顺其自然吧。这么多个月以来，他第一次感觉与上帝如此亲近，也许是一生中最亲近的一次。他

---

① 《以弗所书》5:21。
② 《马太福音》27:46。

闭上眼睛祈祷。主啊，希望我的话语与你的意图相符，感谢你赐予我说出内心所想的勇气，感谢你赐予我精神和身体上的力量，使我能够表达自己的意见。

沉思结束后，一名祭坛侍者又将话筒拿了出来。洛麦利站起身，开始吟唱"我信独一真神"。他的声音比之前更加坚定，他浑身充满了力量，这种力量与他同在，使他能够在接下来的圣餐仪式中感受到圣灵的存在。那些广为传诵的拉丁语篇章，以及曾让他充满恐惧的事情，包括信友祷词、奉献经、引导词、欢呼歌、感恩经和领受圣体圣血礼，它们的每一个字、每一个音节似乎都与基督同在。他走下中殿，为被选中的普通信徒派发圣餐。枢机们在他身后排队依次走上祭坛。当他将圣饼放在跪领圣餐者的舌头上时，他才对同僚的目光半知半觉。他感受到了他们的震惊。他们万万没有想到，圆滑、可靠、能干的洛麦利，身为律师和外交官的洛麦利，竟然会做出这种事。他竟然会说有趣的话题，他自己都没想到。

*

上午 11 点 52 分，礼成式开始。"*愿全能的天主，*"他朝北、东、南三面各画了一次十字，"*圣父、圣子、圣灵，降福你们。*"

"*阿门。*"

"走吧，弥撒结束了。"

"*感谢上帝。*"

他站在祭坛旁，双手交叠于胸前。唱诗班和圣会正在诵唱《圣母经》。枢机们成对回到中殿，依次离开大殿。他冷静地观察着每一个人。下次他们回来的时候，其中一人将成为教宗。他不是唯一一个这样想的人。

6

西斯廷教堂

在其他枢机回到旅社后不久，洛麦利和他的侍者们也回到了那里。枢机们正在大厅内脱下外袍。就在那时，洛麦利几乎立即就察觉到他们对他的态度有所改变。首先，没有人走过来和他搭话，且在他把牧杖和主教冠递给萨内蒂神父时，他注意到这名年轻的神父在避免和他对视。就连主动提出帮他脱下十字褡的奥马利蒙席看上去也十分压抑。洛麦利以为他至少能讲出一个以前那种熟人间的笑话，但他只是说道："阁下，您介意一边脱法衣一边祈祷吗？"

"你难道不觉得我在这个早晨已经祈祷得够多了吗，雷？"洛麦利低下头，以便让侍者脱下他的十字褡。卸下肩上的重担让他松了一口气。他扭了扭脖子以放松肌肉，理了理头发，戴好小瓜帽，扫视了一下大厅。按计划，枢机们将有一段长达两个半小时的午休时间。在六辆小巴抵达圣玛尔大之家并把他们送去投票前，他们可以自由行动。有些人已经开始上楼，准备在自己的房间内稍事休息并默想一会儿。

奥马利说道："新闻办公室一直打来电话。"

"真的？"

"媒体已经注意到有一名枢机不在任何官方名单上。一些消息灵通的人已经确定了他就是贝尼特斯大主教。记者们想知道应如何处理这个消息。"

"让他们先证实这则消息，然后再解释一下情况。"洛麦利看见贝尼特斯正站在前台旁，与另外两名来自菲律宾的枢机聊天。他侧戴着小瓜帽，就像戴着男学童的帽子一样。"我想我们还需要发布一些生平资料。你应该能从主教部那里拿到他的档案吧？"

"是的，阁下。"

"你能把它们整理一下，然后给我一份吗？我也想知道更多有关我们新同事的细节。"

"好的，阁下。"奥马利在记事板上记下这一点。"此外，新闻办公室还想公布你的布道稿。"

"抱歉，我没有副本。"

"没关系，我们总能根据磁带得出副本。"他又记下这一点。

洛麦利还在等他对自己的布道做出评论。"你还有什么想和我说的吗？"

"我想暂时应该没了，阁下。你还有其他指示吗？"

"事实上，还有一件事，"洛麦利迟疑了一下，"一件很微妙的事情。你知道莫拉莱斯蒙席吗？他曾在教宗私人办公室任职。"

"我不认识他，但我听说过他。"

"你能不能私下和他说句话？这事必须在今天完成。他肯定就在罗马。"

"今天？这并不容易，阁下……"

"是的，我知道，很抱歉。也许你可以在我们投票的时候去？"他压低声音，不想让周围脱衣服的枢机听见。"以我的名义，就说，身为团长，我需要知道在教宗和特朗布莱枢机的最后一次会面中到底发生了什么，有没有发生什么会导致特朗布莱枢机失去候选资格的事。"一向镇定的奥马利目瞪口呆地看着他。"很抱歉让你摊上这么敏感的任务。我本该亲自动手，但我现在不能接触外界人员。你不会透露风声吧？"

"当然不会。"

"愿上帝保佑你。"他拍了拍奥马利的手臂，然后克制不住好奇心地问道："好了，雷，你对我的布道只字不提，你通常不会这么圆滑。真的有那么差吗？"

"并非如此，阁下。你说得很好，尽管这会引起信理部的关注。但请告诉我，这真的是即兴之作吗？"

"是的，事实如此。"奥马利话中暗含的意思让他非常吃惊。居然有人认为他是故意为之？

"我这样问只是因为，它会产生相当大的影响。"

"好吧。这是件好事吧？"

"是的，尽管我听到了一些风言风语，说你想自己挑新教宗。"

洛麦利的第一反应是大笑。"你没开玩笑吧！"直到那一刻他才意识到，他的讲话可以被理解为操纵投票。他只是说出了圣灵给他带来的感悟。遗憾的是，他已经不记得具体的用词了。这就是不准备发言稿的坏处，所以之前他才不这样做。

"我只是说了我听到的，阁下。"

"但这太荒谬了！我要求了些什么？三样东西：团结、宽容、谦逊。他们现在是想暗示，我们需要一名主张分裂、不容异说且傲慢的教宗吗？"奥马利恭敬地低下了头，洛麦利意识到自己的声音有点大。一些枢机转头看向他。"抱歉，雷，原谅我。我要回房待一个小时，我现在感觉精疲力竭。"

他只是想在这场竞赛中保持中立。中立已经成了他职业生涯的主乐调。传统主义者在 20 世纪 90 年代掌控信理部时，他一直保持低调，继续在美国担任他的教廷大使。二十年后，当前任教宗决定清理保守势力并要求他辞去国务卿职务时，他也只是以团长这个不太重要的身份为教宗献上自己的忠诚。忠实的仆人，意思是最重要的是教会。他早上说的话就是他心里的真实想法。他曾目睹顽固的确定性会对信仰造成多大的伤害。

但当他穿过大厅走向电梯时，他沮丧地发现，虽然他收到了一些友好的回应，比如轻拍肩膀或者一个微笑，但它们都是来自自由派的。至少那些被他视为传统主义者的枢机都皱着眉头或把头扭到一边。昨天晚上与贝里尼同桌的博洛尼亚大主教戴拉夸大喊："团长，说得好！"整个房间都能听见他的声音。但身为特德斯科支持者的佩鲁贾大主教甘比诺枢机夸张地对洛麦利晃了晃手指，这是一种沉默的责备。更有甚者，当电梯门打开时，特德斯科就面红耳赤地站在里面，应该正准备去用早午餐。和他一起的芝加哥荣休大主教保罗·库拉辛斯基正靠在自己的手杖上。洛麦利走到一边，让他们出来。

在经过他时，特德斯科毫不客气地说道："我的天啊！那可真是对《以弗所书》的全新解读，团长。你竟然把圣保禄说成怀疑的使徒！我从未听过这种说法！"他转过身，想要争论一番。"他不是还写了《哥林多书》吗？'若吹无定的号声，谁能预备打仗呢？'①"

洛麦利按下去往二层的按钮。"也许你更喜欢用拉丁文，宗主教？"然后电梯门关上，打断了特德斯科的回应。

走到一半洛麦利才意识到自己把钥匙落在了房内，于是顿时陷入幼稚的自哀中。他就必须考虑到所有的事情吗？萨内蒂神父难道不该更好地照顾他吗？没办法，他只能转身下楼，向前台的修女解释他干的蠢事。她走进办公室，不久后又和圣文生·德保

---

① 《哥林多前书》14:8。

仁爱修女会的艾格尼斯修女一起返回。艾格尼斯是一个瘦小的法国女人，70岁左右，面容姣好，轮廓分明，眼睛是水晶般的蓝色。她有一位贵族远祖曾在法国大革命期间获授勋章，并因拒绝向新政权效忠而被送上市集的断头台。艾格尼斯修女曾被认为是唯一一个让前任教宗害怕的人。也许正因如此，教宗才经常寻求她的陪伴。教宗以前常说，"艾格尼斯从不说谎"。

洛麦利再次向她道歉，她啐了一声，把通用钥匙递给他。

"阁下，希望在看管圣彼得的钥匙时您能更上心！"

大部分枢机已经离开大厅，要么回到住处休息或默想，要么在餐厅吃午饭。和晚饭不同，午饭是自助餐。刀具和餐盘相碰的当啷声、热食的香气和热情的交谈声都诱惑着他。但看着面前的队伍，他想到他们可能正在谈论自己的布道。不做解释，让它自证，这将是更明智的做法。

他在楼梯转角处遇到了独自下楼的贝里尼。在经过洛麦利身边时，他轻声说道："没想到你这么有野心。"

洛麦利怀疑自己听错了。"你这是什么话！"

"无意冒犯，但你必须承认你……怎么说呢？从暗处走出来了？"

"如果一个人必须在圣彼得大教堂内直播两个小时的弥撒，他要怎么做才能藏在暗处？"

"你太虚伪了，雅各布，"贝里尼露出一个可怕的笑容，"你知道我在说什么。你前不久还打算退休呢！可现在呢？"他耸了耸肩，笑容再次扭曲了，"谁知道最后会发生什么呢？"

洛麦利感到自己快晕过去了，就像眩晕症发作了一样。"奥尔多，我很难过你会这么说。你不会真的认为我想，或者有这个机会成为教宗吧？"

"我亲爱的朋友，这栋建筑里的每个人都有机会，至少从理论上讲是这样的。每个人都心存幻想，幻想自己有一天会当选，幻想可以为自己选择教宗在任期间的名号。"

"我并没有……"

"随你怎么说，但请先扪心自问一下，再告诉我事实并非如此。现在，如果你不介意的话，我答应米兰大主教要去餐厅和我们的一些同僚聊聊。"

在他走后，洛麦利呆呆地站在楼梯上。贝里尼应该是压力太大，不然不会这样说话。但当他走进房间，躺在床上试图休息时，他发现贝里尼的谴责一直在脑海中挥之不去。难道这么多年来，他一直拒绝承认灵魂深处隐藏着一种邪恶的野心？他试着诚实地审视自己的良知，最后得出结论：贝里尼的说法是错误的。

但他突然想到另一种荒谬可怕的可能性，他甚至不敢去验证它：

如果上帝对他有所安排呢？

所以他会才在圣彼得大教堂里突然产生那种特别的冲动吗？难道那些他现在几乎无法想起的句子，其实根本就不是他想说的，而是圣灵对他的影响？

他试着向上帝祈祷，但几分钟前还与他如此接近的上帝再次消失了。他的恳求没有激起任何回应。

*

洛麦利起床时还不到下午2点。他脱光了衣服，只留下内衣和袜子，然后打开衣橱，把咏祷服和各种配饰依次放在床上。衣物从玻璃包装纸中被取出时，每件都散发着一种甜蜜的化学气味。是干洗液。这种味道让他想起住在纽约教廷大使官邸中的日子。那时他的衣服都是在东72街洗的。他闭上双眼，仿佛还能听见曼哈顿远处车流的喇叭声不断响起。

每件衣物都是加马雷力为他量身定制的。这间位于万神庙背后的名店从 1798 年以来就担任着教宗用品供应商。他穿了很久，边穿边思考每件衣物的神圣性以提高自己的心灵感知能力。

他将手臂伸入鲜红色的羊毛法衣，系上三十三颗从脖子一直排到脚踝的纽扣，它们代表耶稣基督在世的三十三年。腰间系的红色波纹绸圣索意在提醒他，他曾发下守贞禁欲的誓言。他检查圣索流苏端的高度是否正好与左小腿正中齐平。随后，他将头伸进白色的亚麻薄短袍，它和肩衣都象征着司法权威。短袍下端三分之二处和袖口上都镶有花卉式样的白色蕾丝。他将系带穿过领结，系在脖子上，再将短白袍向下拉，让它正好盖过膝盖。最后他穿上肩衣。这件长及手肘的猩红色斗篷共有九颗纽扣。

他拿起床头柜上的胸前十字架并亲吻它。圣若望·保禄二世亲手把这个十字架送给他，庆祝他从纽约回到罗马出任对外关系秘书。那时教宗的帕金森综合征就已经急剧恶化了。他手抖得厉害，以至于在递交十字架时，他失手让它掉落在地。洛麦利解开十字架的金链，换成红丝线和金丝线编成的细绳。他一边低声念戴十字架时应说的祈求庇护的祷词（……以此护佑我……），一边将十字架挂在脖子上，贴在心旁，然后他坐在床边，将脚塞进一双穿旧的黑色粗革皮鞋，系上鞋带。还剩一顶猩红色的丝绸四角帽要戴在小瓜帽上。

盥洗室门后有一面全身镜。他打开嗡嗡作响的灯，在昏暗的蓝色灯光下打量自己。先是正脸，再是左脸，最后是右脸。随着年龄增长，他的鹰钩鼻从侧面看去越发显眼了，让他看起来就像某种年老脱毛的鸟。为他料理家务的安洁莉卡修女经常说他太瘦了，应该多吃一点。他的房间内还挂着他四十多年前穿过的法衣，现在仍很合身。他摸了摸肚子，感觉有点饿了。他错过了早饭和午饭。就这样吧，他想。饥饿的痛苦是一种有益的禁欲苦修，能在第一轮投票中不断提醒他基督牺牲时承受的巨大苦难。

*

下午 2 点 30 分，枢机们开始登上停在圣玛尔大之家外的白色小巴。它们在雨中等到现在。

午餐结束后，气氛变得更为沉重。这和上次秘密会议一模一样。枢机们只有在投票时才能感受到身负的重任。只有特德斯科似乎没受影响。他倚着一根柱子，哼着歌，向每个经过的人微笑致意。洛麦利想知道发生了什么让他心情变好的事。也许这就是他迷惑对手的战术吧。对威尼斯宗主教来说，一切皆有可能。这使洛麦利感到不安。

枢机团秘书奥马利蒙席拿着记事板，在大厅中央像导游一样叫着他们的名字。他们沉默地按资历倒序走上小巴。首先是组成执事团的教廷枢机；其次是司铎级枢机，他们大多数是来自世界各地的大主教；最后是主教级枢机（洛麦利也是其中一员），包括三名东仪派的宗主教。

作为团长，洛麦利是最后离开的，紧跟贝里尼身后。在走上巴士时，他们进行了短暂的眼神交流，但洛麦利没有说话。他看得出来，贝里尼的思想已经到了一个更高的层次，不再像他自己那样让各种琐碎细节排挤了上帝的存在，比如说司机脖子后的疖子，或雨刮的刮擦声，或亚历山大宗主教肩衣上邂遇到可怕的折痕……

洛麦利走向右侧的座位，远离其他人。他脱下四角帽，放在腿上。奥马利坐在司机旁边，转身查看是不是所有人都上车了。

车门关上时发出挤压空气的嘶嘶声。巴士发动起来，轮胎压过广场上的鹅卵石，发出有节奏的咔嗒声。

雨水沿厚玻璃斜着流下，形成雨帘，渐渐遮住了圣彼得大教堂。当巴士分开雨帘时，洛麦利从左侧的窗口望出去，看见警卫撑着伞在梵蒂冈花园内巡逻。巴士缓缓绕过方达门塔大街，穿过一扇拱门，最后停在桑蒂尼庭院内。透过模糊的挡风玻璃可以看到前面那辆巴士的红色刹车灯，就像许愿蜡烛一样。瑞士卫兵站在岗亭里，头盔上的羽毛被雨淋湿。巴士继续缓缓向前移动，穿过两个庭院，向右急转，开进元帅庭院，停在楼梯入口正对面。洛麦利非常高兴地看到垃圾桶已经被移开了，但又为此生气——又是一件干扰默想的琐事。车门打开，潮湿的冷空气吹了进来。他戴上四角帽，走下车，两名瑞士卫兵前来敬礼。他本能地抬头看向高墙后那片狭长的灰色天空，感受蒙蒙细雨落在脸上。他的脑海中突然出现了犯人站在放风场地上的画面，然后他穿过大门，沿着长长的云灰大理石阶梯走进西斯廷教堂。

*

根据《使徒宪典》，他们必须先在保禄小堂集合，然后"在下午的一个适当的时刻"前往西斯廷教堂。保禄小堂是教宗的私人礼拜堂，里面铺设了大量大理石，比西斯廷教堂更阴沉私密。洛麦利到达时，枢机们已经坐上了长椅，聚光灯也已经打开了。埃皮法诺蒙席候在门后，小心地将鲜红色的丝绸圣带挂上洛麦利的脖子。他们一起走向祭坛，站在米开朗基罗的圣彼得和圣保禄壁画之间。走廊右侧的画中，圣彼得被倒钉在十字架上，扭着头，就像在用眼神愤怒地指责那些胆敢看向他的人。在走向祭坛的路上，洛麦利感到圣徒灼热的视线落在自己背上。

他站在话筒旁，转身面向枢机们。他们站起身。埃皮法诺手拿一本薄薄的书册站在他面前，上面写有仪式章程。洛麦利将书翻到第二部分"举行秘密会议的方法"，用手画了一个十字。

"以圣父、圣子、圣灵之名。"

"阿门。"

"尊敬的枢机团弟兄们，在结束了今早的圣事后，我们将举行秘密会议，选出我们的新教宗……"

他的声音在话筒的放大下响彻整间礼拜堂。但和之前的大弥撒不同，这次他没有感受到任何情绪，感觉不到圣灵的存在，说的话对他来说只是字符，不过是没有魔力的咒语罢了。

"整个教会与我们一起恳求圣灵降下恩典，告知我们谁可被选作与基督的羊群相配的牧人。

"愿主指引我们走上真理之路，在圣母玛利亚、圣彼得、圣保禄和所有圣徒的代祷中，用能让他们喜悦的方式行事。"

埃皮法诺合上书，将它拿走。三位司仪中的一位抬走了门边的巡游十字架，剩下两位高举点燃的蜡烛。唱诗班唱着《诸圣祷文》，从礼拜堂中鱼贯而出。洛麦利面向枢机们，双手合十，双目紧闭，低头祈祷。他希望从现在开始，电视摄像机能够离他远点，因为他不想在特写镜头下暴露自己缺乏风度的一面。唱诗班穿过国王大厅走向西斯廷教堂，诵唱圣徒名字的声音渐渐远去。枢机们跟着唱诗班走在大理石走廊上。

过了一会儿，埃皮法诺小声说："阁下，我们该走了。"

洛麦利抬起头，发现人几乎都走光了。他离开祭坛，再次路过圣彼得受难像。他试图将视线固定在面前的门上，却无法抵挡壁画的诱惑。你呢？殉难圣徒的眼睛似乎在质问他。你有什么资格来选我的继任者?

一队瑞士卫兵在国王大厅内立正敬礼。洛麦利和埃皮法诺追上了队伍的尾部。唱诗班每吟唱一位圣徒的名字,枢机们便会庄重地回应"请为我们祈祷"。他们依次走进西斯廷教堂的前厅。他们要在此等候前面的人被领到指定位置。洛麦利左侧是两个火炉,选票将在里面烧毁。他面前是贝里尼修长瘦削的后背。他想拍拍贝里尼的肩膀,倾身向前,祝他好运,但到处都是电视摄像机,他不敢冒险,而且,贝里尼肯定在和上帝交流。

一分钟后,他们缓慢地走过临时搭建的木坡道,绕过屏风,走上西斯廷教堂的高架地板。风琴仍在演奏,唱诗班仍在诵唱圣徒的名字:"圣安东尼……圣本笃……"枢机们都站在自己的位置。贝里尼是最后一个就位的人。走廊上没人后,洛麦利沿着米黄色地毯走到桌旁,桌上放着一本用于宣誓的《圣经》。他摘下四角帽,递给埃皮法诺。

唱诗班开始唱《求造物主圣神降临》:

> 求造物主圣神降临,
> 眷顾你的信众之心,
> 使你所造的众灵魂,
> 充满上天圣宠甘霖……

赞美诗唱完后,洛麦利向祭坛走去。祭坛下宽上窄,紧贴墙壁,就像一个双膛炉。祭坛上方的《最后的审判》占据了他的视线。这幅画他已经见过上千次了,但在那几秒他才感受到它的力量。他感觉自己就要被吸进去了。他向上走去,发现正好对上那些被拖入地狱的邪恶生物。他必须在转身面对枢机前让自己冷静下来。

埃皮法诺替他拿着《圣经》。他念出祷文"*上主！求你垂怜你的神父和看守人*"，然后主持宣誓仪式。枢机们照着仪式手册上的内容和他一起念道：

"'我们，现在选举教宗的枢机成员们，承诺、担保并宣誓，无论以私人或团体的身份，忠信谨慎地遵守《主的普世羊群》宪谕的规定……

"'同样，我们也承诺、担保并宣誓，我们中的任何一位经上智的安排被选为教宗后，都将全力以赴，忠信地担任普世教会的牧人彼得的职务……

"'我们在此承诺和发誓，将以极大的诚信，向所有人，无论是神职人员还是平信徒，对与罗马教宗选举存在各种关联的一切和选举期间发生的一切保密……'"

洛麦利沿着过道走回放着《圣经》的木桌，将手放在翻开的书页上。"我，雅各布·巴尔达萨雷，洛麦利枢机，特此承诺、保证和发誓，愿天主及所执福音扶助我。"

一切结束后，他回到离祭坛最近的长桌桌尾处的座位上，旁边坐着黎巴嫩宗主教，再旁边是贝里尼。他什么也不能做，只能看着枢机们在过道排队，依次上前简短宣誓。他没有放过任何一张脸。在接下来几天，电视制片人就可以看完仪式的录像带，并发现他们的新教宗此时将手放在了福音书上，所以他的就任也变得理所当然。一直是这样。隆卡利、蒙蒂尼、沃伊蒂瓦①，还有可

---

① 即教宗圣若望·保禄二世（Saint John Paul II，1920 年 5 月 18 日~2005 年 4 月 2 日），原名为卡罗尔·约泽夫·沃伊蒂瓦（Karol Józef Wojtyła），1978 年至 2005 年在位。

怜、笨拙、上任一个月便去世的卢恰尼①，事后回想起来，他们每个人的当选都带有一种天命所归的意味。

洛麦利仔细观察枢机队伍，想象他们每个人穿上教宗白袍的样子。萨、孔特雷拉斯、希尔拉、菲茨杰拉德、桑托斯、德卢卡、勒文施泰因、扬达克、布罗兹科斯、比利亚努埃瓦、纳基坦达、萨巴丁、桑蒂尼，谁都有可能当选，不一定非得是他们中的佼佼者。俗话说得好："加入秘密会议就是教宗，离开秘密会议则是枢机。"在上次选举前，谁都没想过前任教宗会当选，但他在第四轮投票中赢得了三分之二的多数票。主啊，请让我们选出一名配得上你的候选者，愿你指引我们，使我们的秘密会议不会冗长或存在分歧，而是成为主的教会之团结的象征。阿门。

半个多小时后，宣誓结束了。教宗礼典长曼多夫大主教走到《最后的审判》下，对着话筒平静、准确、清晰地说出那几个音节："其他人离开。"

聚光灯被关掉了，司仪、神父和官员、唱诗班成员、警卫、电视摄像师、官方摄影师、一名修女以及头戴白羽头盔的瑞士卫队长官都起身离开了教堂。

曼多夫一直等到最后一人离开，然后沿着铺有地毯的过道走到巨大的双开门前。现在是下午 4 点 46 分。留给外界的最后景象是曼多夫严肃的秃头。随后，门从里面被关上，电视直播到此结束。

---

① 即教宗若望·保禄一世（John Paul I，1912 年 10 月 17 日~1978 年 9 月 28 日），
　原名为阿尔比诺·卢恰尼（Albino Luciani），1978 年 8 月 26 日至 9 月 28 日在位。

7

第一轮投票

后来，当被雇来分析秘密会议的专家打破秘密之墙，试图拼凑出事情的真相时，他们都提出了同样的观点：在曼多夫关上门的那一刻，分歧就产生了。

现在，西斯廷教堂内只剩下两人不是枢机选举人：一位是曼多夫，另一位是94岁的罗马荣休副主教维托里奥·斯卡维兹枢机，梵蒂冈最老的居民。

教宗葬礼后，枢机团选择由斯卡维兹主持《使徒宪典》中说的"第二次讲道"。按规定，应在第一轮投票快开始前闭门举行"第二次讲道"，以最后一次提醒秘密会议参会者，他们的重任是"以促进普世教会的福祉的正确意图行事"。传统上它是由一名超过80岁且失去投票资格的枢机主持的。换句话说，它是用来敷衍保守派的。

洛麦利想不起他们是怎么选出斯卡维兹的。他还有很多事要做，没有对此多加关注。他怀疑这个建议是图廷诺提出的，事情发生在这位正因扩建公寓而接受调查的主教部部长被发现成为特德斯科的支持者之前。而现在，洛麦利看着曼多夫大主教扶着这名年老的神父走向话筒，看着他干瘪的身体倾向一边，得了关节炎的手紧紧捏着笔记，眯成缝的眼中充满了决心，心里突然有种不好的预感。

斯卡维兹把话筒拉向自己。沉闷的撞击声被放大，在西斯廷教堂的墙上激起回声。他将记了笔记的纸页凑到眼前。一开始，什么都没有发生。随后，刺耳的声音开始响起，夹杂着他迟缓沉重的呼吸声。

"枢机弟兄们，在这个责任重大的时刻，让我们特别关注上帝用他自己的话对我们说了什么。当听到团长在今早的布道中，将圣保禄的《以弗所书》作为怀疑的论据时，我简直不敢相信自己的耳朵。怀疑！这就是生活在现代社会中的我们所缺少的东西吗？怀疑？"

教堂内开始出现轻微的杂音，那是窃窃私语、吸气和改变坐姿的声音。洛麦利能听见自己的脉搏在跳动。

"我恳求你们，即使时至今日，也请倾听圣保禄到底说了什么：我们众人需在真道上同归于一，认识基督，不再作小孩子，不再'被一切异教之风摇动，飘来飘去'。

"弟兄们，他说的是暴风雨中的船。那是圣彼得的帆船，是我们的天主教会，现在它前所未有地'中了人的诡计和欺骗的法术'。我们的小船正在和风浪搏斗，而这些风浪有不同的名字——无神论、民族主义、不可知论、马克思主义、自由主义、个人主义、女权主义和资本主义。但它们都有同一个目标，就是让我们偏离正确的方向。

"各位枢机选举人，你们的任务是选出新的船长，他将无视我们中的怀疑者，迅速掌舵，带领我们前进。每一天都会出现新的'学说'，但不是所有思想都同等重要，不是所有主张都应得到重视。一旦我们屈服于人们常说的'相对主义的独裁'①，为了存活而去适应每个短暂的宗派和现代主义的风气，我们就将迷失方向。我们需要的不是一个会随世界变化的教会，而是一个会改变世界的教会。

---

① 在他当选为教宗的那次秘密会议之前的布道中，本笃十六世（当时他是枢机团团长）批判相对主义时使用的措辞。

"让我们向上帝祈祷，愿圣灵参与我们的讨论，指出那名能够终结近期之动荡的神父，再次引导我们认识基督，走向他的爱和真正的快乐。阿门。"

斯卡维兹松开了话筒。教堂内响起一阵放大的杂音。他摇摇晃晃地朝祭坛鞠了一躬，然后抓住曼多夫的胳膊，把沉重的身子挂在大主教身上，在所有人的无声注视下，一瘸一拐地从过道离开。他谁也没看，甚至也没看特德斯科，而特德斯科就坐在第一排，在洛麦利的正对面。现在，洛麦利知道威尼斯宗主教心情很好的原因了：他知道会发生什么；他可能都写好了剧本。

斯卡维兹和曼多夫走到屏风后，消失在与会枢机的视野之中。由于众人的沉默，他们走在前厅大理石地板上的脚步声清晰可闻。教堂的门开了，然后又关上了，一把钥匙在锁孔里转了一下。

秘密会议（conclave）源于拉丁文 "con clavis"，意为一把钥匙。自 13 世纪以来，教会就通过秘密会议来确保枢机达成一致意见。在选出教宗之前，没有人能离开教堂，除了用餐和就寝时间。

最后，只剩下枢机选举人了。

*

洛麦利起身走向话筒。他走得很慢，思考着如何能最大限度地缓和刚才受到的伤害。人的攻击本性给了他重击，但他更关心自身使命受到的威胁，现在最重要的就是保持教会的同归于一。他放慢脚步，等刚才受到的冲击平复，等枢机们重新回想起关于宽容的讨论。

在 5 点的钟声敲响时，他转身面向枢机团，抬眼看了看窗外，发现天色已经黑了下来。等最后一下钟声的回声逐渐消失后，他说道：

"枢机弟兄们，在如此令人兴奋的默想后——"他停了一下，人群中传来赞同的笑声，"现在开始第一轮投票。不过，根据《使徒宪典》的规定，只要有一名成员持反对意见，就要推迟投票。有人想推迟到明天吗？今天是特别漫长的一天，我们不妨仔细反思一下刚刚听到的内容。"

一阵沉默后，库拉辛斯基撑着手杖站了起来。"弟兄们，全世界都在盯着西斯廷教堂的烟囱。如果我们今天停下来，就会显得很反常。我认为我们应该投票。"

说完，他小心地坐回去。洛麦利看了一眼贝里尼，他仍然面无表情。没有其他人发言。

"很好，"洛麦利说，"那我们投票。"他回到座位上，拿上规则手册和选票，走回话筒前。"弟兄们，你们每人面前都有一张这个。"他拿起选票，等枢机们打开红皮文件夹。"上半部分写了'*Eligo in Summum Pontificem*'（'我选 ＿＿＿ 为罗马教宗'），下半部分则是空白，你需要在空白处写下你选择的候选人的名字。请确保没人能看见你选了谁。请务必只写下一个名字，否则选票将作废。请确保字迹清晰，并且不会被认出身份。

"现在，请翻到《使徒宪典》第五章第六十六款，它介绍了接下来的程序。"

在翻开规则手册后，他大声地读出了那一段，以确保他们都能理解：

"'每位枢机选举人写完选票折叠起来，依据次序，持票前行到祭台前，在那里站着检票员，预设票瓯，上有盘子，收受选票。到祭台时，每位枢机选举人高声朗诵以下宣誓：吾以将为吾之审判者的主基督为吾之见证，吾之选票系给予了在天主面前吾认为应当选者。然后他把选票置于盘内，再落入票瓯。之后，向祭台鞠躬并回到位置。'

"都清楚了吗？很好。检票员，请你们就位。"

三名清点选票的检票员是在一周前抽签选出的，分别是维尔纽斯大主教鲁克萨枢机、圣职部部长默丘里奥枢机和威斯敏斯特大主教纽比枢机。他们从教堂内的不同地方起身走向祭坛。洛麦利回到座位，拿起枢机团提供的钢笔，像一名不想让旁人看到答案的考生一样用手臂挡住选票，用大写字母写下贝里尼的名字。他折好选票，起身，高高举起选票，走向祭坛。

"吾以将为吾之审判者的主基督为吾之见证，吾之选票系给予了在天主面前吾认为应当选者。"

祭坛上有一个华丽的大瓮，比一般的祭坛容器更大，瓮口还盖着一个朴素的银制圣餐杯。在检票员的注视下，他将选票放入圣餐杯，再双手捧起圣餐杯，将选票倒入瓮中。随后，他将圣餐杯放回原处，向祭坛鞠了一躬，然后回到座位上。

接下来是三名东仪派宗主教，然后是贝里尼。贝里尼背诵完誓词，声音里带着一丝叹息，随后回到位子上，手托着额头，似乎陷入了沉思。洛麦利完全沉浸在祈祷或默想中，直到枢机们经过他时才再次注意到他们。特德斯科紧张得一反常态。他笨手笨脚地将选票倒进瓮里，却不小心让它落在祭坛上。他只得重新捡起选票，亲手把它丢进去。洛麦利想知道他有没有给自己投票，反正特朗布莱显然会这样做。宪章里并没有明文禁止这一点，誓言也只说明会选应当选之人。这个加拿大人低垂着眼，虔诚地走近祭坛，抬眼看向《最后的审判》，流露出一丝欣喜之情，夸张地画了一个十字。另一个自信的人是阿德耶米，他用标志性的低沉嗓音发下誓言。当前任教宗第一次访问非洲时，阿德耶米是出名的拉各斯大主教：他组织了一场参与者超过四百万人的弥撒。教宗曾在讲道时戏称，约书亚·阿德耶米是教会中唯一一个不需要扩音设备便可主持礼拜的人。

接着是贝尼特斯，洛麦利从昨晚起就没见过他。至少可以肯定的是，他不会为他自己投票。给他找的咏祷服太大了，短袍几乎拖在地上。在走上祭坛时，他差点被短袍绊倒。等投完票回到座位时，他向洛麦利露出一丝苦笑。洛麦利笑着朝他点点头以示鼓励。这个菲律宾人有种很难定义的魅力，那是一种内在美。现在有更多的人知道他了，他可能会走得更远。

投票持续进行了一个多小时。一开始还有人在窃窃私语，但在检票员投完票，且最后一个投票者、资历最浅的执事级枢机比尔·路德加德回到座位后，教堂里便只余一片寂静。上帝已经走进了房间，洛麦利想，我们被关押在这里，时间和永恒就在这一点相遇。

鲁克萨枢机举起充当票箱的瓮，向他们展示它，就像在为圣餐祝祷一样。他摇了几下让选票混在一起，然后将票箱递给纽比枢机，后者没有展开选票，而是一张一张地拿出并大声计数，然后放入祭坛上的第二个瓮。

最后，英国人用口音浓重的意大利语说："共计 118 张选票。"

鲁克萨和默丘里奥走进祭坛左边的圣器收藏室"泪之屋"（里面挂着三件不同尺寸的教宗法衣），搬出一张小桌子，把它放在祭坛前方。鲁克萨将一块白布盖在上面，把装有选票的瓮放在中间。纽比和默丘里奥又从圣器收藏室里拿出三把椅子。纽比从话筒架上取下话筒，走到桌旁。

"弟兄们，"他说，"开始清点第一轮选票。"

枢机们终于脱离了恍惚的状态，开始行动。每个人都从面前的文件夹中抽出一份名单，上面列有候选人的名字，按字母顺序排列。洛麦利拿起笔，很高兴地看到他们昨晚在名单中加入了贝尼特斯的名字。

鲁克萨从瓮中抽出第一张选票，打开，记下名字，然后将选票递给默丘里奥。默丘里奥依样照做，也记下名字。然后默丘里奥将选票递给纽比，纽比用一根银针从写着"我选"的地方刺穿选票，将它穿在一根红丝线上。他靠近话筒，用一种轻松自信的声音说道："第一票投给特德斯科枢机。"

*

每次唱票时，洛麦利都在候选者名字旁边打一个勾。一开始他并不知道谁的票数领先。有 34 名枢机，超过秘密会议参与者总人数的四分之一，都至少得到了一票。事后人们说这创下了一项新的纪录。他们为自己，为朋友，为同乡投票。洛麦利很早就听到自己的名字，并在名单上打了个勾。竟然有人认为他配得上这种至高的荣誉，这让他很感动。他想知道这个人是谁。但在同样的事发生好几次后，他开始惊恐起来。在这种候选人众多的情形下，6 张以上的选票就足以让一个人加入竞争，至少理论上是这样的。

他一直低着头，盯着他的记分。即便如此，他也能感到偶尔会有人看向他。这场比赛进展缓慢，各方实力非常接近，选票的分布随机到了反常的地步。一名领先者可能会连续得到两三张选票，但在接下来的 20 张中一无所获。80 张后，热门人选就很明显了，和预测中一样，分别是特德斯科、贝里尼、特朗布莱和阿德耶米。100 张后，热门人选没有任何变化。但在最后，奇怪的事情发生了：贝里尼的票数停了下来。最后几张选票上的名字让他像被铁锤猛击了一下：特德斯科、洛麦利、阿德耶米、阿德耶米和特朗布莱，最后一张居然是贝尼特斯。

在检票员商议并核对总数时，人们开始在教堂内窃窃私语。洛麦利在名单上将票数加起来，在名字后草草地写下数字：

特德斯科　22

阿德耶米　19

贝里尼　18

特朗布莱　16

洛麦利　5

其他　38

洛麦利惊讶于自己的票数。如果他分走了贝里尼的票数，贝里尼就会因此与教宗宝座失之交臂。他越研究数字，就越觉得它们会让贝里尼失望。贝里尼的竞选经理萨巴丁不是还在前一天晚餐时预测，贝里尼在第一轮投票中肯定会处于领先地位，最多可以拿到25票，而特德斯科不会超过15票吗？但贝里尼排在第三名，在阿德耶米之后。没有人想到结果会是这样。就连特朗布莱也只比他少两票。洛麦利得出结论：有一件事是肯定的，即没有人得到79票并中选。

他没有仔细听纽比念正式结果，那只不过进一步确认了他刚才的结论。相反，他正在浏览《使徒宪典》第七十四款。近现代的秘密会议没有超过三天的，但并不是说这不会发生。根据规定，在一名候选人赢得三分之二多数票前，他们必须继续投票，最多可以在十二天内进行三十轮投票。只有到那时他们才能换一种制度：获得最多票的候选人将当选新教宗。

十二天，太可怕了！

纽比终于念完了。他拿起穿过所有选票的红线，将两头系在一起，然后看向团长。

洛麦利站起身，拿过话筒。他在祭坛台阶上看到特德斯科正在研究票选结果，贝里尼眼神放空，阿德耶米和特朗布莱都在和身边的人轻声交谈。

"弟兄们，第一轮投票到此结束。没有候选人赢得必要的多数票。今晚休会，明天上午重新开始投票。请留在座位上，直到行政人员回到教堂。我提醒一下，你们不得将任何与投票有关的书面记录带出西斯廷大教堂。我们会收走你们的笔记，和选票一起烧掉。外面有巴士带你们回圣玛尔大之家，请不要在司机面前谈论今天下午的投票。感谢你们的耐心等待。现在，请资历最浅的执事级枢机告诉门外的人可以离开了。"

路德加德起身走到教堂后方，边敲门边喊"开门！开门！"，就像犯人呼唤看守一样。几分钟后，他同曼多夫大主教、奥马利蒙席和其他司仪一起走了回来。神父们提着纸袋，从桌上收走投票记录。一些枢机不愿意交出笔记，在竭力劝说下才将它们放入纸袋。其他枢机在最后几秒钟内仍紧紧抓住它们。他们无疑是想记住数字，洛麦利想。又或者他们只是想品味关于这一天的记录，说不定未来的教宗就是在今天得到了让他当选的关键一票。

*

大部分枢机并没有立刻下楼，而是留在前厅看选票和笔记被烧掉，毕竟这也是难得一见的景象。

验票还没有结束。在秘密会议前通过抽签选出的校票员需要重新计票。这些规则有着长达数世纪的历史，证明了教会中的神父们是有多么的互不信任：在这些规定下密谋操纵竞选至少需要六个人串通起来。校票完成后，奥马利蹲下身，打开圆炉，塞入纸袋和选票，然后划着一根火柴，点燃引火物，小心地将它放进去。看着他做这么接地气的事情，洛麦利有点不习惯。火炉中发出"嘭"的一声，里面的东西在几秒内就烧了起来。奥马利关上铁门。第二个炉子是一个方炉，里面有一个装有高氯酸钾、蒽和硫黄混合物的盒子，按下开关就可以点燃这个盒子。晚上7点42分，一道探照灯划过11月的夜空，照亮了装在西斯廷大教堂屋顶的临时金属烟囱。它开始冒出深黑色的烟。

*

在枢机们陆续退出教堂后，洛麦利把奥马利拉到前厅的角落。洛麦利靠在炉子上问："你和莫拉莱斯谈过了？"

"只打了电话，阁下。"

"然后呢？"

奥马利把手指竖在嘴前，朝洛麦利身后看去。特朗布莱刚好走过，和一群美国枢机谈笑风生，平淡无奇的脸上写满了愉悦。当这群北美人走进国王大厅后，奥马利说道："莫拉莱斯蒙席强调说，他不知道为什么特朗布莱枢机不应该成为教宗。"

洛麦利慢慢地点了点头。他本就没有期望太多。"多谢，至少你问过他了。"

奥马利的眼中闪过一丝狡猾："但是，如果我说我不太相信这名好蒙席，你会原谅我吗，阁下？"

洛麦利盯着他。在召开秘密会议前，这个爱尔兰人曾是主教部的秘书长，能够查阅五千名高级神职人员的档案。有人说他有发现秘密的天赋。"为什么这么说？"

"因为当我试图逼他说出教宗和特朗布莱枢机见面的细节时，他在逃避，告诉我那就是一次例行会面。我的西班牙语不太好，但我想说，他表现得太过肯定，反而引起了我的怀疑。所以我用

103

蹩脚的西班牙语暗示他，说你可能看过一份与他的话有矛盾的文件。然后他说不用担心文件，因为'报告已经被收回了'。"

"报告？什么报告？他说有一份报告？"

"'报告已经被收回了'——这是他的原话。"

"关于什么的报告？什么时候收回的？"

"这我就不清楚了，阁下。"

洛麦利安静地思考着，揉了揉眼睛。这真是漫长的一天，他已经饿了。他是应该担心有这么一份报告，还是该相信它可能不复存在？无所谓吧，毕竟特朗布莱才排到第四名。他突然放弃了：他现在无力解决这个问题，特别是当他还被关在秘密会议里时。"可能没什么问题，就这样吧，我相信你的判断。"

在经过国王大厅时，一名警卫站在描绘勒班陀海战的壁画下看着他们，然后稍微侧了下身，对着袖口或领口的话筒轻声说了一句，洛麦利想知道他们在用这种紧迫的语气交流些什么。他又问奥马利："外面发生了什么我必须知道的事吗？"

"没什么。现在全世界的媒体都在谈论秘密会议。"

"没有走漏风声吧？"

"没有，记者依次采访。"他们开始下楼。楼梯有三四十阶，两侧亮着蜡烛状的电灯。一些年纪较大的枢机觉得上楼很困难。"还有，很多人都对贝尼特斯枢机感兴趣。我们按你的要求放出了他的生平事略，还偷偷为你准备了一份背景说明。和其他主教相比，他的晋升速度非常惊人。"奥马利从法衣下抽出一个信封，递给洛麦利。"《共和报》认为他的突然出现是前任教宗秘密计划的一部分。"

洛麦利大笑："如果有这么一个计划就好了！无论是不是秘密的都好！只有上帝为秘密会议制定了计划，且就目前看来，他决定保守这个秘密。"

8

势头

　　洛麦利沉默地坐上返回旅舍的巴士，将脸紧贴在冰冷的车窗上。巴士连续穿过了几个庭院，车轮压过潮湿的鹅卵石，沙沙作响，却出奇地让人感到安慰。一道客机的亮光划过梵蒂冈花园酒店的上空，最终缓缓落向菲乌米奇诺机场。他向自己保证，无论是否下雨，他明早都会步行前往西斯廷教堂。这种与世隔绝的生活让人窒息，不仅影响身体健康，也对精神层面的反思毫无益处。

　　在抵达圣玛尔大之家后，他大步前进，与窃窃私语的枢机们擦肩而过，直奔自己的房间。秘密会议在进行投票时，修女就已经完成了房间的打扫。他的法衣整齐地挂在壁橱内，床已开好以便他入睡。他依次脱下肩衣和短袍，将其披于椅背，随后跪在祈祷台上。他感谢来自上帝的帮助，使他能够在这一整天里履行自己的职责。他甚至加入了一些幽默感。主啊，感谢你通过秘密会议的投票向我们说话。我祈求主能够尽快赐予我们理解你旨意的智慧。

　　从隔壁房间里隐约传来了低沉的话语声，时不时被笑声打断。洛麦利瞥向墙壁。他现在可以确定，住他隔壁的肯定是阿德耶米。除了阿德耶米外，没有别的秘密会议成员有这么低沉的声音。听上去阿德耶米好像在和他的支持者开会。又传来一阵狂笑。洛麦利不赞同地抿紧了嘴。如果阿德耶米真的认为教宗的职位会落到他头上，那他就应该在恐惧中沉默地趴在床上，被黑暗笼罩，而不是开始庆祝。但随后，洛麦利便开始为自己的一本正经而自责。第一位黑人教宗。这将震惊整个世界。如果阿德耶米因将要成为神圣意志的传播工具而感到欣喜若狂，谁又能因此责备他呢？

他想起奥马利曾给过他一个信封。他缓缓起身，坐到桌前，双膝嘎吱作响。他拆开信封，里面共有两张纸，其中一张是梵蒂冈新闻办公室发布的生平事略：

赫克托·贝尼特斯枢机

贝尼特斯枢机，67岁，出生于菲律宾马尼拉，曾就读于圣加洛斯学院，并于1978年被马尼拉大主教杰米·西恩枢机授予圣职。他最初在汤都圣婴堂任职，随后去了被遗弃教区的圣母堂（圣安娜）。他因在马尼拉最贫困地区的工作而为人所熟知：他为无家可归的女孩们设立了八处避难所——"科尔托纳的圣玛格丽特项目"。1996年，在前布卡武大主教克里斯托弗·穆尼兹希尔瓦被暗杀后，贝尼特斯神父自请调入刚果民主共和国传教。随后，他在布卡武建立了一间天主教医院，为在第一次和第二次刚果战争的种族灭绝行动中遭受性暴力的女性提供援助。2017年，他从教宗手中领受蒙席称号。2018年，他被任命为伊拉克巴格达教区的大主教。今年早些时候，已故的教宗以默存于心的形式，命他加入枢机团。

洛麦利通读了两遍，以免不小心漏掉什么。虽然巴格达的主教管区非常小——如果他没记错的话，目前该管区的信众不超过两千人——但贝尼特斯似乎从传教士直接一跃成为大主教。洛麦利从未见过如此迅速的晋升。随后，他将目光投向奥马利附上的手写便条。

阁下：

从教廷给出的关于贝尼特斯枢机的文件可以得知，2017年的非洲之行是已故教宗与他的第一次见面。教宗对贝尼特斯的工作十分满意，并授予其蒙席称号。当巴格达大主教职位出缺时，教宗拒绝了主教部提出的三个候选人，执意任命贝尼特斯神父。今年1月，贝尼特斯大主教在一次汽车炸弹袭击中受了轻伤，并以健康为由递交辞呈。但他在梵蒂冈与教宗进行私人会面后又收回辞呈。除此以外，该文件透露的信息非常有限。

奥马利

洛麦利将背靠在椅子上。他在思考时有咬右手食指的习惯。所以说贝尼特斯因为在伊拉克遭受了恐怖袭击而一直身体欠佳？这或许就是他面露虚弱的原因。总而言之，他在某些可怕的地方担任神职，而这样的生活最终是会让人付出代价的。可以确定的是，这人代表了天主教信仰最好的一面。洛麦利决定谨慎关注贝尼特斯，并在祷词中提起他。

铃声响起，宣布晚餐开始了。现在是晚上8点30分。

*

"面对这个事实吧，我们的表现没有想象中的好。"米兰大主教萨巴丁看着桌子旁的意大利枢机们，这些都是贝里尼的核心支持者。萨巴丁的无框眼镜反射着枝形吊灯的灯光。洛麦利就坐在他对面。

从这个夜晚开始，秘密会议成员将开始履行他们真正的职责。从理论上来说，教宗的宪章用绝罚①之痛禁止枢机选举人达成"任何形式的协定、协议或做出许诺或承诺"；但就选举本身而言，它就只是个算术问题：谁能得到79票？特德斯科在为一桌南美枢机讲一个有趣的故事，他在大笑中用餐巾擦拭眼泪。在第一轮投票中领先的事实提高了他的威信。特朗布莱在认真聆听东南亚人的意见。而担心对手的阿德耶米被弗罗茨瓦夫大主教、里加大主教、利沃夫大主教和萨格勒布大主教邀请加入他们东欧保守派的谈话，他们想考察他对社会问题的见解。连贝里尼都在努力。他和萨巴丁向北美人那桌描述了他的抱负：他将赋予枢机更大的自主权。上菜的修女们忍不住要偷听他们的密谋。事实上，她们也确实这样做了。当一些记者试图拼凑出秘密会议的内幕时，一些修女提供了有用的信息，有人甚至把一名枢机记录第一轮领先者票数的餐巾留了下来。

"这是不是意味着我们无法胜出？"萨巴丁继续说道，再次看向每个人。洛麦利不厚道地猜想他如此慌乱的原因：他在贝里尼教宗任期内出任国务卿的梦想受到了严重打击。"我们当然能赢！今天的投票结束后，我们唯一可以确定的是，下任教宗将在四个人中产生：贝里尼、特德斯科、阿德耶米和特朗布莱。"

博洛尼亚大主教戴拉夸打断了他："你忘了我们的团长朋友了吗？他可有5票。"

"我没有贬低雅各布的意思，但之前从没有人在第一轮投票中只获得这么点儿支持的情况下，还能成为一位颇具威胁力的竞选者。"

---

① 指天主教会禁止某人参加圣礼，剥夺他作为教会成员的权利。

但戴拉夸并不打算放过他。"那 1978 年第二次秘密会议中的沃伊蒂瓦呢？他在第一轮只得了几张选票，但在第八轮投票中成功当选。"

萨巴丁暴躁地摆手。"好吧好吧，但这是百年难遇的情况。现在，我们不要分散注意力，团长并没有成为卡罗尔·沃伊蒂瓦的野心，除非他确实向我们隐瞒了什么。有吗？"

洛麦利盯着盘子。主菜是包在帕尔马火腿里的鸡肉，因煮得太久而很干，但他们还是在吃。他知道萨巴丁责怪自己抢走了贝里尼的选票。他想他应该发表一个声明。"我现在的处境很尴尬，如果知道我的支持者是谁，我会请他们把票投给别人。如果他们问投给谁，我会让他们投贝里尼。"

都灵大主教朗多尔菲问道："你不是中立的吗？"

"好吧，我不能表现出对他的偏袒，如果你想说的是这个的话。但如果有人问我，我就有表达意见的权利。贝里尼无疑是最适合领导普世教会的人。"

"听听，"萨巴丁说，"加上团长的 5 票，我们就有 23 票。今天只得到一两张选票的候选人将在明天退出竞争，也就是说还有 38 张选票可以争取。我们只需要得到其中的大部分。"

"只？"戴拉夸嘲弄地重复他的话，"恐怕没这么简单吧，阁下！"

没人反驳。萨巴丁激动得脸色发红，随后他们又继续忧郁地用餐。

*

如果说那晚有哪位候选者拥有俗世中常说的势头，那必然是阿德耶米。圣灵与他同在。他的对手也察觉到了这一点。当枢机们都去喝咖啡时，里斯本宗主教鲁伊·布兰达·克鲁兹走到封闭式庭院内抽雪茄。洛麦利注意到特朗布莱追上他，大概是为了获取他的支持吧。特德斯科和贝里尼则在各桌间来回游走。而尼日利亚人只是冷漠地走到大厅角落，留下支持者来说服那些想和他谈谈的潜在投票者，一会儿便凑成了一小支队伍。

洛麦利靠着前台，呷着咖啡，看着阿德耶米成为全场焦点。如果他是个白人，洛麦利想，自由派就会指责阿德耶米比特德斯科更反动。正因为他是个黑人，所以他们不愿评论他的观点，比如他对同性恋的严厉谴责，他们可以借口称这只不过体现了非洲文化的传承。洛麦利意识到自己低估了阿德耶米。也许他能够使教会团结起来。毫无疑问，他几乎拥有登上圣彼得宝座所需的一切品性。

洛麦利意识到自己的目光太放肆了。他应该和其他人混在一起，但他不想和人说话。他在大厅里四处徘徊，将杯子和茶托像盾牌一样立在面前，朝每一名接近他的枢机微笑鞠躬，但从不驻足。他在礼拜堂门边发现了贝尼特斯，一群枢机正围着他听他说话。他想知道这个菲律宾人在对他们说什么。贝尼特斯注意到洛麦利正看向自己这边，找了个借口走了过来。

"晚上好，阁下。"

"晚上好。"洛麦利把手搭在贝尼特斯肩上，关切地问，"现在身体怎么样？"

"非常健康，谢谢。"

这个问题似乎让贝尼特斯有些紧张。洛麦利想起，贝尼特斯因身体欠佳而离职的事是奥马利私下告诉自己的。"抱歉，无意冒犯。我是想问，你从旅行的疲惫中恢复过来了吗？"

"完全恢复了，多谢关心。我睡得非常好。"

"那真是太好了。很荣幸我们能和你在一起。"他拍了拍贝尼特斯的肩膀，然后迅速收回手，喝了口咖啡。"我注意到你在西斯廷教堂里找到了值得投票的人。"

"是的，团长，"贝尼特斯羞涩地笑了笑，"我投的是你。"

洛麦利吃惊地把杯子放在杯托上，"噢，上帝啊！"

"请原谅我，我是不是不该说出来？"

"不不，没那回事。我很荣幸，但我确实不是理想人选。"

"向你致敬，阁下，但这难道不该由你的同僚来决定吗？"

"当然，但等你更了解我的时候，你就会发现我完全不配成为教宗。"

"最受之无愧的人肯定会认为自己不配。这难道不是你昨天在布道中表达的观点吗？没有疑问，就不存在信仰。这和我的经历产生了共鸣。我在非洲见到的景象会使任何人怀疑上帝的仁慈。"

"亲爱的赫克托——我可以叫你赫克托吗？——请你在下一轮投票时，把票投给那四个真正有机会获胜的人吧，比如贝里尼。"

贝尼特斯摇了摇头。"贝里尼……教宗以前是怎么和我介绍他的？'才华横溢但神经质。'抱歉团长，我还是会投给你。"

"就算这是我的请求？今天下午你自己也得了一票，不是吗？"

"是的，这太荒谬了！"

"那试想一下，如果我坚持要投给你，然后你奇迹般地当选了，你会是什么感受。"

"那将是教会的灾难。"

"是的，那就是我当上教宗的后果。考虑一下吧？"

贝尼特斯保证他会的。

*

在结束了与贝尼特斯的谈话后，洛麦利开始寻找那几位主要竞选者。特德斯科独自躺在大厅的深红色扶手椅上，肥胖的双手交叠在腹部，秀气的脚搭在咖啡桌上，穿着一双磨损得不像样的矫形鞋。他的脚和他的腰围完全不搭。洛麦利说："我想告诉你，我会尽量不参与第二轮投票的竞争。"

特德斯科半睁着眼睛打量他。"那你为什么要这么做？"

"因为我不想放弃团长的中立立场。"

"你早上已经放弃了，不是吗？"

"很抱歉你会这样想。"

"啊，别担心。我希望你继续当候选人。我希望看到问题被提出。斯卡维兹在讲道时已经回答你了。此外——"他开心地动了动小脚，合上眼睛，"你还分散了自由派的选票！"

洛麦利盯着特德斯科看了一会儿。他必须保持微笑。特德斯科就和市场上卖猪的农民一样狡猾。40票，那正是威尼斯宗主教所需要的。再拿40票，他就能拦住第三名，从而避免选出一个令人厌恶的"进步分子"。如有必要，他能将秘密会议拖上好几天。洛麦利必须尽快摆脱现在这种尴尬境地。

"祝你一夜好梦，宗主教。"

"晚安，团长。"

夜幕完全降临前，他先后和其他三名领先的候选人进行了谈话，向每个人重复他的承诺。"请告诉任何提到我名字的人，如果他们怀疑我的诚意，就让他们来见我。我只想为教会服务，让它做出正确的决定。如果把自己视为一名竞选者，我就做不到这一点了。"

特朗布莱皱着眉头搓了搓下巴。"但如果我们这样做了，不就让你成为谦虚的典范了？阴谋论者会说这是操纵选举的妙招。"

这个回答太侮辱人了，洛麦利气得想将撤职报告的事提上日程。但这又有什么意义呢？特朗布莱只会否认这件事。因此他只是礼貌地说道："好了，这就是我们现在的处境，如果阁下认为合适的话，我可以让你来处理。"

下一位是阿德耶米，他具有政治家的风度。"我考虑了你的原则性立场，团长，正如我预料的那样。我会让我的支持者们放出消息的。"

"我想你肯定有很多支持者。"阿德耶米茫然地看着他。洛麦利又笑着说："抱歉，今晚早些时候，我无意中听到了你们在房间里开会。我们是邻居，墙又太薄。"

"啊，是的！"阿德耶米恢复了脸色，"是有那么一次狂欢。可能不太得体，以后不会再发生这种事了。"

洛麦利在贝里尼准备上楼睡觉时拦住他，告诉他自己和其他人的谈话内容，并补充道："很抱歉我这几票给你带来了这么大的麻烦。"

"别介意，我松了一口气。大家似乎都有了一种共识，认为圣杯正在远离我。如果事实如此，我只能希望圣杯会传到你手上了。"贝里尼挽过洛麦利的手臂，两个老朋友一起走上台阶。

洛麦利说："你是我们中唯一一个圣德和智慧都与教宗之职相配的人。"

"你太客气了，可我经常焦虑。我们不能有一名焦虑的教宗。你必须要小心，雅各布，我是认真的：如果我的地位被进一步削弱，我的大部分支持者可能会投向你。"

"不不不，那太可怕了！"

"想想看，我们的同胞非常想要一名意大利教宗，但他们中的大部分人无法忍受特德斯科。如果我退出了，你将成为唯一可选的候选者，他们将团结在你身后。"

洛麦利停下脚步，站在楼梯中间。"这太可怕了！绝对不可以发生！"他们继续上楼。"也许阿德耶米会成功。他显然得到了东风相助。"

"阿德耶米？那个说世界上所有同性恋都应该被关进监狱和打入地狱的人？他绝对不行！"

他们走到二楼，教宗公寓外忽明忽暗的烛光在楼梯平台上投下一片红色。选举团中最资深的两名枢机在这里注视着这扇被封上的门。

"在最后几周里，他到底在想什么？"贝里尼几乎是在自言自语。

"不要问我，最后一个月我都没见过他。"

"啊，我倒希望你见过！在那段时间他变得很奇怪，让人感觉遥不可及，看上去神神秘秘的。他应该是感觉到死亡将近，脑袋里满是古怪的想法。他的存在感还是很强，你觉得呢？"

"是的，我经常感到他在看着我们。"

"完全同意。好了，我们该分开了。我在三楼，"贝里尼研究着自己的钥匙，"301 号房间，教宗的正上方。也许他的灵魂会穿过地板，所以我才会这么焦躁不安？务必睡个好觉，雅各布。谁知道明天这个时候我们在哪儿。"

让洛麦利吃惊的是，贝里尼在分别前轻轻吻了他的脸颊。

洛麦利在后面叫道："晚安。"

贝里尼没有转身，只抬了抬手作为回应。

在他走后，洛麦利在原地站了一会儿，盯着这扇被蜡和丝带封住的门。他想起自己和贝尼特斯的对话。教宗有这么了解和信任这个菲律宾人吗？了解到都会在他面前评价自己的国务卿了？这番言论又有一定真实性。他几乎可以听见那个老人亲口说出"才华横溢但神经质"。

*

那天晚上，洛麦利睡得并不安稳。这是他这么多年来第一次梦到自己的母亲，一个守寡四十年的女人。她向他抱怨他的冷漠。在凌晨醒来时，她悲切的声音似乎还在他耳边抱怨。但过了一两分钟后，他意识到这不是他的幻觉。附近确实有一个女人。

一个女人？

他翻了个身，伸手摸索着他的手表。快凌晨 3 点了。

女人的声音又出现了，带着迫切、指责的情绪，几乎是歇斯底里了。然后一个低沉的男声回应她，以温和的语气安慰、安抚她。

洛麦利掀掉被子，打开灯。他把脚放在地上时，铁床未上油的弹簧嘎吱作响。他踮着脚尖，谨慎地穿过房间，把耳朵贴在墙上。声音消失了。他感到在石膏板隔墙的另一侧，他们也在听。有好几分钟他都保持着相同的姿势，然后觉得自己很蠢。他居然产生了如此荒谬的猜疑？但随后他听见阿德耶米那极具辨识度的声音，然后一扇门咔嗒一声关上了。他迅速冲向门口，猛地拉开房门，看见圣文生·德保仁爱修女会的蓝色制服在拐角处一闪而过。

*

接下来该做什么就很明显了。他应该立刻穿上衣服，去敲阿德耶米的门。应在教宗还未选出、一切都未变得无可争辩之前，和阿德耶米就刚才发生的事进行一次坦诚的谈话。但是，团长爬回床上，将被子拉到下巴的位置，试图思考所有的可能性。

最好的解释，即在他看来伤害最小的，就是修女碰上了麻烦。当其他修女在午夜离开这栋建筑后，她偷偷地藏了起来，向阿德耶米祈求指引。圣玛尔大之家的修女大多来自非洲，她完全有可能在尼日利亚就结识了阿德耶米。允许修女在半夜、在没有年长妇女陪伴的情况下进他房间，是严重的言行失检，但言行失检并不一定是一种罪。除此以外，还有许多其他解释，洛麦利不敢去想那些可能性。准确地说，他已经把自己训练得不去考虑那些了。在成为神父后的那些痛苦的日日夜夜里，他从若望二十三世的《灵修日记》中找到慰藉：

　　至于女人和与之相关的一切，别去提，绝对不要，就像世界上不存在女人一样。要对与之有关的一切保持绝对沉默，即使面对最亲密的朋友也要这样，这是我在早期神父生涯中学到的最有意义且印象最深刻的一课。

　　这是心智训练的核心，洛麦利通过这种训练得以保持单身六十多年。根本不要去想她们！光是去隔壁和阿德耶米开诚布公地谈论一个女人的想法，就完全超出了团长封闭的认知范畴。因此他决定忘掉整件事。如果阿德耶米本着忏悔的精神，选择向他吐露秘密，他自然会去倾听，不然他会假装什么都没有发生。

　　他伸手关了灯。

9

第二轮投票

早上 6 点 30 分，晨间弥撒的钟声敲响了。

洛麦利醒来时，有种厄运即将降临的感觉，就好像所有忧虑都聚集在了一起，准备在他完全清醒后全部爆发出来一样。他走进盥洗室，试图用一次热水浴将它们从脑海中驱赶出去。但直到他站在镜子前刮胡子时，它们都还没有消失，仍然藏在他身后。

他把身上擦干，穿上法衣，跪在祈祷用的矮台上，诵念《玫瑰经》，祈求基督能够在选举中展现智慧和指引。穿衣服时，他的手指在发抖。他停下来，告诉自己要冷静。每件衣服都有固定的祷词。法衣、圣索、短袍、肩衣、小瓜帽，每穿一件，他都默念一段。在将圣索系在腰间时，他低声说道："上帝啊，请用信仰之带保护我，熄灭欲望之火，使贞洁年复一年地留在我体内。"他只是机械地做着这一切，就和拨出电话号码一样。

离开房间前，他在镜中捕捉到了自己身穿咏祷服饰的身影。镜中的身影和他所知道的自己从未有如此之大的差距。

他和其他枢机一起走下楼梯，前往底楼的礼拜堂。礼拜堂设于附楼内，其现代主义风格的拱顶由白色木梁和玻璃搭建而成，采用了防菌设计，悬吊在奶油色和金色抛光的大理石地板的正上方。在洛麦利看来，这也太像候机厅了，但令人惊讶的是，教宗对它的喜欢胜过了保禄小堂。有一面墙完全是厚玻璃板做成的，它的外侧是梵蒂冈的老墙，内侧则零星地点缀着几盆植物。从这个角度是看不到天空的，甚至也看不出是否已到黎明。

两周前，特朗布莱曾来拜访洛麦利，自告奋勇要主持圣玛尔大之家的晨间弥撒，当时正在为教宗选举弥撒圣祭而烦恼的洛麦利欣然同意。现在洛麦利颇感后悔。他发现，他为这个加拿大人送去了一个完美的机会，让秘密会议中的所有人都能记住他主持礼拜仪式的技巧：他唱得很棒，看上去就像那些好莱坞爱情片里的神父一样，让人不禁想起斯宾塞·屈塞[①]；他的手势极具戏剧性，使他看上去充满了神圣感，但又不会显得不自然或过于自我。在排队领圣餐和跪在枢机前时，洛麦利突然有了一种渎圣的想法：仅凭这一次仪式就能为这个加拿大人赢来三四票。

阿德耶米是最后一个领受圣饼的。在回座位时，他非常小心，避免与洛麦利或其他人进行目光交流。他看上沉着、严肃、疏远、清醒。到午餐时，他可能就能知道他是否会成为教宗了。

仪式结束后，一些枢机留下来祈祷，但大部分直奔餐厅去用早餐了。阿德耶米像往常一样和一群非洲枢机坐在一起。洛麦利则坐在香港大主教和宿务大主教之间。他们试着礼貌地交谈，但很快，他们陷入沉默的频率越来越高，沉默的时间也越来越长。当其他人起身去自助餐台取餐时，洛麦利仍待在原处。

他看着修女们穿梭在桌子间，为枢机们提供咖啡。让他感到羞愧的是，他意识到自己以前从未想过去注意她们。她们的平均年龄应该在 50 岁上下。她们种族不同，但个子都不高，就好像艾格尼斯修女决定拒绝雇用比她高的人一样。大部分人戴着眼镜。她们蓝色的长袍和头巾、她们端庄的举止、她们低垂的双眼、她们的沉默，这一切或许都旨在让人注意不到她们，更别说把她们

---

① 斯宾塞·屈塞（Spencer Tracy, 1900~1967），美国电影演员，以表演含蓄自然著称，是奥斯卡历史上第一位连任的影帝。

当作寄托欲求的对象了。他推测她们得到了不得说话的命令。当一名修女为阿德耶米倒咖啡时，他甚至都没有扭头看她一眼。但前任教宗经常强调，每周至少要和这些修女用餐一次。这一点再次证明了他的谦卑，也使得教廷经常不满地抱怨。

快到 9 点的时候，洛麦利推开自己没动过的饭菜，起身宣布是时候回西斯廷教堂了。随后，他跟着人流一起到了大厅。奥马利已经等在前台旁，手上拿着记事板。

"早上好，阁下。"

"早上好，雷。"

"你睡得好吗？"

"非常好，多谢关心。如果没有下雨，我想走过去。"

在瑞士卫兵打开门锁后，他走到日光下。空气凉爽潮湿。在走出圣玛尔大之家的炎热后，脸上的清风使人精神一振。小巴排成一列停在广场角落，引擎已经发动，每辆车旁都守着一名便衣警卫。洛麦利选择步行离开。见此，警卫们纷纷对着袖中的话筒低语。在走向梵蒂冈花园时，警卫就在他身后跟着。

这片区域通常都挤满了前来办公的教廷官员。他们上了"SCV"牌照①的车行驶在鹅卵石上，发出轰轰的声音。但在秘密会议期间，这地方已经被清空。就连圣卡罗宫——愚蠢的图廷诺就在那里修建了大公寓——也了无生气，就像有什么可怕的灾难降临到了教会头上，消灭了所有信徒，没有人生还，只剩像黑蜣螂一样爬过这座废弃之城的警卫。他们分组站在花园中的树后，在洛麦利经过时密切关注他周围的情况。有一人沿着道路巡逻，手里紧紧地牵着一条阿尔萨斯狗，检查花坛里是否有炸弹。

---

① SCV 是"梵帝冈城国"（*Status Civitatis Vaticanae*）的拉丁文缩写，使用"SCV"牌照的是梵帝冈政府车辆，教宗专车的车牌是 SCV1。

洛麦利心血来潮，换了一条路，走上一段台阶，路过一个喷泉，走到一片草坪上。他提起法衣下摆，以免它被弄湿。草地在脚下像海绵般挤出水分。他的目光穿过树林，看到了罗马的低丘，它们在 11 月的暗淡光线下呈现出一片灰色。无论谁当选教宗，他都不可能在城市里随心所欲地漫步，也永远无法在书店里浏览书籍或坐在咖啡馆外，而是只能在这里当一个囚犯！就连已经辞职的拉青格也无法逃离这种命运，只能像幽灵一样，被终日禁锢在花园中一间被改建的女修道院里。洛麦利再次祈祷自己能不必忍受这种命运。

　　身后传来的无线电杂音打断了他的沉思，然后是一段急促又不知所云的话。他低声说道："噢，走开！"

　　在他转身时，警卫突然消失在阿波罗雕像后。这种想隐去身形的做法不仅笨拙，还十分可笑。他向下看去，发现有很多枢机和他一样选择了步行。阿德耶米独自走在他们后面。洛麦利快速走下台阶，希望能避开他，但尼日利亚人加快脚步赶上了他。

　　"早上好，团长。"

　　"早上好，约书亚。"

　　他们退后几步给一辆小巴让路，随后又继续向前，路过圣彼得大教堂西侧，走向宗座宫。洛麦利意识到他应该先说点什么，但从小接受的教育又让他不去打破沉默。他不愿提及他所看到的一切，也不想成为其他人良心的守护者。在看到第一个庭院入口处的瑞士卫兵向他们敬礼时，阿德耶米采取行动了。"我有些事情必须告诉你。你不会介意吧？"

　　洛麦利谨慎地回应："那要看你想说什么了。"

　　阿德耶米抿着嘴点了点头，就好像他猜到了洛麦利会这样回答。"我只是想让你知道，我非常赞同你昨天在布道时说的话。"

洛麦利惊讶地看了他一眼。"怎么会说这事？！"

"我比你想象的要更敏感。我们的信仰都受到了考验，团长，我们都会犯下错误。但基督教信仰传达的首先是一种宽恕。这就是布道的重点吧？"

"宽恕，是的，还有宽容。"

"正是如此，宽容。我相信，在这次选举结束后，我们会在教会的最高决策层中听到你温和的声音，如果我能决定的话。最高决策层。"他又强调了一遍，"希望你明白我的意思。恕我失陪一下。"

他加大步伐，就像急着离开一样。他匆匆赶上前面的枢机，环住他们的肩膀。洛麦利走在后面，怀疑自己是不是幻听了。还是说，他因为保持沉默，又重新被许以了国务卿的工作？

*

他们聚集在西斯廷教堂内，还是原来的地点。门已经被锁上了。洛麦利站在祭坛前，依次念出每位枢机的名字，每个人都回以"到"。

"让我们祈祷。"

枢机们起立。

"父啊，请赐予你的仆人以智慧、真理与和平，让我们能够指引和监督您的教会，让我们能够了解您的旨意，将全身心都奉献给您。为我主基督……"

"阿门。"

枢机们坐下了。

"我的弟兄们，现在我们将进入第二轮投票。检票员请就位。"

鲁克萨、默丘里奥和纽比从桌后起身，走向教堂前部。

洛麦利回到座位，拿出他的选票。在检票员就位后，他摘下笔帽，挡住别人的视线，再次用大写字母写下贝里尼的名字。他折好选票，站起身，高举选票，让秘密会议的所有成员都能看见，然后走向祭坛。在他头上的《最后的审判》里，罪人沉入了深渊，而天上的神明挤在一旁。

　　"吾以将为吾之审判者的主基督为吾之见证，吾之选票系给予了在天主面前吾认为应当选者。"

　　他将选票放入圣餐杯，倒入瓮中。

*

　　1978年，在他当选教宗的那次秘密会议上，卡罗尔·沃伊蒂瓦带来了一本马克思主义杂志，靠它平静地度过了八轮投票。但作为圣若望·保禄二世，他并未将此等机会留给继任者。在1996年规定被修改后，所有选举人都不得将任何读物带入西斯廷教堂。每名枢机前面的桌上都放有一本《圣经》，这样他们就可以从《圣经》中获得灵感。他们唯一能做的，就是思考他们所面临的选择。

　　洛麦利研究了壁画和天花板，翻阅了《新约全书》，观察了每个路过他去投票的候选人，最后闭上眼睛开始祈祷。从他的手表看，这次投票一共用了六十八分钟。快到10点45分时，最后投票的路德加德枢机也回到了座位上。随后，鲁克萨枢机举起装满选票的瓮，向他们展示它。然后检票员们又走了一遍之前的流程。纽比枢机将折好的选票放入第二个瓮，大声计数，直到数到一百一十八。再然后，他和默丘里奥枢机在祭坛前摆好桌子和三把椅子。鲁克萨在桌上盖了一块布，并将瓮放上去，接着三人都坐下了。鲁克萨将手伸入华丽的银器，就像在抽某种教区基金募捐券一样。他拿出第一张选票，打开，看一遍，做笔记，再将它递给默丘里奥。

洛麦利拿起笔。纽比用针线穿过选票，把头伸向话筒。他难听的意大利语回荡在教堂内："第二轮投票的第一票投给洛麦利枢机。"

在最初几秒钟，洛麦利完全陷入了震惊。他仿佛能够看见他的同事们整晚在他背后秘密勾结，试图将他推上那个位置，让他在还没来得及想出办法避开那种命运时，就被一波妥协的投票按上教宗的宝座。但接下来被念到的名字是阿德耶米，然后是特德斯科，然后又是阿德耶米，再然后，谢天谢地，在很长一段时间里洛麦利的名字都没有被念到。他的手在枢机名单上来回移动，检票员每念一票他就打一个勾，很快就发现自己落到了第五名的位置。在纽比念出最后一个名字"特朗布莱枢机"时，洛麦利已经得到9票了，几乎是他在第一轮投票中所获票数的两倍，虽然这并不是他想要的，但足以保证他的安全了。阿德耶米来势汹汹地夺得了第一。

阿德耶米　35

特德斯科　29

贝里尼　19

特朗布莱　18

洛麦利　9

其他　8

自此，上帝的旨意从人类雄心的迷雾中显现了出来。和以往的第二轮投票一样，没有希望的候选人已经离开了，而尼日利亚人从原本投给那些人的选票中赢得了16票，这真是惊人的支持率。

而特德斯科，洛麦利想，也会很高兴能够在他第一轮投票的总数上再添 7 票。同时，贝里尼和特朗布莱的名次几乎没变化：对加拿大人而言，这可能并不是个坏结果；但对前国务卿而言，这无疑是一场灾难，因为他可能需要获得近 30 票才能增大他当选的可能性。

　　洛麦利再次检查他的计算结果。此时，他发现，之前在关注主线剧情的时候，他还错过了一个小惊喜，或者可以说是一段小插曲：贝尼特斯获得的支持也增加了，从 1 票增加到了 2 票。

10

第三轮投票

　　在纽比念出结果，三名枢机校票员也复核完之后，洛麦利起身走向祭坛。他从纽比手中接过话筒。西斯廷里似乎充满了嗡嗡声。四排桌子后的所有枢机都在和附近的人比对手中的名单并低声交换意见。

　　从祭坛的台阶上，洛麦利可以看到四名主要竞选者。贝里尼是离他最近的一位枢机主教。当洛麦利看向他时，他正站在教堂的右侧。他一个人站在那儿，研究着这些数字，食指不时点一点嘴唇。再往后一点，就在过道的另一边，特德斯科正靠在椅子上听巴勒莫荣休大主教斯科萨奇说话，而后者就坐在他后面一排，身子探过桌子，正和他讲些什么。在离特德斯科不远的地方，特朗布莱正来回扭动身体以伸展肌肉，就像在回合间休息的运动员一样。他对面的阿德耶米正直直地盯着前方，整个人一动不动，就像一尊乌木木雕，无视了从四面八方投来的目光。

　　洛麦利轻轻地敲了一下话筒，它在壁画下产生鼓声一般的回音。低语声立刻消失了。"我的弟兄们，根据《使徒宪典》的规定，我们现在不会停下来烧掉选票，而是要直接进行下一轮投票。让我们祈祷。"

*

　　洛麦利第三次也投给了贝里尼。他下定决心，绝对不会放弃贝里尼，即使所有人都能看见，且几乎是字面意思上的看见，在贝里尼僵硬地走上祭坛，用平淡的语调背诵誓词，并投出自己的选票时，权力正在从这个之前深受眷顾之人的身上流走。然后，他如同行尸走肉一般回到了自己的座位。害怕成为教宗是一回事，而面对永远不会成为教宗这样突如其来的现实又是另一回事了：在你被视为钦定继承人，被你的同事审视了这么多年后，上帝却引导他们做出了其他选择。洛麦利想知道他能不能从打击中恢复过来。当贝里尼从他身后经过往座位走去时，他拍了下贝里尼的背以示安慰，但前国务卿似乎并没有注意到他。

在枢机们投票时，洛麦利靠注视离他最近的天花板来打发时间。先知耶利米 ① 迷失在痛苦之中。反犹分子哈曼被揭发并被处死。先知约拿即将被一条巨大的鳗鱼吞下。② 在第一次看到这天花板的时候，它的混乱打动了他——那种暴力，那种力量。他伸长脖子，仔细观察神如何把光与暗分开，如何创造太阳和星球，又如何让水从土地里出来。不经意间，他已经迷失在画中。日月星辰要显出异兆，地上的邦国也有困苦，因海中波浪的响声，就慌慌不定。天势都要震动，人想起那将要临到世界的事，就都吓得魂不附体……③ 他突然有种大难临头的预感，那种感觉是如此深刻，让他忍心不住发抖。环顾四周时他才意识到，已经过去一个小时了，检票员正准备计票。

---

① 耶利米是一位先知、祭司，属于希勒家家族，又被称作"流泪的先知"，因为他明知犹大国远离上帝后注定会走向悲惨的结局，却不能改变众人顽固的心。

② 先知约拿被抛进海中时，上帝安排了一条大鱼吞下他，让他在鱼腹中待了三日三夜（《约拿书》1:17）。

③ 《路加福音》21:25。

*

"阿德耶米……阿德耶米……阿德耶米……"

每两票中就有一票投给来自尼日利亚的枢机。在最后几张选票唱完后，洛麦利为他做了祈祷。

"阿德耶米……"纽比将选票穿在红丝线上，"我的弟兄们，第三轮投票到此结束。"

大家都长长地舒了一口气。洛麦利快速地数了数阿德耶米名字后面的那一串勾。57 票。57 票！他完全控制不住自己前倾看向阿德耶米那一排的冲动。几乎有一半的人做出了同样的动作。再来 3 票他就赢得过半数选票了，再来 21 票他就是教宗了。

第一位黑人教宗。

阿德耶米的大头低垂在胸前，右手紧紧抓着他的胸前十字架。他正在祈祷。

在第一轮投票中，有 34 名主教至少得到了一票。而现在只剩下 6 人了：

阿德耶米　57

特德斯科　32

特朗布莱　12

贝里尼　10

洛麦利　5

贝尼特斯　2

在今天结束前阿德耶米就会当选教宗。洛麦利非常肯定这一点。预言都写在这些数字里了。即使特德斯科能以某种方式在下一轮投票中得到40票，让阿德耶米无法得到三分之二多数票，拥有否决权的关键少数也会在再下一轮中迅速瓦解。几乎没有枢机愿意冒着分裂教会的风险去阻碍神圣意志的戏剧性展现。更实际一点，他们也不希望成为新任教宗，特别是约书亚·阿德耶米这种性格强势的人的敌人。

当校票员检查完所有选票后，洛麦利回到祭坛阶梯上向所有枢机说道："我的弟兄们，第三轮投票到此结束。现在休会去吃午餐，我们下午两点半继续。当工作人员再次入场时，请留在你们的座位上。请记住，在返回圣玛尔大之家以前，不要讨论我们的进程。资历最浅的执事级枢机，可以请你提出开门请求吗？"

*

秘密会议的成员把选票交给司仪。随后，他们一边进行热烈的探讨，一边依次进入西斯廷的前厅，穿过宏伟的大理石国王大厅，走下阶梯，登上小巴。他们对阿德耶米的服从态度已经非常明显了。而阿德耶米的身体周围似乎出现了一种看不见的保护罩，就连与他关系最亲密的支持者也同他保持了一定距离。他独自走着。

枢机们急于回到圣玛尔大之家。只有几个人留下来看烧选票的过程。奥马利将选票塞入一个焚烧炉，并在另一个炉中放入了化学物质。烟雾混合在一起，顺着铜烟道上升。12点37分，黑烟从西斯廷教堂的烟囱里冒出。看到此景，主流电视新闻频道的梵蒂冈专家继续自信地预测贝里尼有望当选。

在烟囱冒烟后不久，洛麦利就离开了西斯廷教堂。此时已差不多是 12 点 45 分了。警卫在院子里为他守着最后一辆小巴。他谢绝了警卫的帮助，独自走上小巴，发现贝里尼也在乘客席上，就坐在支持他的五人组——萨巴丁、朗多尔菲、戴拉夸、桑蒂尼和潘扎维切——前方。贝里尼试图通过一群意大利人获得全世界的支持，洛麦利想，但这对他毫无好处。鉴于后面的座位都已经坐满了，洛麦利只能和他们坐在一起。巴士开走了。在意识到司机正通过后视镜审视他们时，枢机们一开始并没有说话。但随后，萨巴丁转过身，带着虚伪的愉悦对洛麦利说："团长，我注意到，你今天上午花了将近一个小时来研究米开朗基罗画的天花板。"

"是的，而当你有时间去研究它时，你就会发现它有多么可怕。有那么多的灾祸向我们逼近——死刑、杀戮、洪水。我之前没有注意到的一个细节是神在把光与暗分离时的表情，那完全是谋杀。"

"当然，最适合给今天上午的我们反思的片段，应该是加大拉的猪群的故事。① 很遗憾大师从未画过这个故事。"

"好了，朱利奥，"贝里尼警告道，视线投向司机，"看看我们现在在哪儿。"

但萨巴丁忍不住要倒苦水。他做出的唯一让步是把声音放低，发出嘶嘶的气声，这使他们必须靠近他才能听清他的话。"说真的，我们必须要发疯吗？为什么我们就是不明白，我们正挤在一个悬崖上？当米兰那些人开始察觉新教宗的社会观时，我该怎么和他们说？"

---

① 《马太福音》8:28—34 讲道，耶稣在加大拉人的地方把两个附在人身上的鬼赶入正在吃食的猪群，结果猪群就闯下山崖，掉进海里淹死了。

洛麦利轻声道："别忘了，也有很多人一想到第一位非洲教宗就激动不已。"

"啊，是的！非常好！一位允许在弥撒中跳部落舞蹈，但不支持离婚者领受圣餐的教宗！"

"够了！"贝里尼挥手做了一个切断的手势，表示这次对话已经结束了。洛麦利从来没有见过他这样生气。"我们必须接受秘密会议的集体智慧。这不是你父亲的政治会议，朱利奥。主不会重新计票。"贝里尼盯着窗外，在剩余的路途中没有再说一句话。萨巴丁坐在那儿，双臂交叉放在胸前，在失望沮丧的同时也十分愤怒。在后视镜中，司机的眼里充满了好奇。

从西斯廷教堂开车到圣玛尔大之家只需要不到五分钟。因此，洛麦利后来算出，当他们在旅社外下车时，应该快到 12 点 50 分了。他们是最后到达的人。约有半数枢机已经就座，还有三十人在拿着盘子排队。其他人肯定已经上楼回房了。修女们端着酒瓶在桌子间来回穿梭。空气中弥漫着一种未经压制的兴奋：在获准公开讨论后，枢机们正互相交流关于这次投票结果的意见。在走到排队队伍的末尾时，洛麦利惊讶地发现，阿德耶米就坐在他早饭时占用的那张桌子旁，身边也跟着早上那群非洲枢机。如果他是阿德耶米，他肯定会选择留在教堂，远离尘嚣，专心祈祷。

他走向柜台，盛了点金枪鱼饭，突然听见背后传来争吵的声音，接着是盘子落在大理石地板上的碰撞声以及玻璃打碎的声音，然后是一个女人的尖叫。（也许尖叫并不是正确的字眼？可能叫喊要正确一点：一个女人的叫喊。）他转过身，想看看发生了什么。其他枢机也起身确认情况。他们挡住了他的视线。一个双手紧紧抱住脑袋的身影穿过餐厅，跑进了厨房。两个修女立刻追上去。洛麦利转身看向离他最近的枢机，那个年纪没那么大的西班牙人比利亚努埃瓦。"发生了什么？你看到了吗？"

"我猜她摔了一瓶酒。"

不管发生了什么，这件事似乎都已经结束了。站着的枢机都回到了座位上。嗡嗡的交谈声又慢慢响起。洛麦利再次回到柜台拿食物。随后，他端着盘子，开始找能坐的地方。一个修女从厨房出来，拿着一个水桶和一支拖把，朝非洲人的桌子走去。洛麦利注意到，在这个时候，阿德耶米已经不在那里了。他突然有一种了悟的感觉：他知道发生了什么。但他的直觉仍然——后来他为此自责不已！——仍然告诉他应该无视此事。一生的谨慎和自律使他走向最近的空椅子，让他的身体坐下，让他的嘴向邻桌微笑问好，让他的手展开餐巾，而他的耳中只能听见像瀑布一样喧闹的声音。

所以，波尔多大主教柯尔特马赫——他曾质疑犹太人大屠杀的历史证据，洛麦利经常躲着他——突然发现自己旁边坐着枢机团团长。柯尔特马赫错把这当作一次官方行为的前奏，开始代表圣庇护十世司铎兄弟会认罪。洛麦利充耳不闻。一个修女谨慎地避免与他视线接触，隔着一肩的距离为他倒酒。他抬头拒绝。有那么一瞬间，她回视了他，那是一种可怕的、责备的目光，让他嘴里发干。

"……圣母无玷之心……"柯尔特马赫说，"……在法蒂玛宣示的神的意愿……"

在修女身后，三名之前与阿德耶米坐在一起的非洲大主教——纳基坦达、万盖尔和祖库拉——正向洛麦利这桌走来。其中最年轻的是来自坎帕拉的纳基坦达，他看上去像是他们的发言人。"我们能和你说句话吗，团长？"

"当然可以。"洛麦利向柯尔特马赫点了点头。"失陪一下。"

他跟着三人走到大厅的一个角落。"刚刚发生了什么？"他问。

祖库拉悲伤地摇了摇头："我们的弟兄有麻烦了。"

纳基坦达说："一个给我们桌端菜的修女同约书亚说了话。一开始他想无视她，但她丢下盘子，然后喊了句什么，于是他就起身离开了。"

"她说了什么？"

"遗憾的是，我们并不知道。她用的是一种尼日利亚方言。"

"约鲁巴语，"万盖尔说，"是约鲁巴语，阿德耶米的方言。"

"那阿德耶米枢机现在在哪儿？"

"我们不知道，团长，"纳基坦达回答，"但事情明显有点不对劲，他必须如实相告。在回西斯廷投票前，我们还需要听听修女的说法。她到底对他控诉了什么？"

祖库拉抓住洛麦利的手臂。尽管他看上去很虚弱，但他抓人非常有力。"长期以来，我们一直在等待一位非洲教宗。雅各布，如果上帝选择了约书亚，我将非常开心。但他必须拥有纯洁的心灵和良知，必须是一个真正的圣人。缺少任何一项对我们来说都是一场灾难。"

"我知道。让我看看我能做些什么。"洛麦利看了一下表。现在是下午1点零3分。

要走到厨房，就必须穿过整个餐厅。其他枢机都在观察他和非洲人的对话，然后他意识到，有几十双眼睛正在注视他的行动。他们身子前倾，窃窃私语，手里的叉子悬在半空。他推开门。他已经有很多年没进过厨房了，而且他从未进过这么忙碌的厨房。他茫然地看着准备食物的修女们，离他最近的那些低下了头。

"阁下……"

"阁下……"

"愿上帝保佑你们，我的孩子。告诉我，刚才出事的那位修女在哪里？"

一名意大利修女说："她和艾格尼斯修女在一起，阁下。"

"可以请你带我去找她吗？"

"当然，阁下，这边请。"她指了指回到餐厅的门。

洛麦利有点想避开它。"有后门吗？"

"是的，阁下。"

"带我去吧，孩子。"

他跟着修女穿过一个储藏室，走到一个通道。

"你知道那修女叫什么名字吗？"

"不知道，阁下，她是新来的。"

修女小心翼翼地敲了敲一间办公室的玻璃门。洛麦利发现这就是他第一次见到贝尼特斯的地方，只是现在百叶窗为保护隐私被放下了，无法从外面看到里面的情形。过了片刻，他自己更用力地敲了敲门。他听到物件移动的声音，随后艾格尼斯修女把门开了一个小缝。

"阁下？"

"下午好，修女。我需要和你谈谈刚才摔掉盘子的修女。"

"她和我在一起很安全，阁下。我正在处理这件事。"

"我相信你，艾格尼斯修女，但我必须亲自看看她。"

"我想，一个摔掉的盘子应该与枢机团团长无涉吧。"

"尽管如此，恕我冒昧。"他抓住门把手。

"我真的能够处理这事……"

他轻轻地推开了门，在最后一次试着阻拦他却失败后，她屈服了。

那个新来的修女就坐在贝尼特斯之前坐的那把椅子上，就在复印机旁边。她在他进门时站起身。这个修女给他的印象是一个约50岁的女人，矮小丰满，戴着眼镜，胆小羞怯——总之，和其他修女没什么区别。但是想从一个人的制服和头巾看出她的为人是很难的，特别是这个人现在还盯着地板。

133

"坐下吧，孩子。"他温和地说，"我是洛麦利枢机。我们都很担心你。你感觉怎么样？"

艾格尼斯修女说："她感觉好多了，阁下。"

"能告诉我你的名字吗？"

"她的名字是沙鲁米。你说的话她一个字都听不懂。她不说意大利语，可怜的家伙。"

"英文呢？"他转用英文问修女，"你会说英文吗？"她点了点头，还是没有看他。"很好，我也会，我在美国住过几年。来，请坐。"

"阁下，我真的认为我们应该让我——"

洛麦利并没有转身看向艾格尼斯，而是坚决地说："能不能让我们独处一会儿，艾格尼斯修女？"当她想再抗议一次的时候，他向她投去一个冰冷的眼神，让这位令三任教宗和至少一个非洲军阀都在她面前畏畏缩缩的修女低下她的头，走出房间，在身后关上了门。

洛麦利拉过一把椅子，坐在修女对面。他们离得很近，膝盖几乎要靠在一起了。这种亲近对他来说并不容易。主啊，他祈祷，请赐予我力量和智慧，使我能够帮助这个可怜的女人，并找出我想知道的东西，这样我才能履行对您的职责。他说："沙鲁米修女，首先，我希望你能明白，你并没有陷入任何麻烦。事实上，我有义务在主和教会本部——当然，我们都必须尽最大努力服侍他们——面前，确保我们在此做出的决定是正确的。现在最重要的是，请你告诉我你心里到底有什么事，又有什么和阿德耶米枢机有关的事困扰着你。可以吗？"

她摇了摇头。

"即使我保证这件事绝对不会传出这个房间？"

她顿了一下，又摇了摇头。

就在那时，他灵机一动。在接下来的日子里，他始终相信自己当时获得了上帝的看顾。"你愿意让我听你忏悔吗？"

11

第四轮投票

　　大约一个小时后，在小巴还有二十分钟就要开往西斯廷送他们进行第四轮投票时，洛麦利才开始寻找阿德耶米。他先找遍了大厅的每一个角落，然后前往礼拜堂。有六名枢机背对他跪在地上。他快步走上祭坛，想要看清他们的脸。都不是阿德耶米。他离开礼拜堂，坐电梯上了二楼，沿着走廊大步走向他隔壁的房间。

　　他用力地敲门。"约书亚？约书亚？我是洛麦利！"他又敲了一遍。就在他想要放弃的时候，他听见了脚步声，随后门打开了。

　　阿德耶米还穿着全套的咏祷服，正在用一条毛巾擦脸。他说："我马上就好，团长。"

　　他把门开着，消失在盥洗室中。犹豫片刻后，洛麦利跨过门槛，关上了身后的门。这间封上百叶窗的房间里有一股非常浓烈的须后水味道。桌上放着一张镶框的黑白照片，里面的阿德耶米还是年轻的神学校学生，站在一个传教所的外面，旁边还有一位头戴帽子、面露骄傲的年长女性，大概是他的母亲，或者是他的姑妈。床很凌乱，就像阿德耶米刚才就躺在上面一样。这时传来马桶冲水的声音，阿德耶米走了出来，手上还在扣法衣下部的扣子。看到洛麦利是在房间内而不是在走廊上等他，他似乎非常惊讶。"我们不该走了吗？"

　　"一会儿就走。"

"这听上去可不太妙。"阿德耶米弯腰照着镜子了。他把小瓜帽牢牢地戴在自己头上，然后摆正。"如果你想问楼下发生的事情，我不想说。"他弹了弹肩衣上看不见的灰尘，抬起下巴，调整胸前十字架。洛麦利始终沉默地看着他。最后阿德耶米平静地说："我是一次可耻阴谋的受害者，这个阴谋会损坏我的名誉，雅各布。有人把那个女人带到这里，然后上演了这出闹剧，就为了不让我当选教宗。她一开始是怎么来圣玛尔大之家的？她之前从未离开过尼日利亚。"

"恕我冒昧，约书亚，她如何来这里的问题，是排在你和她的关系之后的。"

阿德耶米愤怒地举起双手："但我和她没有任何关系！我有三十年没见过她了，直到昨晚她出现在我房间外！我甚至都没有认出她。你可以看出现在是怎样一回事吧？"

"情况很古怪，我同意，但现在让我们把这些先放在一边。现在我更担心你灵魂的状况。"

"我的灵魂？"阿德耶米以前脚掌为轴转过身。他把脸贴近洛麦利，呼吸中带着一种甜蜜的香气。"我的灵魂中装满了对上帝和他的教会的爱。我今天早上感觉到了圣灵的存在——你肯定也感觉到了——且我已经做好承担这个重任的准备。三十年前的一次行为失检是会让我失去资格，还是让我变得更强？请允许我引用你昨天的布道：'恳求主赐予我们一名会犯下罪行，请求宽恕，然后继续前行的教宗。'"

"那你是否请求过宽恕？你是否已经认罪？"

"是的！是的，我在那个时候就已经认罪了，然后我的大主教把我移到了另一个教区，然后我就再也没犯过错了。当时这种关系非常普遍。独身主义在非洲是一种很陌生的文化，你知道的。"

"孩子呢？"

"孩子？"阿德耶米退了一步，支支吾吾地说，"那孩子是被一个基督徒家庭抚养大的，到现在他都不知道他的父亲是谁——如果真的是我的话。这就是那个孩子的情况。"

他恢复了平静，瞪视着洛麦利。又过了一会儿，这座大厦仍然立在原处——反叛的，受伤的，高大的。他本应成为一个绝佳的名义上的教会领袖，洛麦利想。然后阿德耶米似乎屈服了。他突然坐在床边，双手抱头，让洛麦利想起自己看到的一张照片——一个囚犯站在坑边，等着轮到自己被枪毙。

*

这简直是一团糟！洛麦利想不出他的一生中还有什么时候能比他听取沙鲁米修女忏悔的一小时更加痛苦。根据她的说法，在事情发生时，她甚至还不是见习修女，而仅仅是个圣职志愿者，是一个孩子，而阿德耶米当时已经是社区神父了。如果这还不是法定意义上的强奸罪，那也相去不远了。所以她到底需要认什么罪？她有罪吗？承担这种压力已经毁了她的生活。对洛麦利而言，最糟糕的是，她拿出了一张折成邮票大小的照片。上面有一个六七岁的男孩，身穿无袖卡其布衬衫，笑嘻嘻地对着照相机。这是一张还不错的天主教学校照片，他身后的墙上还挂着一个耶稣受难十字架。她在过去的二十多年中经常展开又折叠它，因此深深的折痕破坏了照片的光滑面，使那个男孩看上去就像正从铁网里往外看一样。

教会安排了收养事宜。在孩子出生后，她并没有想要从阿德耶米那里得到什么。她只想让他承认之前发生的事情，他却被调入拉各斯的一个教区，而她的信永远都被原封退回。在圣玛尔大之家看到阿德耶米之后，她根本控制不住自己，这就是为什么她会在阿德耶米的房间里见他。但他告诉她，他们必须把整件事都忘掉。而当他在餐厅里甚至不愿看她，又有另一个修女悄悄告诉她阿德耶米将被选为教宗时，她就再也无法忍受了。她坚称，她犯下了许多罪行——淫欲、愤怒、傲慢、欺骗，而她都不知道该从哪里说起。

她跪在地上，开始做忏悔祷告："我的天主，我的慈父，我犯罪得罪了你，很觉惭愧，也真心痛悔。因为我辜负了你的慈爱，妄用了你的恩宠。我今定志，宁死再不得罪你，并尽力躲避犯罪的机会。我的天主，求你垂怜我，宽赦我。阿门。"

洛麦利扶她起身，并赦免她："犯罪的并不是你，我的孩子，而是这个教会。"他画了一个十字。"你们要称谢耶和华，因他本为善。"

"他的慈爱永远长存。"①

*

过了一会儿，阿德耶米低声说道："我们当时都太年轻了。"

"不，阁下，年轻的只有她。你当时已经30岁了。"

"你想毁了我的名声，这样你就可以自己当教宗了！"

"别说傻话。你根本没必要这样想。"

阿德耶米的肩膀开始抖动，泣不成声。洛麦利挨着他在床边坐下。"冷静下来，约书亚，"他温和地说，"我之所以知道这些

---

① 《诗篇》118:1。

事，只是因为我听了那个可怜的女人的忏悔，她绝对不会在公开场合谈及此事，我保证，哪怕只是为了保护那个孩子。至于我，我受到誓言的约束，绝对不会重述我所听到的忏悔内容。"

阿德耶米斜视着洛麦利，眼里闪着光。即使到了现在，他还是不能完全接受现实，即他的梦想被粉碎了。"你是说我还有希望？"

"不，一点都没有。"洛麦利震惊了。他试图控制情绪，用更理性的语调继续说道："在出现了这种场面后，一定会传出流言。你知道教廷是什么样子的。"

"是的，但流言并不等于事实。"

"但在这件事中它等于。你我都清楚，如果有什么最能吓到我们的同事，那就是还有更多的性丑闻。"

"所以就这样了？我永远都当不成教宗了？"

"阁下，你什么都当不了了。"

阿德耶米似乎无法把目光从地板上移开："我应该怎么做，雅各布？"

"你是一个好人，我会找到补救的办法的。如果你真心忏悔，上帝会知道的，他会决定你接下来将面临什么。"

"那秘密会议呢？"

"交给我吧。"

他们静静地坐着，没有说话。洛麦利无法想象阿德耶米有多痛苦。上帝，请原谅我必须这样做。最后，阿德耶米说："你能和我一起祈祷一会儿吗？"

"当然。"

随后，他们两人在这间充满了须后水气味的密闭房间内跪了下来，跪在电灯下方并肩祈祷。阿德耶米神情轻松，而洛麦利手足僵硬。

洛麦利还想步行去西斯廷，想去呼吸一些新鲜空气，用脸迎接 11 月的温和阳光，但已经来不及了。当他到大厅时，其他枢机都已经上了小巴，而纳基坦达在前台等他。

"怎么样了？"

"他将辞去所有职务。"

纳基坦达沮丧地低下了头。"噢，不！"

"不是现在，我希望我们可以避免让他感到屈辱，但肯定就是近一年的事了。你自己决定你要告诉其他人什么。我和双方都谈过，可我需要遵守誓言。我不能再透露更多消息了。"

他走上小巴，坐在非常靠后的位置，闭上双眼，将四角帽放在旁边的座位上，拒绝其他人坐在他身边。整件事都让他感到厌倦，但有一个问题深深地埋在了他的脑海中，那就是阿德耶米提到的时机。据沙鲁米修女说，她过去二十年都在尼日利亚翁多州的爱瓦罗·奥科社区工作，主要是帮助受到艾滋病折磨的女性。

"你在那里快乐吗？"

"非常快乐，阁下。"

"我想，你在那里的工作肯定和你现在的工作不同吧？"

"啊，是的，在那儿我是护士，在这儿我只是个女佣。"

"所以是什么让你想来罗马的？"

"我从来都没想过要来罗马！"

她是如何来到圣玛尔大之家的？这对她来说仍然是个不解之谜。在 9 月的一天，她被叫去和负责她们社区的修女见面，并被告知有一封从巴黎修道院院长办公室寄出的电子邮件，要求把她立刻调往罗马。其他修女因这种荣誉而变得极为兴奋。有些人甚至认为是教宗本人发出了这份邀请。

"太奇怪了。你见过教宗吗？"

"当然没有，阁下！"这是她唯一一次发出笑声，因为这种想法很荒谬。"我见过他一次，在他访问非洲的时候，但我只是几百万人中的一员。对我而言，他不过是远处的一个白点。"

"所以你是在什么时候被要求前往罗马的？"

"六周前，阁下。我有三周的准备时间，然后我赶上了飞机。"

"在你到这儿后，你有机会和教宗交谈吗？"

"没有，阁下。"她在胸前画了个十字，"他在我抵达的第二天就去世了。愿他的灵魂得到安息。"

"我不明白为什么你同意过来。你为什么要离开非洲的家，一路奔波到此？"

她的回答比她说的其他话更加刺痛了他："因为我以为这是阿德耶米枢机的意思。"

*

阿德耶米值得尊敬。这名尼日利亚枢机仍然保持了他在第三轮投票结束时表现出的端庄和严肃。当他走进西斯廷教堂时，看向他的人都无法从他的外表猜出他的天命已中断了，更看不出他已经被毁了。他无视身边的人，平静地坐在桌旁阅读《圣经》，直到点名开始。当他的名字被念到时，他坚定地回以一声"到"。

下午2点45分，门被锁上，洛麦利第四次带领他们祷告。他再一次在选票上写下贝里尼的名字，走上祭坛，将选票倒入瓮中。

"吾以将为吾之审判者的主基督为吾之见证，吾之选票系给予了在天主面前吾认为应当选者。"

他回到座位，开始等待。

前三十位投票的枢机是秘密会议最资深的成员——加入时间最长的宗主教、枢机主教和枢机司铎。他们从桌后起身，依次走向教堂前方。洛麦利仔细观察他们面无表情的脸，却猜不出他们心中想的是什么。他突然产生一种焦虑，感觉自己做得还不够。要是他们并不知道阿德耶米犯下的罪行有多么严重，并在不知情的情况下投票给他，该怎么办？但在一刻钟后，围坐在阿德耶米周围的枢机开始陆续从西斯廷教堂的中部上前投票。在他们投完票往回走时，他们都避免看向阿德耶米。他们就像在法庭上做出判断的陪审团成员，不敢看向将要被他们定罪的被告人。看着他们，洛麦利冷静下来。在轮到阿德耶米投票时，他严肃地走向瓮，并和以前一样带着绝对的自信念出誓词。然后，他目不斜视地经过洛麦利身边。

下午3点51分，投票结束，检票员接手后续事务。118张选票全被认定有效。随后，他们摆好桌子，开始计数。

"第一票投给洛麦利枢机……"

噢，不，上帝啊，他祈祷道，不要再来了，把它从我身边拿走吧。阿德耶米曾嘲笑他有个人野心。这不是真的，他很肯定这一点。但是现在，在他记录结果的时候，他没法忽视他的票数再次变高的事实。虽然还没高到危险的地步，但这让他感到不安。他身体略微前倾，看向阿德耶米那一排。和身边的人不同，阿德耶米甚至懒得去记下票数，只是单纯地盯着对面墙壁发呆。在纽比念出最后一票后，洛麦利算了算总数。

特德斯科　36

阿德耶米　25

特朗布莱　23

贝里尼　18

洛麦利　11

贝尼特斯　5

　　他将结果放在桌上研究。他的手肘放在桌上撑着头，指节压在鬓角上。在他们中断会议用过午餐后，阿德耶米失去了一半以上的支持者，真是惊人的大出血。在他失去的 32 票中，特朗布莱分走了 11 票，贝里尼 8 票，洛麦利自己 6 票，特德斯科 4 票，贝尼特斯 3 票。很明显，纳基坦达把消息传出去了，同时还有不少枢机要么在餐厅目击了现场，要么在之后听说了这件事并受到了严重惊吓。

　　在接受新的现实后，他们又开始在教堂内交谈。洛麦利可以根据他们的脸推断出他们在说什么。想想如果他们没有中断会议去吃午饭，阿德耶米现在可能都当上教宗了！但是，非洲教宗的梦想破灭了，特德斯科再次处于领先地位——再得 4 票他就有 40 票，就能让别人得不到三分之二的多数票了。快跑的未必能赢，力战的未必得胜，所临到众人的，是在乎当时的机会……① 而特朗布莱呢？假设第三世界的选票都向他斜倾，他会不会成为新的领先者？（可怜的贝里尼，他们在他面前窃窃私语，看着他冷淡的表情。这种漫长的羞辱要到什么时候才能结束？）至于洛麦利，他的票数大概反映了这样的事实：当事情开始变得不确定时，人们总是希望能有一个意志坚定的领导者。最后是贝尼特斯。这个两年前不为人知的人居然得了 5 票，这简直是奇迹……

---

　　①　《传道书》9:11。

洛麦利低下头，继续研究数字，没有注意到越来越多的枢机开始看向他，直到贝里尼从黎巴嫩宗主教身后探出头，轻轻地戳了戳他的肋骨。他惊慌地抬起头。过道另一头传来一阵笑声。他可真是个老傻瓜！

他起身走上祭坛。"我的弟兄们，没有候选人获得三分之二的多数票，现在我们将立刻开始第五轮投票。"

12

第五轮投票

　　在现代，他们通常在第五轮投票前选出教宗。举个例子，上任教宗就是在第五轮中选出的。洛麦利现在还能回想起当时的景象：他执意拒绝坐上教宗宝座，坚持要站着和排队前来祝贺他的枢机拥抱。拉青格的胜利则提前了一轮，也就是说在第四轮就到来了。洛麦利也记得他：当他得到三分之二的多数票时，人群中爆发出一阵热烈的掌声，他露出了羞涩的笑容。若望·保禄一世也是在第四轮投票中胜出的。事实上，除了沃伊蒂瓦这个特例，五轮投票定律从 1963 年蒙蒂尼击败莱尔卡罗起就一直适用。当时，蒙蒂尼对比他更有魅力的对手说出了那句著名的话："这就是生活，阁下，坐在这里的本该是你。"

　　在五轮投票内完成选举正是洛麦利所暗自祈求的。五是一个完满、轻松、传统的数字，暗示这次选举既不是一次分裂教会的活动，也不是一场加冕仪式，而是在默想中分辨上帝旨意的过程。但今年应该没法在五轮内结束。他不喜欢这种感觉。

　　在宗座拉特朗大学攻读教会法博士学位时，他曾读过卡内蒂的《群众与权力》，从中学会了如何将人群分为不同类别——惊慌失措的群体、停滞不前的群体、起身反抗的群体，等等。对于神父来说，这是一项非常有用的技能。如果使用这种世俗化的方法去分析，就可以说教宗制度下的秘密会议参与者是世界上成分最复杂的群体之一，以圣灵产生的集体冲动为行动依据。其中一些秘密会议不敢也不愿做出改变，例如选出拉青格那次；其他的则很勇敢，例如最终选了沃伊蒂瓦的那次。对于此次秘密会议，洛麦利担心的是，它开始显露一种迹象，似乎将要变成卡内蒂所说的分裂的群体。它开始变得混乱、不稳定、脆弱，可能会突然脱离既定的轨道，朝任何一个方向发展。

他们在早会后不断增强的使命感和兴奋感已经消失殆尽了。现在，随着枢机们上前投票，可从高窗看见的那一小片天空逐渐暗了下来，西斯廷里显得更加安静沉重了，坟墓中一样的氛围压得人透不过气来。圣彼得大教堂5点的钟声已经敲响，可能也敲响了葬礼的丧钟。洛麦利想：我们都是迷途的羔羊，而暴风雨即将来临，但谁会是我们的牧羊人呢？他仍然认为贝里尼是最好的选择。虽然他把票投给了贝里尼，但对后者的获胜他并不抱任何希望。到目前为止，贝里尼在前四轮投票中获得的选票分别为18票、19票、10票和18票。很明显，冥冥中有什么东西在阻止他获得除核心支持者以外的枢机的选票。也许是因为他曾担任国务卿，而且与前任教宗走得太近——后者的政策不仅引起了保守派的反感，还令自由派失望。

他发现自己又在看特朗布莱了。这个加拿大人正一边看着投票的进行，一边紧张地摆弄自己的胸前十字架。他将温和的性格与激昂的野心以某种方式糅合在了一起，而这种矛盾体在洛麦利的经历中并不少见。但也许温和正是维持教廷统一所必需的。而野心真的是一种罪恶吗？沃伊蒂瓦一直野心勃勃。上帝啊，他从一开始就那么自信！在他当选的那个晚上，当他走上阳台，向圣彼得广场上的成千上万人发表演讲时，他甚至因为急于想和世界对话而将教宗礼典长挤到了一旁。如果一定要在特朗布莱和特德斯科中做出选择的话，洛麦利想，我肯定会投给特朗布莱，无论是否有秘密报告。他只能祈祷它并不存在。

等到投完最后一票时，天色已经完全黑了下来。检票员开始计票，而结果再次令人震惊。

特朗布莱　40

特德斯科　38

贝里尼　15

洛麦利　12

阿德耶米　9

贝尼特斯　4

当其他人转身看向特朗布莱时，他低下头，双手合十开始祈祷。这一次，这种卖弄地展示虔诚的做法并没有激怒洛麦利。相反，他短暂地闭上了眼睛，心存感激。感谢上帝展现出你的意愿，若特朗布莱枢机就是我们的选择，愿你能赐予他履行使命的智慧与力量。阿门。

洛麦利如释重负地站起身，面向所有枢机："我的弟兄们，第五轮投票到此结束。没有候选人赢得必要的多数票，所以我们将于明早重新投票。司仪将收走你们的选票。请不要将任何书面记录带出西斯廷，在回到圣玛尔大之家前，请不要讨论我们的选举。资历最浅的执事级枢机，可以请你让他们开一下门吗？"

*

晚上 6 点 22 分，黑烟再次从西斯廷教堂的烟囱里倾泻而出，然后被圣彼得大教堂侧面的探照灯捕捉。电视节目雇用的权威人

147

士声称，秘密会议至今仍未达成一致的事实使他们无比惊讶。大部分权威人士之前预测新教宗现在应该已经选出了。而美国电视台早已整装待命，随时准备中断他们中午的节目安排，转而播放胜利者出现在圣彼得大教堂阳台上的情景。专家们第一次开始对贝里尼的支持度表示怀疑。如果他有机会取胜，那他现在就已经当选了。一项新的共识达成了：秘密会议即将创造历史。在英国，在那个将整件事当成一次赛马的不敬神的背教者之岛，立博博彩公司将阿德耶米枢机当作新宠。到处都有传言称，明天，人们最终将迎来第一位黑人教宗。

*

和往常一样，洛麦利是最晚离开的枢机。他留下来，看着奥马利蒙席烧掉选票，随后与他一起穿过国王大厅。一名警卫跟随他们走下楼梯，走进庭院。洛麦利认为，作为枢机团秘书，奥马利肯定知道下午的投票结果，哪怕仅仅是因为他要完成收集并烧毁枢机笔记的任务。奥马利并不是那种能够将目光从秘密上移开的人，因此，他肯定知道阿德耶米候选人身份的根基已经动摇，也知道特朗布莱突然显现的优势。但奥马利太过谨慎，不会直接提出这个话题。相反，他平静地说："阁下，在明早之前，你有什么希望我做的吗？"

"比如说？"

"我想知道你是否需要我回去找莫拉莱斯蒙席，去看看能否挖掘更多与特朗布莱枢机被撤回的报告有关的情报。"

洛麦利朝他身后的警卫看了一眼。"我不知道这样做的意义是什么，雷。既然他在秘密会议开始前不肯透露消息，现在也不太可能说出来，特别是在他觉得特朗布莱枢机有可能被选为教宗的时候。当然，如果你再次向他提起此事的话，他肯定就会这样觉得了。"

他们的身影融入了夜色。最后的几辆小巴已经开走了。又有一架直升机在附近某处盘旋。洛麦利朝警卫招手，然后向空无一人的庭院做了个手势。"我似乎被落下了。你介意吗？"

"当然不，阁下。"警卫对着袖中的话筒低语。

洛麦利回头看向奥马利，感到非常疲惫，非常孤独，突然有种想要吐露心声的奇怪欲望。"有时候，人们知道得太多了，我亲爱的奥马利蒙席。我是说，我们之中有谁没有一些让自己感到羞愧的秘密呢？例如，我们曾对性虐待采取视而不见的可怕态度——感谢上帝，我当时正在驻外办事处，因此可以不必直接涉入此事。但我怀疑我是否会更坚定地采取行动。我们有多少同事对受害者的抱怨不以为然，而仅仅是将涉事神父转移到不同的教区？那些视而不见的人并不邪恶。他们只是不了解这些事的邪恶程度，且更想要一种平静的生活。现在我们有了更多的认识。"

他沉默片刻，想到了沙鲁米修女和她孩子的那一小张旧照片。"或者有多少人的友谊变得过于亲密，最后导致罪恶和心碎？还有可怜愚蠢的图廷诺和他不幸的公寓。在没有家庭的情况下，一个人是多么容易就会沉迷于用地位和利益来让自己获得满足啊！所以请告诉我，我应该像那些女巫猎人一样四处活动，打探同事们三十年前的失检之处吗？"

奥马利回答道："我同意，阁下。'你们中间谁是没有罪的，谁就可以先拿石头打她。'① 但我想，就特朗布莱而言，你担心的是最近发生的事吧。是上个月教宗和他的会面？"

---

① 《约翰福音》8:7。

"是的。但我开始发现教宗——愿他永远与圣徒同在……"

"阿门。"奥马利说道,两名高级教士从他们身边经过。

"我开始发现,"洛麦利压低声音继续说,"在他生命的最后几周,教宗可能不太正常。事实上,根据贝里尼枢机告诉我的情况,我想他几乎已经变得——我很肯定——有点疑神疑鬼的,至少总是遮遮掩掩的。"

"比如决定用默存于心的方式任命一名枢机?"

"是的。看在上帝的分上,他为什么要这么做?我就直截了当地说了。我非常尊重贝尼特斯枢机,很明显我们的许多弟兄也很尊重他。他确实是一名圣人。但真的有必要这么隐秘、这么匆忙地提拔他吗?"

"尤其是他刚刚以身体欠佳为由提出辞去大主教职务的申请。"

"而在我看来,他的身心状况都非常好。昨晚,当我问起他的健康时,他对这个问题感到非常惊讶。"洛麦利意识到自己正在耳语,不禁笑了出来。"听听,我听起来就像教廷特有的老女佣,在黑暗的角落里谈论约会的事!"

一辆小巴开进庭院,停在洛麦利对面。司机打开了门,里面没有其他乘客。车内的暖气扑向他们的脸。

洛麦利转向奥马利:"你想搭个便车回圣玛尔大之家吗?"

"不了,谢谢阁下,我要回西斯廷准备一些新的选票,还要确保明天的东西都准备好了。"

"好的,晚安,雷。"

"晚安,阁下。"奥马利伸手想扶洛麦利上巴士。这一次,洛麦利感到非常疲惫,便接受了奥马利的帮助。这个爱尔兰人补充道:"当然,我也可以进行一些深入调查,如果你希望的话。"

洛麦利停在最上面一阶。"关于什么的?"

"贝尼特斯枢机。"

洛麦利想了想。"谢谢，但不用了，我认为不需要。我今天已经听了够多的秘密了。让上帝的旨意得到贯彻吧——最好能快一点。"

*

抵达圣玛尔大之家后，洛麦利直接走向电梯。现在已经快7点了。他按住电梯门，让斯图加特和布拉格的大主教勒文施泰因和扬达克进来。捷克人靠在手杖上，面色发灰，脸上写满了疲惫。在电梯合上门并开始上升时，勒文施泰因问道："那么，团长，你认为我们明晚就能结束吗？"

"也许吧，阁下。这不在我的掌控范围内。"勒文施泰因非常吃惊，迅速地瞥了一眼扬达克。"如果还要拖下去，我想知道，在我们找到一名新教宗前，有多大概率我们中的一人会死去。"

"你可以把这话告诉我们的一些同事，"洛麦利笑着微微欠了欠身，"这有助于统一他们的思想。不好意思，我的楼层到了。"

他走出电梯，路过教宗公寓外的许愿蜡烛，沿着昏暗的走廊向前走去。一路上，他可以听见打开的淋浴头的声音从多扇紧闭的门后传来。当走到自己的房间门口时，他犹豫了一下，往前走了几步来到阿德耶米的房前。里面没有任何动静。今晚的寂静与前一晚的笑声和兴奋形成了鲜明的对比，让他感到十分难过。他的做法很残忍，但十分有必要，他自己也感到害怕。他轻轻叩了叩门。"约书亚？我是洛麦利。你还好吗？"房间内没有任何回答。

他自己的房间已经被修女们打扫干净了。他脱下肩衣和短袍，坐在床边，解开鞋带，感到腰酸背痛，眼中充满疲惫。但他知道，只要躺下他就会睡着。他走到祈祷台前，跪下，翻开每日祈祷书，

151

完成今日的祷告。他的眼睛立刻落在《诗篇》第 46 篇上：

> 你们来看耶和华的作为，
>
> 看他怎样使地荒凉。
>
> 他止息刀兵，直到地极；
>
> 他折弓、断枪，
>
> 把战车焚烧在火中。

在默想时，他再次预感到了一种狂乱——在西斯廷教堂的晨会上他几乎被这种狂乱控制了。他第一次亲眼看见上帝的毁灭倾向：从一开始，这就是上帝造物的与生俱来的本性，他们无法摆脱它——他将带着怒火来到他们中间。看他怎样使地荒凉……洛麦利紧紧地抓住祈祷台的边缘，以至于当几分钟后有人用力敲击他身后的门时，他的整个身体都震了一下，就像遭受了电击一样。

"等一下！"

他努力站了起来，把手短暂地按在胸口上。心脏剧烈跳动，就像一只困兽。这就是教宗去世前的感受吗？突然的心悸，然后变成被铁箍箍紧般的疼痛？他花了几分钟才平复下来，然后开了门。

贝里尼和萨巴丁正站在走廊上。

贝里尼关切地盯着他。"抱歉，雅各布。我们打断你的祈祷了吗？"

"不要紧，我相信上帝会原谅我的。"

"你不舒服吗？"

"没有，进来吧。"

他站到一旁让他们进来。同往常一样，米兰大主教像一名专业的送葬者，脸上挂着悲伤的神情，但他在看到洛麦利房间大小的瞬间就高兴起来了。"哎呀，这也太小了吧。我们俩都是住套房的。"

"空间不足并不会像缺乏光线和空气那样让我感到压抑。后一种情况才会让我做噩梦。不过，还是让我们祈祷现在这种情形不会持续太久吧。"

"阿门！"

贝里尼说："这就是我们前来的原因。"

"请坐。"洛麦利将脱下的肩衣和短袍从床上挪开，并将它们搭在祈祷台上，邀请他的访客坐在床上。他自己则从桌下拉出一把椅子，面向他们坐下。"我本想给你们倒点喝的，但可笑的是，和古图索不同，我没有带自己的物资进来。"

"不会占用你很多时间的，"贝里尼说，"我只是想让你知道我已经得出一个结论，那就是我并没能在同事中得到足够的支持来当选教宗。"

他的直率让洛麦利吃惊。"我没那么肯定，奥尔多。这还没有结束。"

"你真是太善良了，但依我看，结果就是这样。我有一群非常忠实的支持者，其中最让我感动的是你，雅各布，因为我确实取代了你国务卿的职位，而你本来完全有资格对我心存怨恨。"

"我从来没有动摇过我的信念，你就是最适合教宗这份工作的人。"

萨巴丁说："听听。"

贝里尼举起手。"好了，亲爱的朋友们，不要让我更为难了。现在的问题是：假设我不能赢，我应该建议我的支持者投票给谁？在第一轮投票中，我投给了范德罗布洛艾克。在我看来，他是这个时代最伟大的神学家，可尽管如此，他也永远没有机会。而在后面四轮投票中，雅各布，我都投给了你。"

洛麦利惊愕地看着他。"我亲爱的奥尔多，我不知道该说些什么……"

"而我本应该很高兴地继续给你投票，并让我的同事也这么做。但是……"他耸了耸肩。

"但你也赢不了。"萨巴丁说出了残忍的结论。他翻开他的小黑本。"在上一轮投票中，奥尔多得了15票，而你只有12票，所以就算我们把我们的15票全部投给你——坦白说，我们办不到——你仍然只能排在第三位，在特朗布莱和特德斯科之后。意大利人分裂了，就和往常一样！考虑到这点，再加上我们三个都认为威尼斯宗主教将是一场灾难，现在的局势就很明朗了。唯一可行的选项就是特朗布莱。我们一共有27票，加上他的40票，就是67票。这意味着他只要再得12票就能赢得三分之二多数票。就算下一轮投票不行，我想，他在接下来的投票中也会赢得多数票。你同意吗，洛麦利？"

"是的，但是——"

贝里尼补充道："我并不比你更支持特朗布莱。但即便如此，我们也必须正视他拥有的广泛吸引力。如果我们相信圣灵正通过秘密会议来发挥作用，我们就必须接受上帝希望我们将圣彼得的钥匙交给约瑟夫·特朗布莱的事实，不管这看上去有多不可能。"

"也许是这样的。但很奇怪的是，一直到吃午饭的时候，主还想让我们把钥匙交给约书亚·阿德耶米呢。"洛麦利瞥了一眼墙，想知道那个尼日利亚人是不是在偷听。"我能补充一点吗，事实上这让我有点困扰，"他边说边来回比画着，"我们三个这样私下串通起来影响结果真的好吗？这看上去像是渎圣行为。我们就差里斯本宗主教和他的雪茄，然后待在一个烟雾弥漫的房间内，如此就和美国政治会议一样了。"贝里尼露出一丝微笑，萨巴丁皱着眉头。"说真的，别忘了我们发誓要在上帝面前将我们的选票投给应该当选的人。矮子里拔将军是远远不够的。"

"噢，团长，这简直是诡辩！"萨巴丁嘲笑道，"在第一轮，我们可以很纯粹地投票——好，很好。但到第四轮投票时，我们很可能早就不以自己的个人爱好来投票了。我们必须从仅有的几个候选人中做出选择。这个集中选票的过程，就是秘密会议的全部作用，否则没有人会改变自己的主意，然后我们就必须在这里待上好几个星期。"

"这就是特德斯科想要看到的。"贝里尼补充道。

"我知道，我知道。你是对的，"洛麦利叹了口气，"我今天下午在西斯廷得出了同样的结论。可是——"他身子前倾，双手摩擦，考虑是否要告诉他们他所知道的事情。"有一件事你们必须知道。就在秘密会议开始前，伍兹奈克大主教前来找我。他说教宗和特朗布莱闹翻了，事态非常严重，严重到前者打算解除后者在教会内的所有职务。你们有谁听说过这件事吗？"

贝里尼和萨巴丁困惑地互视了一眼，随后贝里尼说："闻所未闻。你真的相信有这件事吗？"

"我不知道。我当面对特朗布莱提出指控，但他很自然地否定了——他把这归结为伍兹奈克喝醉了。"

萨巴丁说："确实有可能。"

"但这不可能完全是伍兹奈克凭空想象出来的。"

"为什么不会？"

"因为我后来发现，确实有这么一份关于特朗布莱的报告，但它被撤回了。"

他们沉默了一会儿，以思考这件事的真实性。随后，萨巴丁转向

155

贝里尼："如果真的有这么一份报告，你作为国务卿肯定听说过吧？"

"不见得。你也知道这个地方是如何运作的。而且教宗的行事可能非常隐秘。"

又是一阵沉默。大约半分钟后，萨巴丁终于说道："我们永远找不到没有任何污点的候选人。我们有过曾加入希特勒青年团并为纳粹而战的教宗。有教宗曾被指控与法西斯主义的支持者相互勾结，还有教宗无视了那些关于最令人发指的虐待行为的报告……这种事情何时才是个头？如果你曾是教廷中的一员，就肯定会有人把你的事透露出去。而如果你曾是一名大主教，你早晚都会犯错。我们都是凡夫俗子。我们要起到典范的作用，但我们不可能永远都是典范。"

这听上去像是事先排练过的辩护词，有那么一会儿洛麦利甚至接受了一个邪恶的观点：也许萨巴丁已经接触过特朗布莱，并决定用支持他当选来换取自己未来的晋升。洛麦利毫不怀疑米兰大主教会这么做，毕竟他从未掩饰过他想成为国务卿的野心。但洛麦利最后只是说："这解释不错。"

贝里尼说："所以我们达成共识了吗，雅各布？我是否应该和我的支持者谈谈，让他们都支持特朗布莱？"

"我想是这样的。不过我确实不知道我的支持者是哪些人，除了你和贝尼特斯外。"

"贝尼特斯，"萨巴丁若有所思，"啊，一个有趣的家伙。我完全摸不清他。"他查看了一下笔记本，"他在上一轮投票中得了4票。都是谁投给他的？也许你需要和他谈一谈，团长，看看能不能说服他同意我们的观点。那4票可能会扭转乾坤。"

洛麦利同意在晚餐前试着和贝尼特斯见上一面。他会去贝尼特斯的房间。他并不想在其他枢机面前进行这种谈话。

*

半小时后，洛麦利乘上了去往 B 区六楼的电梯。贝尼特斯说他的房间在顶楼面向罗马的那一侧。但洛麦利现在站在顶楼，突然想起自己并不知道房间号。他在走廊里踱步，仔细研究十二扇完全一样的紧闭的门，直到从他身后传来声音。他转过身，发现来了两名枢机。其中一位是佩鲁贾大主教甘比诺，他是特德斯科的非正式竞选经理之一，另外一位是阿德耶米。他们正在聊天。"我敢肯定他是可以被说服的。"甘比诺说。但他们在看到洛麦利时停止了对话。

甘比诺问："你迷路了吗，团长？"

"事实上，是的，我想找贝尼特斯枢机。"

"啊，那个新来的！你在密谋什么吗，阁下？"

"不——至少不比别人更多。"

"那你就是在密谋。"大主教沿着走廊指过去，显得非常开心。"我想你可以在左边最后一间房里找到他。"

当甘比诺转身按下电梯按钮时，阿德耶米磨蹭了一下，盯着洛麦利。你认为我完蛋了，他的面容仿佛在说，但你不用同情我，因为我还有力量，即使是现在。随后他和甘比诺一起走进电梯。电梯门合上，而洛麦利仍然盯着那块地方。他意识到，在他们的计算中，他们完全忽视了阿德耶米的影响力。在上一轮投票中，这个尼日利亚人仍然得了 9 票，即使那时他的当选已然无望。如果他能把那些铁杆支持者分给特德斯科，即使只分一半，威尼斯宗主教就能拿下超过三分之一的选票。

这个想法刺激了他。他沿着走廊大步向前走去，用力敲在最后一扇门上。几分钟后，他听到贝尼特斯喊道："是谁啊？"

"我是洛麦利。"

锁滑开，门开了一半。"阁下？"贝尼特斯正将扣子已解开的法衣紧紧抓在一起，光着棕色的瘦脚。他身后的房间里一片黑暗。

"很抱歉在你更衣时打扰你。我能和你谈谈吗？"

"当然可以，请等一下。"贝尼特斯消失在房间内。他谨慎得让洛麦利感到奇怪，但随后洛麦利想到，自己如果也去了他去过的那些地方，肯定也不会在确定门外是谁之前就打开门。

又有两名枢机出现在走廊上，他们正准备下楼用餐。他们看向洛麦利的方向，他举起手，他们也挥手示意。

贝尼特斯把门敞开，他已经换好衣服了。"进来吧，团长。"他打开灯，"不好意思，每天的这个时候我都会默想一个小时。"

洛麦利跟着他进了房间。这间房很小，和洛麦利自己的一样。屋里有十二根闪烁着火光的蜡烛：床头柜上、书桌上、祈祷台旁，甚至在黑暗的盥洗室里也有。

"在非洲，我习惯了并非一直有电的日子，"贝尼特斯解释道，"现在我发现，在我独自祈祷时，蜡烛必不可少。修女们很友好，给了我一些，就是光有点暗。"

"很有趣，我想试试这是否对我有帮助。"

"你在祈祷上有困难？"

洛麦利惊讶于他的直率。"有时会，特别是最近，"他的手在空中画了一个模糊的圈，"我要考虑的东西太多了。"

"也许我能帮帮你？"

有那么一会儿，洛麦利感到被冒犯了。他，前任国务卿和枢机团团长，是在被教育该怎么祈祷吗？但贝尼特斯非常真诚，所以他说："好的，我很乐意，谢谢。"

"请坐。"贝尼特斯从桌子下拉出一把椅子,"如果我边和你谈话边整理着装,会让你困扰吗?"

"不会,请你继续。"洛麦利看着这个菲律宾人坐在床上穿上袜子。他再次惊讶于67岁的贝尼特斯看上去居然如此年轻和匀称,几乎可以说有几分孩子气。在贝尼特斯弯下腰时,一绺乌黑发亮的头发像墨一般散落在他的脸上。洛麦利穿一双袜子要花上十分钟,而贝尼特斯的肢体和手指看上去就和20岁的人一样柔软灵活。也许他在祈祷时,也会在烛光下练习瑜伽。

洛麦利想起自己前来的原因了。"昨天晚上你说你把票投给了我。"

"是的。"

"我不知道你是不是继续这样做了。我不是想让你告诉我答案,但如果是这样的话,我想再次重复我的请求:请你不要再给我投票了。这一次情况非常紧迫。"

"为什么?"

"第一,因为我缺乏成为教宗所必需的精神深度。第二,因为我不可能赢。你必须明白,阁下,这次秘密会议就像是开在刀刃上一样。规定写得很清楚,如果我们明天还不能做出决定,投票就将暂停一天,让我们可以反省一下这个僵局。然后我们会再投两天票,然后再停一天,然后继续,继续,直到十二天过去,直到三十轮投票结束。只有到那时,我们才能用简单多数原则选出新教宗。"

"所以呢?有什么问题吗?"

"我以为这是显而易见的:这种漫长的流程将对教会造成危害。"

"危害?我不明白。"

他是太天真了，洛麦利想知道，还是太虚伪了？洛麦利耐心地回答道："连续十二天的投票和讨论，一切都是秘密进行的，且世界上一半的媒体都驻扎在罗马，这将证明教廷陷入了危机——它甚至不能选出一名领导者带领它挺过这一艰难时期。有些人希望教会回到早些时候的状态，而坦白说，这也会巩固那一派的势力。再坦白一点，在我最可怕的噩梦中，我想知道一场拖拉的秘密会议是否预示着，威胁了我们近六十年的大分裂即将真正降临。"

"所以你是想让我投给特朗布莱枢机？"

他比看上去更敏锐，洛麦利想。

"这的确是我的建议。如果你知道有哪些枢机给你投了票，我希望你能考虑一下，也建议他们这样做。出于兴趣，你知道他们是谁吗？"

"我猜其中两人应该是我的同胞门多萨枢机和拉莫斯枢机，尽管就和你一样，我恳求所有人不要支持我。事实上，特朗布莱枢机和我说过这事。"

洛麦利笑道："我相信他肯定说了！"但他立刻就后悔这么嘲讽了。

"你想让我投票给你认为是野心家的人？"贝尼特斯看着洛麦利，那是仔细掂量的眼神，让洛麦利觉得很不舒服。随后，贝尼特斯没有再说什么，而是开始穿鞋。

洛麦利挪了一下屁股。他不太在意这长时间的沉默。最后他说道："当然，因为你和前任教宗明显走得很近，所以我以为你并不想看到特德斯科枢机当选。但也许我错了。也许你和他信仰相同？"

贝尼特斯系完鞋带，把脚放在地板上，再次抬起头。

"我信仰上帝，阁下，而且只信仰上帝。这就是为什么我并不像你那样担心秘密会议会耗时过久，甚至也不担心教会的分裂。谁知道呢？也许这正是上帝想要的。这就可以解释为什么我们的秘密会议一直这样进退维谷，即使是你也无法解决这种困境。"

"分裂是我这辈子信仰并为之奋斗的一切的对立面。"

"那是什么？"

"上帝恩赐的普世教会。"

"而这种机构的团结甚至让你觉得打破自己的神圣誓言也是值得的？"

"这真是奇怪的指控。教会不仅是你所说的机构，还是圣灵的化身。"

"啊，对此我们看法不同。我觉得我更可能在其他地方遇到圣灵的化身，例如在中非内战里因某种军事政策的推行而被强奸的两百万女性中。"

洛麦利吃了一惊，以至于他没有立刻做出回应。他生硬地说："我可以向你保证，我永远都不会赞同对上帝的背誓行为，无论教会将面临怎样的后果。"

又长又吵的晚钟响起，就像火警一样，这表示晚餐已经准备好了。

贝尼特斯站起身并伸出手。"我无意冒犯，团长，如果你感到被冒犯了，那我愿意道歉。但我只会投给我认为最应当成为教宗的人。对我来说，那个人并不是特朗布莱枢机，而是你。"

"我还要重复多少次，阁下？"洛麦利沮丧地拍打着椅子的一侧，"我不想要你的票！"

"尽管如此，你还是会得到这一票的。"贝尼特斯向前伸出手，"来吧，让我们成为朋友吧。我们可以一起去吃晚餐吗？"

洛麦利又生了会儿闷气，然后叹了口气，让自己在贝尼特斯的帮助下从椅子上站了起来。他看着贝尼特斯在房间内四处走动，把蜡烛一一吹灭。熄灭的烛心喷出一缕刺鼻的黑色轻烟，蜡油燃烧的味道转眼便让洛麦利回到了就读于神学院的日子——在熄灯后的寝室里，他总是在烛光下读书，并在神父前来查寝时假装已经睡着。他走进盥洗室，舔了舔拇指和食指，灭掉洗手台旁的蜡烛。在他这样做的时候，他注意到了奥马利在贝尼特斯到达的那一晚准备的洗漱用品——一把牙刷、一小管牙膏、一瓶除臭剂，以及一把仍在玻璃纸包装里的一次性塑料剃须刀。

13

密室

那个晚上，在他们享用监禁生活的第三顿晚餐，也就是某种不知名的鱼类拌续随子酱时，紧张的氛围重新笼罩了所有人。

枢机们都是成熟的选民。他们可以"算一下"，就像四处走动的芝加哥荣休大主教保罗·库拉辛斯基劝说他们去做的那样。他们可以看出，现在已经形成了特德斯科和特朗布莱之间双强争霸的局面：一边是坚持原则，另一边是渴望妥协；一边是可能再拖上十天的秘密会议，另一边是可以在第二天早上就结束一切。两个派别在房间内相应地开展工作。

特德斯科一开始就和阿德耶米并肩坐在非洲枢机那一桌。和往常一样，他一手端着盘子，一手将食物送进嘴里，不时提出观点，同时在空气中挥舞叉子。洛麦利——还是和意大利小队的朗多尔菲、戴拉夸、桑蒂尼和潘扎维切坐在一起——不需要去听他在说什么，就知道他又在阐述那个熟悉的主题：西方自由社会的道德沦丧。从他面前的人一直在严肃地点头可以看出，他找到了一群忠实的听众。

同时，特朗布莱这个正在吃主菜的魁北克人，和一群讲法语的人坐在一起：波尔多的柯尔特马赫、马赛的邦菲斯、巴黎的戈瑟兰和阿比让的克洛玛。特朗布莱的竞选技巧和特德斯科完全不同。后者喜欢聚集一群人在自己周围并发表演讲，特朗布莱则整晚都在游走，从一堆人走到另一堆人的身边，在一处停留的时间很少超过几分钟：握手，捏肩，和这名枢机温和友好地交流，和那名枢机小声交换秘密。他似乎并没有支持者扮演类似于竞选经理的角色，但洛麦利已经听到一些前来的人，如托莱多大主教莫德斯托·比利亚努埃瓦大声宣布，特朗布莱才是唯一可能当选的人。

洛麦利的视线不时飘到其他人身上。贝里尼正坐在一个较远的角落里，他似乎已经放弃去说服那些尚未做决定的人。这次，他选择放纵自己，和他的神学家伙伴范德罗布洛艾克和勒文施泰因一起用餐，谈论托马斯神学和现象学，或一些类似的抽象概念。

至于贝尼特斯，他一走进餐厅就被邀请加入那群讲英文的人。洛麦利看不见这个菲律宾人的脸，因为贝尼特斯背对着他，但可以观察其同伴的表情。他们是威斯敏斯特的纽比、波士顿的菲茨杰拉德、加尔维斯顿－休斯敦的桑托斯和圣座册封圣人部的路德加德。和特德斯科附近的非洲人一样，他们似乎正在专注地听他们客人的发言。

与此同时，身着蓝色制服、目光低垂的圣文生·德保仁爱修女会的修女始终在桌子间端菜盘送酒水。洛麦利在担任罗马教廷大使期间熟悉了这个古老的团体。其总部是巴黎巴克街上的一间修女之家，他去过两次。圣凯瑟琳·拉布雷和圣路易丝·德·玛利雅克的遗体都埋在那里。它的成员并未因成为枢机的女侍者而放弃她们的生活方式。它的神恩是服务于穷乏者的。

洛麦利这一桌的气氛十分阴郁。他们正在逐渐接受这样的事实：除非他们投票给特德斯科——他们都认为自己办不到——可能这辈子他们都不会再见到意大利人出任教宗了。谈话断断续续地持续了整晚，而洛麦利完全沉浸在自己的思考中，没有太过在意他们在说什么。

他与贝尼特斯的谈话严重地扰乱了他的心神。他无法忘掉那段对话。在过去的三十年中，他所崇敬的真的只是教会而不是上帝吗？因为从本质上来说，这就是贝尼特斯对他的指控。在他心里，他无法逃避该指控的真实性——这是罪恶，也是异端。很难祈祷这件事有什么好奇怪的吗？

这种顿悟与他准备在圣彼得大教堂布道时的顿悟类似。

他终于忍无可忍，把椅子向后推去。"我的弟兄们，"他宣布，"恐怕你们和我待在一起也很乏味。我想我该上床休息了。"

桌子周围的人异口同声地说："晚安，团长。"

洛麦利走向大厅，几乎没有人注意到他。而在那些注意到他的少数人中，没有谁能从他庄严的步态中猜到他脑中的喧嚣。

但在最后一刻，他并没有上楼，而是突然从楼梯走向前台，询问柜台后面的修女，艾格尼斯修女是否仍在值班。现在是晚上9点30分左右，他身后的餐厅里才开始上甜食。

艾格尼斯修女从她的办公室走出来，他可以从她的姿态看出，她料到了他会来找她。她清秀的脸变得消瘦苍白，眼睛是水晶般的蓝色。

"阁下？"

"艾格尼斯修女，晚上好。我想知道我能否与沙鲁米修女再谈一谈？"

"我想这是不可能的。"

"为什么？"

"她已经在回尼日利亚的路上了。"

"我的天，这么快！"

"今晚埃塞俄比亚航空有一趟从菲乌米奇诺飞往拉各斯的航班。如果她在那趟航班上，会对所有人都有好处。"

她坚定地看着他。

他顿了顿，接着说："如果是这样的话，我能不能单独和你谈谈？"

"我们现在不正谈着吗，阁下？"

"是的，但或许我们可以在你的办公室里继续？"

她很不情愿，她说她正准备下班。但最后，她还是带他绕过前台，走进她那狭小的玻璃房间。窗帘被放了下来，仅有的光亮来自一盏台灯。桌上有一台老式的磁带录音机，放着格列高利圣咏。他认出那是《仁爱天主之母》。这份关于她的虔诚的证据打动了他。他记得她在法国大革命期间牺牲的先祖接受了宣福礼①。她让音乐暂停，他在他们身后关上了门，然后他们都站着。

他平静地问："沙鲁米修女为什么会到罗马？"

"我不知道，阁下。"

"但这个可怜的女人连意大利语都不会说，以前也从来没离开过尼日利亚。如果不是背后有人在推动，她就根本不可能出现在这里。"

"我收到了修道院院长办公室的通知，说她会加入我们。这是巴黎那边的安排。你应该问巴克街那边，阁下。"

"我会的，但如你所知，我在秘密会议期间被隔离了。"

"那你可以在事后问他们。"

"这个消息现在对我很重要。"

她用那双不服输的蓝眼睛盯着他，她宁愿被送上断头台或被烧死在火刑柱上，也绝对不会屈服。如果我结过婚，他想，我希望有这样的妻子。

他温和地说道："你爱教宗吗，艾格尼斯修女？"

---

① 又称列福、列福式，是天主教追封已过世之人的仪式。

"当然。"

"我敢肯定他对你有一种特殊的感情。事实上，我认为他应该很敬畏你。"

"我可不这么想！"她用一种轻蔑的语气说道。她知道他在干什么，不过她确实有点被奉承到了，她的目光第一次开始微微闪烁。

洛麦利加了把劲："而且我相信他对我也有一些感情。至少，在我试图辞去团长的职务时，他不肯同意。当时我并不知道原因。老实说，我当时很生他的气——愿上帝原谅我——但现在我认为我明白了。我认为他察觉到他就快死了，然后出于某种原因，他希望由我来主持这次秘密会议。这就是我在恳切祷告后试着去做的，这都是为了他。因此，在我说我需要知道为什么沙鲁米修女出现在了圣玛尔大之家时，我并不是在为我自己提问，而是代表我们已故的共同好友教宗。"

"话是这么说，阁下，但我怎么知道他希望我做些什么？"

"去问他，艾格尼斯修女，去问上帝。"

她沉默了至少一分钟。最后她说道："如果我曾向修道院院长发誓我什么也不会说，那我就什么也不会说。明白了吗？"然后她戴上一副眼镜，坐在电脑前，开始快速地打字。这是个奇怪的场景，洛麦利永远不会忘记它：年老的贵族修女紧盯屏幕，手指像是有了自己的意志般在灰色的塑料键盘上飞舞。模糊的敲击声逐渐增强，然后开始放慢速度，变成单一的敲打声，最后在侵略性的一击后，她抬起双手，起身，从桌前离开，走到办公室的另一端。

洛麦利在她的座位上坐下。屏幕上是一封来自修道院院长的邮件，他注意到日期是 10 月 3 日，也就是教宗去世前两周，上面标有"保密"字样，写的是尼日利亚翁多省爱瓦罗·奥科社区的沙鲁米修女马上将被调到罗马。亲爱的艾格尼斯，如果你能私下里特别关照我们的姐妹，我将万分感激，因为万民福音部的部长特朗布莱枢机阁下要求她出现。

*

在和艾格尼丝修女道过晚安后，洛麦利走回餐厅。他排队取咖啡，走进大厅，坐在一张又厚又软的深红色扶手椅上，背对着前台，静静地等待着、观察着。啊，他想，这个特朗布莱枢机确实有点东西！是北美人但不是美国人，讲法语但不是法国人，既是教义自由主义者又是社会保守主义者（或者正好相反？），既是第三世界的拥护者又是第一世界的象征。他怎么会蠢到低估了特朗布莱！他已经注意到这个加拿大人不再需要自己取咖啡了，因为有萨巴丁帮忙。随后米兰大主教陪着特朗布莱走向一群意大利枢机，这些人立刻表现出顺从之意，扩大他们的圈子去接纳他。

洛麦利喝了一口咖啡，等待着时机。他不希望有人目击到他要做的事。

偶尔会有一名枢机过来和他搭话，他则向他们微笑，与他们寒暄，从他的脸上他们看不出他内心的烦乱。他发现，如果他不起身，他们很快就会明白他的意思并就此离开。他们一个接一个地回房睡觉去了。

快到晚上11点了，大部分秘密会议的成员已经休息了，特朗布莱也终于结束了和意大利人的谈话。他以一种几乎可以被解读为赐福的方式举起了手，而枢机们稍微向他欠了欠身子。随后，他转身离开，面带笑容地走向楼梯。洛麦利立刻上前拦住他。有那么一瞬间，洛麦利觉得有些滑稽，因为他发现自己的腿僵住了，几乎无法从椅子上起身。但在一番挣扎之后，他设法站了起来，跛着僵硬的腿追了上去。在特朗布莱正要踏上楼梯最下面的台阶时，他追上了这个加拿大人。

"阁下，我可以和你谈谈吗？"

特朗布莱仍在微笑，给人以温和的感觉。"你好，团长，我正准备上床睡觉。"

"真的不会花太多时间，来吧。"特朗布莱仍然面带笑容，但眼中已经有了一丝防备。不过，在洛麦利示意他跟上时，他还是照做了。他们穿过大厅，转过角落，走进礼拜堂。这个附属建筑物里已经没有人，只剩一片昏暗。被聚光灯照亮的梵蒂冈城墙在钢化玻璃后闪着蓝绿色的光芒，就像为午夜的约会安排的一场歌剧，也可能是一场谋杀。祭坛上方的灯具是仅有的其他光源。洛麦利在胸前画了个十字，特朗布莱做了同样的动作。"这太神秘了。"加拿大人说道，"怎么了？"

"很简单，我希望你能够退出下一轮投票。"

特朗布莱注视着他，显然是感到好笑而不是惊慌。"你没事吧，雅各布？"

"抱歉，但你不是教宗的适当人选。"

"那是你的看法，有四十位同事可不这么认为。"

"那只是因为他们不像我这么了解你。"

特朗布莱摇了摇头。"这太让人痛心了，我一直都十分珍视你的冷静和智慧。但自从我们召开秘密会议后，你就变得非常不安。我会为你祈祷的。"

"我想，你还是留着精力为你自己的灵魂祈祷吧。我知道四件关于你的事，阁下，而我们的同事不知道。第一，我知道有份关于你活动的报告。第二，我知道教宗在他去世几个小时前向你提过这件事。第三，我知道他解除了你的所有职务。然后第四，我现在知道这是为什么了。"

在昏暗的蓝光下，特朗布莱似乎突然惊呆了，就像头上受到了重重的一击。他匆忙坐在最近的椅子上。他沉默了一会儿，直直地盯着前方，盯着祭坛上方悬挂的耶稣受难像。

洛麦利就坐在他身后，向前探过身子，平静地在特朗布莱耳边说道："你是个好人，乔，我很确定。你希望竭尽所能地侍奉上帝。可惜的是，你认为你的能力就等于教宗之位，而我必须告诉你，这是错的。我是以朋友的身份说这话的。"

特朗布莱仍然背对着他。"朋友！"他痛苦又嘲弄地咕哝道。

"是的。但我也是枢机团的团长，正因为如此，我有责任。对我而言，不按我所知的情况去行动就是不可饶恕的大罪。"

特朗布莱用空洞的声音问："你到底是怎么确定那不只是流言的？"

"你用某种方式——我猜是通过我们在非洲的传教所——发现了阿德耶米枢机在三十年前向诱惑屈服的事，并做了把相关女性送到罗马的安排。"

特朗布莱一开始并没有给出反应。最后，当他转过身时，他皱着眉头，就像试图要记起什么。"你是怎么知道她的？"

"那不重要。重要的是，你将她弄到罗马，就为了摧毁阿德耶米成为教宗的机会。"

"我坚决否认这个指控。"

洛麦利伸出手指，警告特朗布莱："说话之前好好考虑一下，阁下。我们是在一个神圣的地方。"

"如果你愿意的话，可以给我一本《圣经》让我发誓，但我仍然否认。"

"说明白一点：你是在否认曾要求仁爱会修道院院长将她手下的一名修女调往罗马吗？"

"不，我确实要求过，但我不是代表自己提出要求的。"

"那你代表谁？"

"教宗。"

洛麦利难以置信地向后退了一点。"为了当选，你居然在教宗的私人礼拜堂里诋毁他？"

"这不是诋毁，这就是真相。教宗给了我一个在非洲的修女的名字，并要求我以万民福音部部长的身份，私下请求仁爱会将她送到罗马。我没有提任何问题，我只是按他的要求这样做了。"

"真让人难以相信。"

"这是真的，而且老实说，我很惊讶你居然会有其他想法。"特朗布莱站起身，他之前的自信全部回来了。现在他俯视着洛麦利："我会假装这次谈话从未发生。"

洛麦利站了起来，他费了很大力气才让自己听上去不那么生气："很遗憾，它确实发生了，而且，如果你明天没有表示你不愿继续参与教宗竞选，我就要让整个秘密会议都知道教宗最后一项正式命令是解雇你，因为你试图勒索你的同事。"

"你有什么证据能支持这个荒谬的主张？"特朗布莱摊了摊手。"你没有证据。"他朝洛麦利走了一步。"我建议你，雅各布——我在这里也是以朋友的身份和你说——不要再在我们同事的面前重复这种恶意指控。你自己的野心已经引起了别人的注意。这可能被看作玷污对手名声的策略，甚至可能产生完全相反的效果。还记得1963年那些传统主义者是怎么迫害蒙蒂尼枢机的吗？两天后他就当上教宗了！"

特朗布莱朝祭坛跪下，在胸前画十字，冷淡地向洛麦利道了晚安，然后走出礼拜堂，留下枢机团团长听着大理石地板上的脚步声逐渐远去。

*

在接下来的几个小时里，洛麦利和衣躺在床上，盯着天花板发呆。唯一的光源来自盥洗室。阿德耶米的鼾声从隔断墙的另一侧传来，但这次洛麦利正在全神贯注地思考，基本上没有注意到它。他手上拿着艾格尼斯修女给他的通用钥匙，那天早上，在结束圣彼得大教堂的弥撒，回到圣玛尔大之家时，他发现他把自己锁在了房间外，于是就找艾格尼斯修女借了钥匙。他在手指间翻转着钥匙，在祈祷的同时自言自语，使两者合为一段独白：

上帝啊，你让我负责最神圣的秘密会议……我的责任仅仅是安排同事们的商议吗？还是说我有责任干预并影响结果？我是你的仆人，我将献身于你的意志……无论我采取什么行动，圣灵终将带领我们选出一名配得上你的教宗……主啊，我请求你，指引我实现你的愿望……仆人，你必须指引你自己……

他两次从床上起身并走向门口，但两次都回床再次躺下。当然，他知道不会有灵光一闪，也不会有醍醐灌顶。他不抱任何希望。上帝不会这么做。上帝已经向他降示了他所需的所有迹象，他必须照此行事。也许他一直感到他最后可能会做点什么，所以才没有将通用钥匙还回去，而是把它放在床头柜的抽屉里。

在他第三次下床时，他打开了门。

根据《使徒宪典》的规定，午夜之后，除枢机外，任何人都不得留在圣玛尔大之家。修女们都被送回自己的住处。警卫们要么待在停着的车内，要么在周围巡逻。在五十米开外的圣卡罗宫里，有两名医生正在待命。如果出现紧急情况，无论是医疗还是其他方面的，枢机们都应该按下火警报警器。

走廊里空无一人，洛麦利对此十分满意，他快速走向楼梯平台。教宗公寓外的许愿蜡烛在红色的玻璃灯盏中闪烁不定。他注视着这扇门。在这最后的时刻，他犹豫了。上帝啊，我无论做了什么，都是为了你。你看到了我的心，你知道我的目的很纯粹。我希望得到你的庇护。他将钥匙插入锁眼转动了一下，让门向内开了一点。特朗布莱在教宗去世后迅速贴上的那些缎带已经绷紧了，使门无法完全打开。洛麦利研究了一下封蜡。教廷财务院的盾形纹章印在红色的蜡片上：两把交叉的钥匙，它们上面是一把打开的阳伞。封蜡的作用只是象征性的，一用力就能破坏它。他加大了推门的力度。封蜡碎了，缎带落了下来，通往教宗公寓的道路打开了。他在胸前画了个十字，跨过门槛，在身后关上了门。

　　这地方闻上去有股久不通风的霉味。他四处摸索着灯的开关。这间熟悉的起居室跟教宗去世那天晚上的状态一模一样：淡柠檬色的窗帘被紧紧地拉上。房间里有贝壳状靠背的蓝色沙发、两把扶手椅、咖啡桌、祈祷台、书桌，书桌旁还有教宗破旧的黑色皮革公文包。

　　他坐在桌旁，拿起公文包，将它放在膝上打开。里面有一把剃须刀、一罐薄荷油、一本每日祈祷书和一本平装版的耿稗思《师主篇》。根据梵蒂冈新闻办公室发布的消息，《师主篇》是教宗在心脏病发作之前读过的最后一本书。教宗那晚阅读的那一页里夹着一张黄色的纸片，那是二十多年前他家乡发行的车票。

避免过于亲昵

　　勿将你心里的密事，向任何人吐露；内心的事，仅可和明智人和敬畏天主的人商量。少同年轻人、世俗人来往。别

谄媚富贵人，别乐于趋访有权势的人。所可交接的，是谦逊人、老实人、热心平和的人……①

他合上书，把所有东西都放回公文包，再将公文包放回原处。他拉了拉桌子中间的抽屉，发现它没有锁。他把抽屉完全拉出来，放在桌上，翻找里面的东西：一个眼镜盒（空的）、一瓶塑料包装的眼镜护理剂、几支铅笔、一盒阿司匹林、一台袖珍计算器、几根橡皮筋、一个转笔刀、一只皮制旧钱包、钱包里的一张十欧元纸币、一本最新的《宗座年鉴》、一本红色封面的厚名录（上面列有教廷所有主要官员的名字）……他拉开了另外三个抽屉。除了一些签了名的明信片（教宗将它们分发给游客）外，没有任何其他纸张了。

洛麦利坐回原位开始思考。教宗虽然曾拒绝住进传统的教宗公寓，但使用过他的前任在宗座宫的办公室。过去他经常在早上步行过去，拿着他的公文包，然后总是在晚上带着工作回家。教宗的重担没有尽头。洛麦利清楚地记得，当教宗坐在这个座位上签署信件和文件时，自己曾在一旁陪伴教宗。要么是教宗在最后的日子里完全放弃了工作，要么是这张桌子已经被整理过了。如果是后一种情况，整理的人毫无疑问是他那位永远高效的私人秘书莫拉莱斯蒙席。

洛麦利站起身，在房间里四处走动，最后鼓起勇气打开了卧室的门。

古典大床上的床单已经被移走了，枕头上没有任何遮盖物，但教宗的眼镜和闹钟仍放在床头柜上。打开衣柜时，他发现两件

---

① 《师主篇》第八章。译文引自上海光启社译本。

白色的法衣像幽灵一样挂在衣杆上。看着这些简单的服装（教宗拒绝穿那些精心制作的教宗礼服），自葬礼后就被洛麦利压抑在心中的某种东西被打破了。他用手捂住眼睛，低下了头，身体颤抖，但是没有流出眼泪。这种无泪的抽搐仅仅持续了半分钟。结束后，他感到异乎寻常的坚定。他一直等到自己恢复正常呼吸频率，然后转身看向那张床。

它丑得可怕，有上百年的历史，四个角上有巨大的方形床柱，床头和床尾还有雕花木板。在所有有资格放入教宗公寓的精美家具中，教宗唯独选择了把这个丑陋的物件运到圣玛尔大之家。好几代教宗都在上面睡过。为了让它通过房门，这张床先是被拆开，然后被重新组装。

洛麦利小心翼翼地跪在地上，就像教宗去世那晚他做过的那样，双手合十，双眼紧闭，额头放在床垫边缘，然后开始祈祷。突然之间，那个老人生前经历的可怕孤独似乎让他觉得难以忍受，无法进行默想。他朝两边伸出手臂，然后紧紧地抓住木制床架。

他后来也无法肯定他这个姿势到底保持了多久。也许是两分钟，也许是二十分钟。但他很肯定的是，在这段时间里的某一刻，教宗走进了他的思想，和他进行了交流。当然，这可能是他的想象，是幻觉，而唯理论者对所有事物都有解释，即便是灵感。但他只知道，在他跪下前，他感到很绝望；但之后当他笨拙地爬起身来盯着床看时，那个逝去的人已经告诉他该做什么了。

*

他首先想到的是，肯定有一个隐藏的抽屉。他又跪了下去，在床架下四处摸索，但什么也没有摸到。他试着搬开床垫，尽管他知道这纯属是浪费时间：能在大多数夜晚在棋盘上打败贝里尼的人不可能做这么明显的事。最后，在所有选项都被排除后，他看向了床柱。

首先他试了试床头板右边的那根，它的顶上是一块厚厚的深色抛光橡木。乍一看，这根床柱像是一件带有沉重底座的作品。但在摸它的卷边时，他感觉到其中一块雕花圆盘有点松。他打开床头灯，爬上床垫开始检查。他小心地按了按，什么也没有发生。但当他抓住床柱以便将脚放回地板上时，床柱的顶部就在他手上脱落了。

那个木块的下面有一个空腔，空腔底部是一块没有涂漆的木板，而在木板中间有一个小到几乎注意不到的木制把手。他用拇指和食指捏住把手往外拉，慢慢地拉出一个简易木箱，它的大小刚好能让它嵌在里面。完全拉出后，他发现它大约有一个鞋盒大。他摇了摇，里面有什么东西在沙沙作响。

他在床垫上坐下，滑开了盖子，发现里面有几十份卷起来的文件。他将它们一一展平。账目、银行流水、转账记录、公寓地址。许多纸页上都有教宗棱角分明的铅笔小字。突然他自己的名字映入眼帘：洛麦利，信理部宫 2 号公寓，445 平方米！！这应该是教廷现任和退休成员居住的官方公寓名单，由 APSA，也就是使徒遗产管理局为教宗整理。所有拥有公寓的枢机选举人的名字下都画了线：贝里尼（410 平方米）、阿德耶米（480 平方米）、特朗布莱（510 平方米）……文件的最后，教宗加上了他自己：教宗，圣玛尔大之家，50 平方米！！

名单后还附了一张便条。

176

教宗亲启

至圣的教宗：

　　据我们所知，使徒遗产管理局名下不动产的总面积为347532平方米，潜在价值超过27亿欧元，但对外公开的账面价值仅为3.896亿欧元。财政缺口似乎表明付费居住率仅为56%。因此，正如您所怀疑的，有大量收入并未获得妥当申报。

　　我很荣幸能成为你最忠诚顺从的孩子。

D. 拉布里奥拉（特派员）

　　洛麦利翻看其他纸页，发现他的名字又出现了。让他震惊的是，这一次，在更仔细地研究后，他发现那是一份他在梵蒂冈银行的个人银行记录的摘要，按月显示了他的账户余额，最远可追溯到十多年前。最近的条目是9月30日，显示出他的期末余额为38734.76欧元。他自己都不知道这个数字。这是他拥有的全部资金。

　　他浏览了一遍文件里列出的上百个名字，光是看着就觉得脏，但又停不下来。贝里尼有42112欧元存款，阿德耶米有121865欧元，而特朗布莱有519732欧元（这个数字让教宗又标了一串感叹号）。一些枢机只有很少的存款——特德斯科只有2821欧元，而贝尼特斯似乎根本没有账户，但其他人都是富翁。巴勒莫荣休大主教卡洛杰罗·斯科萨奇有2643923欧元，他曾在马辛库斯^①任行

---

① 保罗·马辛库斯（Paul Casimir Marcinkus, 1922~2006），美国籍大主教，1971~1989年任梵蒂冈银行行长。1982年被卷入涉案价值超过10亿美元的金融丑闻，登上了全欧洲主流报纸与杂志的头版。意大利政府试图起诉他，但因梵蒂冈方面对他的保护而未果。

177

长的日子里为梵蒂冈银行工作了一段时间，且曾因洗钱嫌疑接受调查。许多来自非洲和亚洲的枢机在过去的 12 个月里都存入了大量资金。教宗用铅笔在其中一页上潦草地写下《马可福音》里的一段话：经上不是记着说"我的殿必称为万国祷告的殿"吗？你们倒使它成为贼窝了。[1]

看完后，洛麦利将纸卷紧，放回盒中，盖上盖子。他尝到一种恶心的味道，就像有什么东西在他舌头上腐烂了一样。教宗竟然偷偷利用他的权力从梵蒂冈银行获取同事们的私人财务记录！他是认为他们全都堕落了吗？洛麦利对其中一些事并不觉得惊讶，例如教廷公寓的丑闻在几年前就被泄露给媒体了。他也早就怀疑一些枢机弟兄的个人财产有问题。超脱尘俗的卢恰尼的在位时间仅有一个月，据称他在 1978 年当选的原因是他是唯一"干净"的意大利枢机。在第一遍看这些文件的时候，最让他感到震惊的是它们所反映的教宗的心理状态。

他将盒子推回隔层，将床柱顶端放回原处。他突然想到门徒们对耶稣说的可怕言语：这是野地，天已经晚了。[2]有那么几秒钟，他紧紧地抓着结实的木制床柱。他向上帝寻求指引，然后上帝就把他带到了这里，但他现在害怕自己还会有别的发现。

但是，在平静下来后，他绕着床沿来到床头板的另一侧，检查雕花圆盘下方的卷边。那里也有隐藏的把手。他用手拿走床柱的顶部，拉出了第二个盒子。然后他走到床尾，拉出了第三个，然后是第四个。

---

① 《马可福音》11:17。

② 《马可福音》6:35。

14

买卖圣职

在洛麦利离开教宗套房时，肯定已经快凌晨3点了。他轻轻推开门，门缝的大小恰好能够让他看见深红色烛光以外的地方。然后他检查了楼梯平台，仔细地听了听。一百多个人，大部分七十来岁，此时要么是在睡觉，要么是在安静地祈祷。这栋建筑里鸦雀无声。

他在身后拉上了门。重新封门是没有任何意义的，封蜡已经损坏了，缎带也拖在地上。枢机们起床后就会发现的，无论做什么都于事无补。他穿过平台来到楼梯，开始往上走。他记得贝里尼说过，其房间就在教宗房间的正上方，而那个老人的灵魂似乎穿过了镶木地板。洛麦利对此毫不怀疑。

他找到301号房，轻轻地敲了敲门。他原以为在不弄醒半个走廊的情况下，很难让贝里尼听到敲门声。但让他吃惊的是，他几乎立刻就听到了脚步声，然后门打开了，贝里尼就站在那里，身着法衣。他将洛麦利当作难兄难弟："嗨，雅各布，你也睡不着？进来吧。"

洛麦利跟着他进了房间。这和楼下的那一间一模一样。客厅里没有开灯，但卧室的门半开着，里面透出些许灯光。他发现贝里尼正在祈祷，因为他的念珠正搭在祈祷台上，台子上还有打开的日课经文。

贝里尼说："你愿意和我一起祈祷一会儿吗？"

"乐意之至。"

两人跪了下来。贝里尼低下头："在这一天，我们纪念圣良一世。主耶和华，你在使徒彼得的坚实基础上建立了你的教会，你承诺地狱之门永远不会战胜它。在教宗圣良的祝福下，我们请求你让教会忠于你的真理，并借着我们的主耶稣基督维持和平。阿门。"

"阿门。"

一两分钟后，贝里尼问："想喝点什么？一杯水？"

"可以，谢谢。"

洛麦利在沙发上坐了下来。他突然感觉很疲惫，又很焦虑——这种状态下不适合做出重大决定。他听见水龙头打开的声音。贝里尼在盥洗室里喊："我想我恐怕也没什么能招待你的了。"他端着两杯水回到客厅，并将其中一杯递给洛麦利。"所以，为什么你这个时候还醒着？"

"奥尔多，你必须继续参选。"

贝里尼发出一声叹息，重重地坐在扶手椅上。"拜托，不要，不要再这样做了！我以为这事已经定了。我不想当，我也当不了。"

"这两个原因哪个对你更重要？不想还是不能？"

"如果我的同事中有三分之二的人认为我能够胜任，那我肯定会强迫自己抛开疑虑，然后接受秘密会议的决定。但显然他们没有，所以这个问题并不成立。"他看着洛麦利从法衣中抽出三张纸，将它们放在咖啡桌上。"这是什么？"

"圣彼得的钥匙，如果你愿意把它们拿起来的话。"

长时间的沉默后，贝里尼平静地说："我想我应该让你离开。"

"但你不会的，奥尔多。"洛麦利将水一口饮尽。他都没意识到自己有多渴。贝里尼抱着手，一言不发。在喝水时，洛麦利从杯口的上方细细打量贝里尼，然后将杯子放下。"看看吧，"他将文件从桌上向贝里尼推了过去，"这是一份关于万民福音部活动的报告。说得更具体点，这是一份关于它的部长特朗布莱枢机的活动的报告。"

贝里尼对着文件皱起了眉头，移开了目光。最后，他极不情愿地松开了手臂，将文件拿了起来。

洛麦利说："他买卖圣职一事证据确凿。这种罪行，容我说一句，是《圣经》规定的：'西门看见使徒按手，便有圣灵赐下，就拿钱给使徒，说："把这权柄也给我，叫我手按着谁，谁就可以受圣灵。"彼得说："你的银子和你一同灭亡吧！因你想神的恩赐是可以用钱买的。"'"①

贝里尼还在看文件。"我知道什么是买卖圣职，谢谢。"

"但还有其他比这更明显的买卖职位或圣礼的行为吗？特朗布莱能在第一轮投票中得到那些选票，只是因为他收买了选票，大部分是从非洲和南美枢机手中收买的。名字都在这儿——卡尔德纳斯、迪恩、菲加勒拉、加朗、帕珀鲁特、巴普蒂斯特、辛克莱、阿拉塔斯。他甚至用现金支付，这样就更难追踪。这些都是在最近 12 个月内完成的，他肯定猜到教宗的任期即将结束。"

在看完后，贝里尼一直凝视着不远处。洛麦利可以看到他强大的头脑正在消化这些信息，评估证据的力度。最后，贝里尼问："你怎么就知道他们没有把钱用于达成完全合法的目的呢？"

"因为我已经看了他们的银行流水。"

"上帝啊！"

---

① 《使徒行传》8:18—20。

"现在的问题不是这些枢机。我甚至不会因为他们的腐败而指控他们，这是肯定的——也许他们确实打算将钱转交给自己的教会，但还没有抽出时间来这样做。此外，他们的选票都被烧掉了，我们没办法证明他们给谁投了票。但是，可以肯定的是，特朗布莱没走正式程序就把钱发了出去，明显是为了让他自己当选。而对买卖圣职的必然处罚，不用我提醒你也知道，是绝罚令。"

"他会否认的。"

"他想怎么否认就怎么否认。这份报告如果传开，就将成为新的丑闻，为所有其他丑闻画上句号。先不说别的，它肯定可以证明伍兹奈克说的是真话，也就是说，教宗最后的官方行动是命令特朗布莱辞职。"

贝里尼没有回应，而是将文件放回桌上。他一丝不苟地用他长长的手指将它们摆好，直到完全对齐。"我能问问你是从哪里得到这些资料的吗？"

"从教宗的公寓里。"

"什么时候？"

"今天晚上。"

贝里尼抬头看向他，脸上写满了震惊。"你破坏了封蜡？"

"我能有什么选择？你也看到了午餐时的那一幕吧。我有理由怀疑，特朗布莱利用那个来自非洲的可怜女人使阿德耶米陷入困境，从而故意破坏阿德耶米当选的机会。当然，他否认了，所以我想看看能不能找到证据。从良心上来说，我不能置身事外，不能眼看着这种人当选而不做一点调查。"

"所以是他做的吗？是他把她弄到这儿，使阿德耶米陷入了困境吗？"

洛麦利犹豫了。"我不知道。肯定是他让人把她调到罗马的，但他说他是应教宗的要求才这么做的。也许这一部分是真话，因为教宗似乎在自己的同事身上开展了某种间谍活动。我找到了藏在他房里的各种私人信件和通话记录。"

"我的上帝，雅各布！"贝里尼呻吟着，就像身体正在疼痛。他仰着头，盯着天花板。"这到底是些什么烂事啊！"

"我同意，但我们最好现在就把它弄清楚，趁着秘密会议还在进行，且我们可以非公开地商讨我们的事务。这强过在选出新教宗后再揭露真相。"

"那我们之后要怎么在议程中'把它弄清楚'？"

"首先，我们必须让我们的弟兄们注意到关于特朗布莱的报告。"

"怎么做？"

"我们必须把报告给他们看。"

贝里尼再次变得极为惊恐。"你认真的吗？一份从教宗公寓里偷出来的、基于私人银行记录的文件？这简直让人绝望！我们会弄巧成拙的。"

"我不是在暗示说你应该这样做，奥尔多，绝对不是。你必须离这件事远点。让我来，或者是我和萨巴丁来。我很乐意承担后果。"

"你太高尚了，当然，我也很感激。但损失不会在你那里终结。这事迟早会走漏风声。想想它会对教会产生什么影响吧，我不可能在这种情况下还去当教宗。"

洛麦利简直不敢相信自己的耳朵。"你指什么情况？"

"耍卑鄙手段的情况——非法闯入、偷来的文件、对兄弟枢机的抹黑。如此一来，我将成为教宗里的理查德·尼克松！即使我能赢得选举——我对此表示强烈怀疑——我的教宗任期也会从一开始就遭受玷污。你难道没有意识到，从这件事中获益最多的反而是特德斯科吗？他能有获选的可能性，完全是因为他声称前任教宗用考虑不周的改革尝试把教会领向了灾难。对于他和他的支持者而言，教宗曾查看他们的银行账号并委托别人为教廷的制度性腐败编写报告这件事，只不过证实了他们的观点。"

"我以为我们在这里是为了侍奉上帝，而不是教廷。"

"噢，雅各布，你们这些人，别天真了！我和这些东西斗争的时间比你长，而且事实上，我们只能通过上帝之子耶稣基督的教会来侍奉上帝，而教廷——无论它有多不完善——是教会的心脏和大脑。"

洛麦利突然感动一阵剧烈的疼痛，就在右眼后面，通常这是疲劳和神经压力造成的。依照过去的经验，如果他不加以注意的话，就可能要卧床一两天。也许这才是他应该做的？《使徒宪典》中的一条规定是，生病的枢机可在圣玛尔大之家的房间内投票。他们的选票将由三名被指定为病护员的枢机拿走，后者会将病人的选票放入一个上锁的盒子，然后带往西斯廷教堂。躺在床上，蒙上脑袋，让其他人来收拾残局，这种诱惑让他非常心动，但他立刻请求上帝原谅他的软弱。

贝里尼平静地说："他的教宗任期是一场战争，雅各布。人们都不知道这一点。战争从第一天就开始了，从他拒绝身着全套礼服，并且坚持住在这里而不是宗座宫的那天就开始了，而且在之后的日子里，它每天都在发生。你还记得在博洛尼亚厅举行的与各部门负责人的介绍性会晤中，他是如何直奔主题，要求完全实现财务透明的吗？准确地记账，公开账目，让所有建筑工程都对外招标，还有使用收据。收据！在使徒遗产管理局，他们根本就不知道收据是什么！然后他请会计和管理顾问来梳理每一份文件，并将他们安置在楼下的办公室里，就在圣玛尔大之家的一楼。然后他还不知道为什么教廷这么讨厌这种做法，而且不只是那些保守派讨厌！

"然后漏洞就开始出现了，每次他看报纸或电视的时候，就会发现新的尴尬，比如说图廷诺那样的朋友从扶贫基金中捞取大量资金来装修他们的公寓或乘坐头等舱。而且特德斯科和他们那伙人一直在背后狙击他。不管他说了什么关于同性恋或离婚夫妻或提拔更多女性的话，不管它们听上去多正常，他们都会指控他为异端。这就是教宗职位的残忍悖论：外界越爱他，罗马教廷内部就越孤立他。到最后，他很难信任任何人。我都不敢确定他是否信任我。"

"或是我。"

"不，我想说，他信任你，就像他信任其他人一样，否则在你提出辞职的时候他就已经接受了。但欺骗自己对我们来说完全没有意义。他很虚弱，而且他生病了，这会影响他的判断。"贝里尼探过身去，点了点报告。"使用这个并不是在维护人们对他的印象。我的建议是把它放回去，或者把它销毁。"他将文件从桌上推向洛麦利。

"然后让特朗布莱当选教宗？"

"我们已经有过更糟的了。"

洛麦利盯着贝里尼看了一会儿，站了起来。眼睛后方的疼痛让他头晕目眩。"你伤了我的心，奥尔多，真的。我五次都把票投给了你，相信你就是领导教会的正确人选。但现在我明白了，秘密会议的智慧是对的，而我是错的。你没有出任教宗所必需的勇气。我不打扰你了。"

*

三小时后，当早上 6 点 30 分的钟声仍在建筑物里回荡不绝时，奥斯蒂亚枢机主教雅各布·巴尔达萨雷·洛麦利身着全套咏祷服饰，走出房间，迅速穿过走廊，经过教宗的公寓和公寓门口显眼的强行闯入痕迹，走下楼梯，进入大厅。

其他枢机都还没有现身。玻璃门外，一名警卫正在核查前来准备早餐的修女的身份。光线不够亮，让人看不清她们的脸。在黎明前的黑暗中，她们就是一排移动的影子。就像任何地方的人在这个时刻都会看到的那样，地球上的穷苦大众开始了他们一天的劳作。

洛麦利迅速绕过前台，走进艾格尼斯修女的办公室。

他很久没用复印机了。事实上，在看向这台复印机的时候，他开始怀疑自己到底有没有用过。他研究了一下那一排装置，然后开始乱按按钮。一块小屏幕亮了起来，然后显示了一行信息。他弯腰看去：错误。

背后传来声音，他转过身，看见艾格尼斯修女正站在门口，目不转睛地盯着他，让他有点害怕。他想知道她在那儿看着他笨拙地努力有多久了。他无助地举起手。"我想复印一份文件。"

"把文件给我，阁下，我可以帮你复印。"

他犹豫了。最上面那张的标题是：为教宗准备的关于约瑟夫·特朗布莱犯下买卖圣职罪的报告。执行概要。绝密。日期是10月19日，即教宗去世的那一天。最后，他发现他没有别的选择，只能把文件交给她。她瞥了一眼，不置一词。"阁下，你需要多少份？"

"118份。"

她的眼睛睁大了一点。

"还有一件事，修女，恕我冒昧，我希望在保持原文件不变的情况下，让复印件中的一些文字变模糊。有办法做到吗？"

"有，阁下。我想这应该是可行的。"她的声音中带着一丝愉

186

悦。她揭开了机器的盖子，复印了一份，并把复印件交给他。"你可以在这一份上做改动，我们就以这一份为底本。这机器很好，这样做对复印质量的影响不大。"她给了他一支笔，拉出一把椅子让他坐在桌前，然后转身打开柜子，从里面重新拿出一包纸。

他逐行看完文件，仔细地用墨水涂去收特朗布莱现金的八位枢机的名字。现金！他紧紧地抿住嘴唇。前任教宗总是说，现金是伊甸园中的苹果，是导致各种罪恶的原罪。现金源源不断地流入教廷，从一条小溪发展成河流，而主教、蒙席和修道士顺着这条河流不断在圣诞节和复活节涌向梵蒂冈，他们身上的信封、公文包和铁盒里都塞满了从信徒那里获得的纸币和硬币。一次教宗谒见能够以捐赠的形式筹到十万欧元。在离开时，访客小心翼翼地将钱塞入教宗侍者的手中，而教宗假装没有注意到。这笔钱本应被直接存入梵蒂冈银行的枢机金库，再由万民福音部送往第三世界的传教所。在那些地方，贿赂盛行，银行又不可靠，只能用大笔现金交易。

看完最后一行后，洛麦利又重新浏览了一遍，确保已经抹去所有名字。这些修订让这份报告看上去更加危险，就像中情局根据《信息自由法案》解密的机密文件。当然，这东西最后肯定会出现在新闻上，这是迟早的事，一切都是逃不掉的。耶稣基督自己不也预言过吗？《路加福音》提到：因为掩藏的事，没有不显出来的；隐瞒的事，没有不露出来被人知道的。[①] 只有精确计算后才知道谁的名声将遭受更严重的损害。是特朗布莱？还是教会？他将修改后的报告递给艾格尼斯修女，看着她开始复印。机器的蓝光来回移动，从前到后，从后到前，那节奏感让洛麦利想起了镰刀。

---

① 《路加福音》8:17。

他喃喃自语："愿上帝原谅我。"

艾格尼斯修女看了他一眼。她现在肯定知道她在复印些什么了，她很难不去看它。"如果你的心是纯洁的，阁下，"她说，"上帝就会原谅你。"

"愿上帝保佑你，修女，感谢你的宽宏大量。我相信我的心是纯洁的。但我们谁又能确切地说出我们这样做的动机呢？根据我的经验，最基本的犯罪通常有最高级的动机。"

复印花了二十分钟，文件的整理和装订又花了二十分钟。他们一起沉默地完成这项工作。中途有位修女进来用电脑，艾格尼斯修女厉声命令她出去。弄好后，洛麦利又问圣玛尔大之家里是否有足够多的信封来单独密封和分发每一份报告。

"我去找一找，阁下，请坐下吧，你看上去很累。"

在她走后，他低头坐在桌前。他可以听见枢机们正穿过大厅前往礼拜堂做晨间弥撒。他紧紧抓住自己的胸前十字架。宽恕我，上帝，如果我今天用其他方式侍奉你……几分钟后，艾格尼斯修女抱着两箱 A4 纸大小的马尼拉纸信封回来了。

他们开始将报告塞进信封。她问："我们要怎么处理它们，阁下？送到每个房间里吗？"

"我希望在我们去投票前，每名枢机都有机会读它——但我想我们没有这个时间了。也许我们可以在餐厅里分发？"

"如你所愿。"

因此，在所有文件装好且信封都密封好后，他们将这堆信封分成两摞，然后各抱一摞走进餐厅，此时修女们正将早餐摆上餐桌。洛麦利从房间的一头开始把信封放在椅子上，艾格尼斯修女则从另一头开始。礼拜堂里传来素歌的声音，那是特朗布莱在主持弥撒。洛麦利感到自己的心狂跳起来，眼后的疼痛也在和着心跳的节拍抽动。但是，他强迫自己继续完成手上的工作，直到他和艾格尼斯修女在餐厅的正中会合，且最后一份报告被发了出去。

"谢谢。"他对修女说道。他被她严厉的善良感动，伸出手，希望她能抓住它。但让他吃惊的是，她竟然跪下并亲吻了他的戒指。然后她起身，抚平裙子，一言不发地离开了。

随后，洛麦利无事可做，只能在最近的桌子旁坐下等待。

*

关于接下来发生了什么事情，出现了各种断章取义的叙述版本，它们产生于秘密会议结束后的几个小时内。虽然每名枢机都收到了严格的保密令，但大部分人在回到外面的世界后，会忍不住和他最亲密的伙伴交谈，这些教士和蒙席又会接着传下去，然后某种故事版本很快就出现了。

大致来讲，目击证人可分为两群。第一群是那些先离开礼拜堂并进入餐厅的人，他们震惊地发现洛麦利正冷漠地独坐在餐厅正中的桌子旁。他的前臂放在桌布上，眼睛茫然地看向前方。在枢机们发现信封并开始阅读报告后，餐厅里出现了可怕的寂静。

第二群人是那些几分钟后才到场的枢机。他们有的选择在房间内祈祷，没有参加晨间弥撒，有的则在领了圣餐后于礼拜堂里多留了一会儿。他们记得最清楚的是餐厅里的一片喧哗，还有那些围在洛麦利身边要求他解释的人。

换句话说，真相与看待问题的角度有关。

此外，还有一小部分人，他们或是房间在二楼，或是刚从更高层的两个楼梯下来。他们注意到教宗公寓的封蜡被破坏了。新的传言出现了，称晚上发生了盗窃案。

自始至终，洛麦利都没有从他的座位上离开。对那些前来找他的枢机，如萨、布罗兹科斯、亚岑科，他一直重复着那些话。是的，是他分发的文件。是的，他破坏了封蜡。不，他没有失去理智。他发现有一桩会招致绝罚的罪行可能已先被犯下，再被掩盖。他认为自己有责任去调查，即使这意味着在搜寻证据的过程中要闯进教宗的房间。他试着用可靠的方式处理这件事。现在，相关资料就摆在他们面前，而他们的神圣职责就是决定它到底有多重要。他只凭良心做事。

　　他内心的力量和他灵魂深处的坚定信仰表现出来的方式，让他自己都感到惊讶，因此，即使是那些前来对他表达失望之情的枢机，最后多半也带着认可点头离开。其他人则抱有更严厉的态度。萨巴丁在前往自助餐桌的途中经过他的身边，弯腰在他耳边低声说道："为什么你要把这么有价值的武器丢掉？我们可以在特朗布莱当选后用它控制他。你所做的一切都是在支持特德斯科！"

　　然后，来自波士顿的菲茨杰拉德大主教，也就是特朗布莱最出名的支持者之一，直接大步走向桌子，把报告扔向洛麦利。"这完全违背了自然公正的原则。你没有给我们的弟兄一个辩护的机会。你同时扮演了法官、陪审团和刽子手的角色。我对这种背离基督教教义和道德标准的做法感到震惊。"一些在邻桌听他们交谈的枢机低声表示同意。其中一人大喊："说得好！"另一人接着说："同意！"

　　洛麦利仍然无动于衷。

　　过了一会儿，贝尼特斯给他拿了点面包和水果，示意一名修女给他倒点咖啡，并在他的身旁坐了下来。"你必须吃点东西，团长，不然你会生病的。"

洛麦利低声问："我做得对吗，赫克托？你怎么想？"

"凭良心办事的人永远不会做错，阁下。结果可能并不以我们的意志为转移，它可能会证明我们的失误，但这和犯错是不一样的。唯一能指引我们的是人类的良知，因为在我们的良心中，我们才能最清楚地听见上帝的声音。"

过了9点，特朗布莱才走出离餐厅最近的电梯，出现在众人的视线中。肯定有人给了他一份报告，因为他手上正拿着一份卷起来的文件。他从餐桌间穿过并走向洛麦利，看上去很镇定。大部分枢机停止了说话和用餐。特朗布莱灰白的头发是精心打理过的，他的下巴也高高地扬起。如果不是穿着深红色的咏祷服，他看上去就像西部片中准备一决胜负的治安官。

"我能和你聊聊吗，团长？"

洛麦利放下餐巾站了起来。"当然，阁下。你想找个隐蔽的地方吗？"

"不用了，我更希望在公开的场合，如果你不介意的话。我想让我的弟兄们听听我的话。我猜，你要对这件事负责吧？"他在洛麦利的面前挥了挥报告。

"不，阁下，你才应该负责，因为这是你的行为引起的。"

"报告里的内容全是假的！"特朗布莱转身对整个房间说，"本来，它永远不会出现，可洛麦利枢机竟然闯进教宗公寓把它拿走，希望以此操纵秘密会议的结果！"

一名枢机——洛麦利看不见是谁——大喊："可耻！"

特朗布莱继续说道："在这种情况下，我认为他应该辞去团长的职务，因为没有人还敢肯定他的公正性。"

洛麦利说："如果这份报告就像你说的那样，是不属实的，或许你可以解释一下，为什么教宗在他最后的官方指令中要求你辞职。"

震惊的情绪笼罩了整个房间。

"他没有做这种事！那次会面的唯一见证人、他的私人秘书莫拉莱斯蒙席可以作证。"

"可是伍兹奈克大主教坚持说，教宗亲口和他提过这次谈话，而且教宗在晚餐时变得非常烦躁。伍兹奈克认为也许教宗的死亡与他自己的忧虑有关。"

特朗布莱出离愤怒了："教宗在他生命的最后时刻是一个病人，很容易犯糊涂，我们之中经常见到他的人可以证明这一点。对吗，贝里尼枢机？"

贝里尼对着盘子皱起眉头："我对这件事没有什么可说的。"

特德斯科在餐厅远端的角落中举起了手："其他人可以参与对话吗？"他笨重地站起身。"我谴责这些关于私人谈话的流言蜚语。我们需要关注的问题是这份报告是否准确。八名枢机的名字被涂黑了，我想团长可以告诉我们他们是谁。让他说出这些名字，然后让这些弟兄，就在此时此刻，说说他们收过钱没。如果他们收了，就再让他们证实特朗布莱枢机是否曾要求他们为他投票以作为报答。"

然后他又坐下了。洛麦利意识到所有人都在看自己。他平静地说："不，我不会这样做。"有些人对此表示抗议，于是他举起手："就让各人扪心自问吧，就像我自己必须做的那样。我抹去那些名字，正是因为我不想让这次秘密会议滋生痛苦，这只会让我们更难去倾听上帝的意愿并行使我们神圣的职责。我已经做了我认为有必要的事。你们中的许多人或许会说我做得太多了，我理解。在这种情况下，我很乐意辞去团长的职务，而且我建议让枢机团中资历第二深的贝里尼枢机来主持接下来的秘密会议。"

一时间，整个餐厅里充满了大喊大叫的声音，一些是赞成，一些是反对。贝里尼用力摇头："绝对不行！"

"阁下，我能说一句吗？"一开始，在一片嘈杂中很难听见这句话，也许是因为它出自一个女人之口。她不得不更坚定地重复了一遍，而这次她的声音穿透了这片喧嚣："阁下，如果你不介意，我可以说一句吗？"

一个女人的声音！难以置信！枢机们吃惊地转过身，盯着那个正从桌子间走来的矮小但坚定的身影。是艾格尼斯修女。在一片寂静中，他们不仅震惊于她的放肆，也好奇她会说些什么。

"阁下，"她开口说道，"虽然我们这些圣文生·德保仁爱修女会的修女应该扮演隐形人的角色，但上帝赐予了我们眼睛和耳朵，而我应该对修女姐妹们的福祉负责。我想说的是，我知道促使枢机团团长在昨晚进入教宗房间的是什么，因为他事先和我提起过。他担心我手下那个在昨天造成令人遗憾的一幕的修女——对此我很抱歉——是被蓄意带到罗马的，就为了使秘密会议的一名成员陷入困境。他的怀疑是正确的。我告诉他，她确实是因为你们中一人的特殊要求才出现在这里的，而那个人就是特朗布莱枢机。我相信，他采取这种行动就是因为有了这一发现，而不是出于邪恶的意图。我说完了，谢谢。"

她朝枢机们屈膝行礼，随后昂着头，转身走出餐厅并穿过大厅。特朗布莱惊恐地盯着她，然后伸出手请求大家理解："弟兄们，我确实提出了要求，但这都是因为教宗让我这么做。我甚至都不知道她是谁，我发誓！"

有好几秒都没有人开口。随后，阿德耶米站起身，慢慢地抬起手臂指向特朗布莱。像上帝展现愤怒那样，他说出了那个词，用的是比平时更低沉、更柔和悦耳的嗓音："犹大！"

15

第六轮投票

什么也无法阻止秘密会议。就像台神圣机器一样，它坚定地进入了第三天，不顾所有世俗的干扰。早上9点30分，根据《使徒宪典》的规定，枢机们又要登上小巴了。现在他们已经很了解例行程序了。他们以老弱枢机也能够接受的速度就座。很快，小巴陆续开走。它们几分钟一班，穿过圣玛尔大广场，向西开往西斯廷教堂。

洛麦利手里拿着四角帽，光着脑袋站在旅社外的灰色天空下。枢机们情绪低落，甚至有些被惊呆。洛麦利原以为特朗布莱会借口身体不适退出选举，但他没有：他挽着菲茨杰拉德大主教的手臂从大厅里走了出来，然后坐上他那辆车，表现得十分平静，但他的脸——在他们离开时，他把头转向车窗——白得像死人一样，上面只剩下痛苦的神情。

贝里尼站在洛麦利身边冷冷地说："看上去我们不太受欢迎。"

"是的。人们都想知道谁会是下一个。"

贝里尼瞥了他一眼："我想这已经很明显了：你。"

洛麦利把手放在额头上，他可以感受到血管在指尖下跳动。"我刚才在餐厅里已经解释过我的意图了。我相信如果我辞去团长的职务，然后由你来监督选举，那对我们来说将再好不过。"

"谢谢团长，但不必了。此外，你应该也注意到，到目前为止，整个会议的氛围都是随你变化的。你掌控着秘密会议。我不知道你到底要把它带到哪里，但你确实掌控着它。你的铁腕肯定会招来崇拜者。"

"我不这么认为。"

"昨晚我警告过你，揭发特朗布莱会让揭发者自食其果，但事实证明我又错了！现在我预测这将成为你和特德斯科的竞争。"

"那让我们期待你再错一次吧。"

贝里尼冷笑了一声。"过了四十年，我们终于能有一位意大利教宗了。这会让我们的同胞满意。"他抓住洛麦利的手臂。"说真的，我的朋友，我会为你祈祷的。"

"拜托了，只要你不给我投票就好。"

"噢，我也会投给你的。"

奥马利收好记事板。"我们该走了，两位阁下。"

贝里尼先走了出去。洛麦利戴上四角帽，调整好它的位置，最后看了一眼天空，然后跟着亚历山大宗主教起伏的红袍上了巴士。他走到司机背后的两个空位旁，在其中一个上坐了下来。奥马利和他坐在了一起。车门关上，巴士开始在鹅卵石上颠簸。

在汽车行驶到圣彼得大教堂和司法官之间时，奥马利向洛麦利靠去，用别人听不见的声音说："阁下，考虑到最新的进展，秘密会议今天根本不可能做出决定，对吧？"

"你怎么知道的？"

"我一直在大厅里。"

洛麦利哼了一声。如果奥马利知道了，那所有人迟早都会知道。他说："嗯，当然，从算术层面看，你会发现僵局几乎是不可避免的。明天一天我们可能都需要默想，并将在——"他停顿了一下。在圣玛尔大之家和西斯廷教堂之间两点一线地来回穿梭，过着几乎不见天日的生活，这使他不再能感受到时间的流逝。

"周五，阁下。"

"周五，谢谢，在周五继续投票。周五四轮，周六四轮，如果我们还是没有进展的话，周日再默想一天。我们可能需要安排洗衣服务和新衣服之类的。"

"都在安排了。"

他们的车停了下来，等前面的车卸下乘客。洛麦利凝视着宗座宫光秃秃的高墙，随后转向奥马利低声问道："告诉我，他们在媒体上说了什么？"

"他们在预测结论会在今天早上还是下午得出，阿德耶米枢机仍是热门人选。"奥马利紧贴着洛麦利的耳朵，"我就私下里跟你说说，阁下。如果今天没有白烟，我担心某些东西会开始失控。"

"你指什么？"

"我不知道新闻办公室该对媒体说点什么，才能阻止他们猜测教廷正面临危机。不然要怎么填满播放时间呢？还有安全问题——据说有四百万朝圣者在罗马等待新教宗。"

洛麦利抬头看了一眼后视镜，一对黑色的眼睛正盯着他。也许这伙计会读唇？一切皆有可能。他摘下四角帽，遮住自己的嘴，冲奥马利低声说："我们曾宣誓要保密，雷，所以这些事你就自己看着办吧，但我建议你先巧妙地让新闻办公室知道，这次秘密会议可能是近些年中开得最久的一次。让他们为面对媒体做好相应准备。"

"我应该给什么理由呢？"

"肯定不能说实话！就告诉他们，实力强劲的候选人太多了，很难从中做出抉择。就说我们是在故意拖延时间，认真地祈祷，希望能猜到上帝的意愿，可能还需要几天时间才能选定我们的新牧者。你也可以指出，上帝不会就为了方便 CNN 的安排而赶时间。"

他将直头发，重新戴上四角帽。奥马利在笔记本上记录着。

写完后，他轻声说："还有一件事，阁下，是件非常小的小事，如果你不想知道的话，我就不打扰你了。"

"继续。"

"我稍微调查了一下贝尼特斯枢机，希望你不要介意。"

"我知道了，"洛麦利闭上眼睛，就像在听忏悔一样，"你最好告诉我。"

"好吧。你还记得我告诉过你的事吗？他在今年1月和教宗有过一次私人会面，就在他以健康为由申请辞去大主教职位之后。他的辞职信就在主教部的档案里，里面还有一张来自教宗私人办公室的纸条，上面写着他的退休申请被驳回了。没别的了。但是，当我在数据库搜索引擎中输入贝尼特斯枢机的名字时，我发现就在那之后不久，他就拿到了去日内瓦的往返机票，是由教宗的私人账户支付的。这件事被单独录入了系统。"

"这有什么不寻常的意义吗？"

"作为菲律宾国民，他被要求提交一份签证申请。他给出的旅行目的是'医疗'，而我在查他逗留瑞士期间的地址时，发现那是一间私人医院。"

听到这里，洛麦利睁开了眼睛："为什么不是梵蒂冈的医疗机构？他在那儿接受了什么治疗？"

"我不知道，阁下，大概和他在巴格达爆炸事件中受的伤有关吧。无论是什么，应该都不太严重，因为机票预定被取消了，他根本就没去。"

*

在接下来的半个小时里，洛麦利没有再去想巴格达大主教的事。在下车时，他故意让奥马利和其他人走在前面，然后自己独自走上了漫长的阶梯，穿过国王大厅，走进西斯廷教堂。他需要独处片刻，在心中腾出一片空间，这是让上帝进入的必要前提。过去四十八个小时里出现的丑闻和压力，墙外有数百万人正在焦躁地等待他们得出结论的事实——他试图通过默诵圣安布罗斯的祷词来将这些事驱赶出脑海。

> 仁慈、威严、令人生畏的主啊，
> 我寻求你的保护，
> 我寻找你的治愈。
> 我是陷入困境的可怜罪人，
> 我恳求你，慈悲之泉，
> 我无法承受你的审判
> 但我信赖你的救赎……

他在前厅遇上了曼多夫大主教和他的助手们，这些人正站在炉子旁等他。随后，他们一同走进了西斯廷教堂。没有人说话，偶尔的咳嗽声和挪动身体的声音在空旷的教堂中被无限放大。这里听上去像是一间美术馆，或是博物馆。大部分人在祈祷。

洛麦利低声对曼多夫说："谢谢你，希望在午餐时再见到你。"门锁上后，他低着头坐在位子上，让沉默继续蔓延。他觉得大家都渴望通过默想来重拾与神圣相通的感觉。但他无法不去想象那些朝圣者和评论员对着摄像机念叨废话的情景。五分钟后，他起身走向话筒。

"我至圣的弟兄们，现在我要按字母顺序点名了。请在我念到你们的名字时答'到'。阿德耶米枢机？"

"到。"

"阿拉塔斯枢机？"

"到。"

阿拉塔斯，印尼人，坐在走廊中部的右手边，是从特朗布莱手中拿钱的枢机之一。洛麦利想知道他现在会把票投给谁。

"巴普蒂斯特枢机？"他坐在离阿拉塔斯两个座位远的地方，另一个收了特朗布莱好处的人，来自加勒比的圣卢西亚。那些教区都很穷。他的声音很沙哑，就像哭过一样。

"到。"

洛麦利继续点下去。贝里尼……贝尼特斯……布兰达·克鲁兹……布罗兹科斯……卡尔德纳斯……孔特雷拉斯……柯尔特马赫……他现在更了解他们了，了解他们的小癖好和弱点。他突然想起康德的一句话：人性这根曲木，绝然造不出任何笔直的东西……教廷就是用曲木建成的。怎会不是呢？但上帝的恩典将它装好。它已经忍受了两千年了；如有必要，它还可以在没有教宗的情况下再坚持两周。他感觉自己心中充满了对同事们，对他们的弱点的深沉而又神秘的爱。

"亚岑科枢机？"

"到。"

"祖库拉枢机？"

"到，团长。"

"谢谢你们，我的弟兄们。人都到齐了。让我们祈祷吧。"

枢机们第六次站了起来。

"父啊，请赐予你的仆人以智慧、真理与和平，让我们能够指引和监督您的教会，让我们能够了解您的旨意，将全身心都奉献给您。为我主基督……"

"阿门。"

"检票员们，请你们就位。"

他看了眼表，现在是 9 点 57 分。

*

当维尔纽斯大主教鲁克萨枢机、威斯敏斯特大主教纽比枢机和圣职部部长默丘里奥枢机在祭坛前站定时，洛麦利正在研究他的选票。选票上半部分印有"我选　　　为罗马教宗"的字样，下半部分什么也没有印。他用笔戳着它。现在，那一刻已经到来，他不确定应该写下谁的名字。他对贝里尼的信心已经严重动摇了。但当他开始考虑其他可能性时，他发现他们似乎都好不到哪里去。他上下打量着西斯廷教堂，祈求上帝给他一个提示。然后他闭上眼睛开始祈祷，但无事发生。他意识到其他人都在等他第一个投票，于是挡住选票，不情愿地写下：贝里尼。

他对折选票，站起身，高举选票，踏上铺有地毯的过道，走向祭坛。他坚定地说道：

"吾以将为吾之审判者的主基督为吾之见证，吾之选票系给予了在天主面前吾认为应当选者。"

他将选票放入圣餐杯并倒入瓮中，听见它落在银器底部的声音。在回到座位时，他突然很失望。这是上帝第六次问他同样的问题，他也第六次感到自己给出了同一个错误答案。

*

他完全记不起剩下的投票过程了。他被昨晚的事情搞得筋疲力尽，几乎在坐下的一瞬间就睡着了，一小时后才因桌上落下的什么东西醒来。他的下巴当时正抵在胸前。他睁开眼，看到一张折起的纸条：海里忽然起了暴风，甚至船被波浪掩盖，耶稣却睡着了（马太福音 8:24）。他环顾四周，发现贝里尼侧身看着他。在公共场合表现出这种脆弱让他很尴尬，但似乎没有其他人注意到他。对面的枢机要么在看书，要么在看着某处发呆。检票员正在祭坛前摆桌子，投票应该结束了。他拿起笔，在引文下方草草写道：我躺下睡觉，我醒着，耶和华都保佑我（诗篇 3）。然后他将纸条扔了回去。贝里尼边看边认真地点头，就好像在看他原来在格列高利大学的学生给出的正确答案一样。

纽比对着话筒说道："我的弟兄们，我们将开始清点第六轮的选票。"

熟悉的繁复流程又启动了。鲁克萨从瓮中抽出一张选票，打开，写下名字。默丘里奥进行检查，然后也写下名字。最后，纽比用红丝线穿过选票，并宣布结果。

"特德斯科枢机。"

洛麦利在特德斯科的名字后面打了一个勾，然后等着第二票的宣布。

"特德斯科枢机。"

十五秒后，又是一次"特德斯科枢机"。

在特德斯科的名字被连续念了十五次后，洛麦利有种可怕的直觉——他的所有努力最终使秘密会议相信他们需要一个强势的领导者，而威尼斯宗主教很快就会当选。等待第六轮投票结果的宣布是一种折磨，鲁克萨和默丘里奥的小声讨论进一步拉长了这一过程。然后，下一个名字出现了。

"洛麦利枢机。"

接下来的三票都是投给洛麦利的，接着是两票贝尼特斯、一票贝里尼，然后又是两票特德斯科。洛麦利的手在枢机名单上来回移动，都不知道哪件事最让他惊慌：是特德斯科名字后累积的那排记号，还是他自己名字后面不断变大的具有威胁性的数字？出人意料的是，特朗布莱在快要结束时获得了几票，阿德耶米也是。然后计票就结束了，检票员们开始检查记录。在试着加总特德斯科的选票时，洛麦利的手在颤抖，因为此人的票数是最重要的。威尼斯宗主教会得到他所需的 40 票，从而使秘密会议陷入僵局吗？洛麦利在写下结果前数了两次。

特德斯科　　45

洛麦利　　40

贝尼特斯　　19

贝里尼　　9

特朗布莱　　3

阿德耶米　　2

西斯廷教廷的另一边传来明显的欢呼声。当洛麦利朝那边望去时，正好看见特德斯科迅速地用手捂住嘴巴，以遮住自己的笑容。他的支持者穿过好几排桌子向他走去，俯身拍他的背，低声向他表示祝贺。特德斯科无视他们，就像他们是苍蝇一样。相反，他越过走道看向洛麦利，富有深意地挑起浓密的眉毛，看上去非常开心。现在轮到他们一决雌雄了。

16

第七轮投票

　　一百多位枢机正与周围的人低声讨论，他们的声音被西斯廷教堂的壁画墙放大，唤起了洛麦利的一段记忆。他一开始没有想起来，但后来他意识到，那是关于热那亚的大海的记忆。确切来说，那是关于他小时候看到的潮汐的记忆，它顺着海滩上的鹅卵石退去，而他过去经常和母亲一起在退潮时游泳。这种感觉持续了几分钟，直到纽比结束了和三名枢机校票员的商讨，终于起身报出正式结果时才消失。选举团在那时短暂地安静了下来，但威斯敏斯特大主教只是证实了他们已知的事实。在念完结果后，他开始收拾桌椅，将统计好的选票放入圣器收藏室。此时，枢机们又开始低声计算。

　　自始至终，洛麦利都坐在座位上，表现得非常冷漠。他没有和任何人交谈，尽管贝里尼和亚历山大宗主教都试图引起他的注意。当瓮和圣餐杯都被放回祭坛且检票员已就位时，他走向话筒。

　　"我的弟兄们，没有候选人赢得必要的多数票，我们将立刻进行第七轮投票。"

　　在他从容的举止下，他的内心在不断重复同样的问题。谁？给谁？在不到一分钟后，他就要投出他那一票。但投给谁？甚至在回到座位后，他还在努力做出决定，思考他到底应该怎么办。

　　他不想成为教宗，对这一点他很肯定。他全心全意地祈祷自己能够不受这种苦。我父啊，倘若可行，求你叫这杯离开我。①他的祈祷会被忽视吗？这杯应该归他吗？如果真的发生那种情况，他决定拒绝，就像可怜的卢恰尼在1978年的第一次秘密会议结束时试图做的那样。拒绝接受十字架上的位置被视为一种自私和怯懦的重罪，正因如此，卢恰尼最终才会屈服于同事们的恳求。但洛麦利下定决心要坚定立场。如果上帝将自知之明作为礼物赐予某人，那么他就有义务去使用它吧？他愿意忍受教宗之位的孤独、孤立和痛苦。然而，不合理的地方在于，担任教宗的这个人不够圣洁。这便是罪过了。

但他也要为特德斯科掌控秘密会议的事实负责。是作为团长的他默许了一位领先者的毁灭，再导致另一位领先者被毁掉。虽然他坚定不移地认为必须阻止特德斯科，但他除去了威尼斯宗主教前进道路上的障碍。可贝里尼显然不行：继续投票支持贝里尼是一种彻头彻尾的自我放纵。

他坐回桌前，打开文件夹，拿出选票。

那就贝尼特斯？毫无疑问，这个人拥有某种灵性和共情能力，使他从枢机团中脱颖而出。他的当选将对教会在亚洲的部门发挥激励作用，也许非洲也会受到激励。媒体将推崇他，他出现在阳台上俯瞰圣彼得广场的景象将引起轰动。但他是谁？他信仰哪种学说？他看上去太瘦弱了。他到底有没有成为教宗所需的强健肉体？

洛麦利官僚主义的脑袋里只剩下理性了。一旦贝里尼和贝尼特斯这两位竞选者被排除，就只剩下一位候选人能阻止选票流向特德斯科了，那就是他自己。他需要紧紧攥住他的40票并拖延秘

① 《马太福音》26:39。

204

密会议，直到圣灵引导他们选出配得上圣彼得宝座的人。除了他之外，没有人能做到这一点。

这是无法逃避的。

他拿起笔，短暂地闭上了眼睛，随后在选票上写下：洛麦利。

随后，他非常缓慢地站起身，折好选票，举给大家看。

"吾以将为吾之审判者的主基督为吾之见证，吾之选票系给予了在天主面前吾认为应当选者。"

直到他站在祭坛前将选票放入圣餐杯时，他才意识到自己的伪誓罪行。在那一瞬间他发现，米开朗基罗描绘的受诅咒之人被拖出帆船拉入地狱的场景就在他眼前。亲爱的主，求你赦免我的罪。但他现在已经无路可退了。

当他将选票倒入瓮中时，外面突然传来一声巨响，地板开始颤动，身后传来玻璃窗粉碎后落在石头上的声音。在很长一段时间里，洛麦利很肯定地认为自己已经死了，且在那时间仿佛凝固的几秒钟内，他发现人的思想并不总是连贯的。想法和观念一个压着一个，叠在一起，就像胶片一样。他的第一反应是担心上帝的审判降临到了他的头上，同时他也为证明了上帝的存在而欣喜。他已不虚此生！在恐惧和喜悦中，他想自己肯定已经到了天国。但他看向自己的双手，发现它们仍然非常真实。突然，时间恢复了正常流速，仿佛有位催眠师打了一个响指。洛麦利注意到检票员震惊的表情，后者把目光投向他身后。他转过身，发现西斯廷教堂仍然完好无损。一些枢机站了起来，想知道发生了什么事。

他走下祭坛，沿着米黄色地毯快步走向教堂后方。他向两边的枢机做手势，让他们回到自己的座位上。"冷静下来，弟兄们，冷静，待在原处。"似乎没有人受伤。他看到贝尼特斯就在前面，便出声问道："你觉得那会是什么？一枚导弹？"

"我觉得是汽车炸弹，阁下。"

远处传来第二次爆炸的声音，比第一次弱一些。许多枢机开始大口喘气。

"弟兄们，请待在原处。"

他绕过屏风，走进前厅，发现大理石地板上全是碎玻璃。他走下木制坡道，提起法衣的下摆，小心翼翼地向前走去。抬头望去，他发现，就在炉子的烟道伸向天空的方向，有两扇窗户已经被炸碎了。那是两扇大窗，有三四米高，由上百个小窗格组成，它们的残骸就像一堆雪花晶体。他听见门后传来男人的声音，那是惊慌失措的争吵声，然后是钥匙在锁眼里转动的声音，再然后门被两名持枪的黑衣警卫猛地推开，他们身后跟着不断抗议的奥马利和曼多夫。

洛麦利震惊地跨过地上的碎玻璃，张开双臂，阻止警卫进入。

"不行！出去！"他用双手驱赶他们，就像在驱赶乌鸦一样。"走开！你们这是渎圣！没有人受伤。"

其中一位警卫说："抱歉，阁下，我们需要把所有人转移到安全的地方。"

"我们在西斯廷教堂里，在上帝的庇护下很安全，和待在地球上的任何地方一样安全。现在，我要求你们立刻离开。"警卫犹豫了。洛麦利提高了声音："这是神圣的秘密会议，我的孩子们，你们正将你们不灭的灵魂置于危险之地！"

警卫们对视一眼，随后不情愿地退到门槛后面。

"把我们关在里面，奥马利蒙席。我们好了会叫你的。"

奥马利平常红润的脸现在已经变得暗沉带斑。他低下头，颤着声音说："好的，阁下。"

然后他拉上门，转动钥匙。

当洛麦利走回教堂的主体部分时，那些古老的玻璃在他脚下嘎吱作响。他向上帝表示感谢：他们头上那些离祭坛更近的窗户一扇都没有破裂，这真是个奇迹。如果有窗户被震碎，下面的人就将被切成碎片。而事实上，他们中的一些人只是在不安地抬头看。洛麦利直接走向话筒。他注意到，特德斯科似乎一点都不在意。

"我的弟兄们，外面显然发生了严重的事故，巴格达大主教怀疑是汽车炸弹，而他曾亲历那种罪恶。就我个人而言，我认为我们应该相信上帝会使我们幸免于难，然后继续选举。但其他人可能会有不同看法。我是你们的仆人。秘密会议里的大家认为该怎么做？"

特德斯科立刻站了起来。"我们不要自己吓唬自己，阁下。那可能并不是炸弹，或许只是煤气总管或类似的东西。因为一次事故就逃跑，这也太荒谬了！或许它是一次恐怖袭击，这样也很好，因为如果我们拒绝被吓倒，继续完成我们神圣的职责，就能向世界展示我们不可动摇的信仰之力。"

洛麦利认为这话说得很好。但即便如此，洛麦利仍忍不住怀疑，特德斯科这样说只是为了提醒秘密会议他自己身为领先者的威信。然后，洛麦利问："还有人想说些什么吗？"一些枢机仍在不安地看向距他们头顶十五米高的那几排窗户，但没有人表现出发言的欲望。"没有了？很好。但是，在我们继续之前，我建议我们花些时间来祈祷。"枢机们全部起立。洛麦利低下头："亲爱的主，我们为因方才听到的剧烈爆炸而遭受伤害的人或此刻正在遭受伤害的人祈祷，为罪人的悔改祈祷，为宽恕罪恶祈祷，为弥补罪过祈祷，为灵魂的救赎祈祷……"

"阿门。"

他又等了半分钟让大家默想，随后宣布："现在继续投票。"

破碎的窗户外隐隐传来鸣笛声，然后是一架直升机的声音。

投票从中断的地方继续进行。首先是黎巴嫩、安条克和亚历山大的宗主教，接着是贝里尼，然后是其他枢机。这次走上祭坛时，他们明显加快了脚步。一些人急于上交选票，回到圣玛尔大之家封闭的温暖之中，他们几乎是口齿不清地说完了他们的神圣誓言。

洛麦利不得不将手按在桌上来阻止它们抖动。在和警卫接触时，他非常平静，但在回到座位后，震惊猝然而至。他还没有唯我到认为炸弹之所以爆炸，就是因为他在一张纸上写了自己的名字；但他也没有心宽到不相信事物之间的相互关联性。除了认为它是上帝对这些阴谋诡计感到不悦的迹象外，还能如何解释这次爆炸的时机？为何恰好就在此时出现"晴天霹雳"？

你分给了我一项任务，而我辜负了你。

警笛的呼啸声逐渐增强，就像被诅咒之人的合唱一般：一些哀号，一些大喊，一些发出一声尖叫。在第一架直升机的嗡嗡声后，又出现了第二架的噪声，使得秘密会议所谓的与世隔绝成为笑柄。他们还不如在纳沃纳广场①举行会议。

不过，如果有人无法获得默想所需的平静，他至少可以恳求上帝的帮助，因为这里的警笛只会让人集中精神。每有一位枢机经过身边，洛麦利都会为他的灵魂祈祷。他为贝里尼祈祷，后者不情不愿地准备接过圣杯，最后却在提到它时感到羞耻。他缓慢而庄重地为阿德耶米祈祷，后者有能力成为历史上最伟大的人物

---

① 纳沃纳广场（Piazza Navona）位于罗马历史中心区，是著名的旅游景点。

之一，最后却被三十年前的一次肮脏的冲动给毁了。他为特朗布莱祈祷，后者偷偷摸摸地从他身边走过，鬼鬼祟祟地朝他瞥了一眼，此人的不幸将使他在余生中永远受到良心的谴责。他为特德斯科祈祷，后者迈着坚定的脚步，艰难地走上祭坛，肥胖的身躯在两条短腿上摇晃，就像一艘在巨浪中翻腾的破旧拖船。他为贝尼特斯祈祷，后者露出了到目前为止最严肃、最坚定的表情，就像这次爆炸让其想起了宁愿忘记的场景。最后，他为自己祈祷，祈祷他违背誓言的行为能够被宽恕，祈祷在绝境中他仍然能够得到启示，告诉他应该做些什么来拯救秘密会议。

*

最后一票终于投出，检票员也开始计票了。根据洛麦利的手表，现在是 12 点 45 分。警笛声逐渐减小，还停了好几分钟。紧张和不安的沉默笼罩了整个教堂。这次，洛麦利没有碰文件夹里的枢机名单。他不想再经历一次一个接一个地记录选票的漫长折磨。如果不是因为觉得太荒谬，他就用手指堵上耳朵了。

我父啊，求你叫这杯离开我！

鲁克萨从瓮中抽出第一张选票，将它递给默丘里奥，后者又交给纽比，让纽比用线穿过它。他们手忙脚乱，急于完成任务。威斯敏斯特大主教开始了他的第七次唱票。

"洛麦利枢机……"

洛麦利闭上了眼睛。第七轮投票应该是吉利的。在《圣经》中，七这个数字代表完满：在这一天，神完成了创世，便休息了。亚细亚的七个教会难道不是代表着基督身体的完整吗？

"洛麦利枢机……"

"特德斯科枢机……"

基督右手拿着七星，上帝的书卷上有七印，七位天使有七枝号，上帝的宝座前有七灵……

"洛麦利枢机……"

"贝尼特斯枢机……"

绕耶利哥城七次，在约旦河中沐浴七回……

他尽最大努力继续想下去，但无法完全屏蔽纽比饱满的声音。最后，他放弃了，开始听结果，但已经没办法估计谁会领先。

"第七轮投票的结果宣布完毕。"

他睁开眼睛。三名枢机校票员站起身，走向祭坛检查结果。他隔着过道看向特德斯科，后者边数票数边用笔点着名单。"十四，十五，十六……"特德斯科的嘴唇在动，但他的表情让人无法看透。这次没有出现原来那种低语声。洛麦利抱臂盯着桌子，等着纽比宣布自己的命运。

"我的弟兄们，第七轮投票的结果如下……"

洛麦利犹豫了一下，然后拿起了笔。

洛麦利　52

特德斯科　42

贝尼特斯　24

他排在最前面。如果这些数字写在火里的纸上，他就不会这么慌乱了。但它们就摆在那里，不管他盯了多久，它们也不会改变。如果不是上帝的意愿，那就是选举学的规律冷酷地将他推向了悬崖的边缘。

他意识到每个人都转过头来看他。他紧紧抓住椅子两侧，枢攒力量使自己站起来。这次，他没有走向话筒。"我的弟兄们，"他站在远处，提高声音向枢机们说道，"这次还是没有候选人赢得必要的多数票。因此，我们下午将完成第八轮投票。请留在原位，等候司仪收走你们的笔记，我们将尽快离开。路德加德枢机，麻烦让他们开一下门。"

*

在资历最浅的执事级枢机履行职责时，洛麦利一直站着。他可以清楚地听见这个美国人谨慎地穿过前厅里布满碎玻璃的大理石地板，砰砰敲门，近乎绝望地喊道：*"开门！开门！"*他一回到教堂的主体部分，洛麦利就离开座位走向过道。在路过回座位的路德加德时，洛麦利试着投去一个鼓励的微笑，但路德加德把脸转了过去。在座的枢机也都没有和他进行眼神交流。一开始他以为这是敌意，但后来他意识到这是敬畏之情的一种初期表现：他们开始觉得他会成为教宗了。

当他绕过屏风时，曼多夫和奥马利正好走进教堂，身后跟着两名神父和两名修道士充当他们的助手。洛麦利可以看到，在他们身后有一队警卫和两名瑞士卫队的军官，这些人正在国王大厅里四处走动。

曼多夫谨慎地避开地上的玻璃，走向他并伸出手："阁下，你还好吗？"

"感谢上帝，没人受伤，但在枢机们出去前，我们应该先清理这些碎玻璃，以免有人被割到脚。"

"如果你允许的话，阁下。"

曼多夫朝门后的人招手示意。四个人拿着扫帚走了进来，朝洛麦利鞠了一躬，然后立刻开始清扫道路。他们动作迅速，毫不在意自己制造的噪声。与此同时，司仪也迅速走上斜坡，进入教堂，开始收集枢机们的笔记。从他们行动的匆忙程度可以看出，他们决定尽快疏散秘密会议的参会人员。洛麦利用手揽着曼多夫和奥马利的肩膀，将他们拉到一起。他很喜欢这种身体接触。他们还不知道投票结果，他们还不会畏惧他或敬而远之。

"有多严重？"

奥马利答道："形势非常严峻，阁下。"

"我们现在知道发生了什么吗？"

"应该是一个人体炸弹和一个汽车炸弹，在复兴运动广场，他们选的应该是挤满了朝圣者的地方。"

洛麦利放开了两位高级教士，静静地站了几秒，以消化这可怕的消息。复兴运动广场离这里大概四百米远，就在梵蒂冈城墙外，是离西斯廷教堂最近的公共场所。"死了多少人？"

"至少三十人。在弥撒期间，圣马可埃万杰利斯塔教堂那边还有一起枪击案。"

"上帝啊！"

曼多夫补充道："慕尼黑的圣母教堂也发生了一起枪击事件，阁下，鲁汶大学还发生了爆炸。"

奥马利接着说："整个欧洲都遭到了攻击。"

洛麦利想起他和内政部部长的会面，那个年轻人说过"很多协同目标机会"，所以说他指的就是这个。对外行人来说，恐怖袭击事件的委婉说法就和脱利腾弥撒一样普遍且令人困惑。他画了一个十字："愿上帝垂怜他们的灵魂。有人声称对此事负责吗？"

曼多夫回答道："还没有。"

"不过应该是穆斯林里的极端分子吧？"

"有许多复兴运动广场的目击者称人体炸弹口中喊着'真主至大'。所以毫无疑问，是的。"

"'真主至大'，"奥马利厌恶地摇着头，"这些人怎么能这样诋毁全能的神！"

"不要发泄情绪，雷，"洛麦利警告道，"我们需要保持清醒。对罗马的武装袭击本身就很可怕了，居然还在我们选举新教宗时，有预谋地在三个国家对普世教会发动袭击？如果我们不小心处理，全世界都会视它们为一场宗教战争的开端。"

"它们就是一场宗教战争的开端，阁下。"

曼多夫补充道："他们预谋在我们没有统帅时打击我们。"

洛麦利用手擦了一下脸。虽然他已经为大多数突发事件做好了准备，但他从没想过会发生这种事。"上帝啊，"他低声说道，"我们向世界展示了多么无能的形象啊！罗马的广场上因炸弹爆炸而升起的黑烟和西斯廷烟囱里冒出的黑烟就在一扇破碎的窗户的两侧！但我们该怎么办呢？暂停秘密会议当然能够表达我们对受害者的尊重，但这不能解决领导力真空的问题；相反，它还会延长这种状态。而加快投票流程又违反了《使徒宪典》……"

"那就违反吧，阁下，"奥马利劝说道，"教会能够理解的。"

"然后我们选出的教宗就没有正统性，那将是一场灾难。对流程的合法性的任何怀疑，都会导致他的法令从他上任的第一天起就受到质疑。"

"还有一个问题需要考虑，阁下，"曼多夫补充道，"秘密会议本应与世隔绝，应对外界的事件一无所知。枢机选举人不应当知道这件事的任何细节，不然就会干扰他们做出决定。"

奥马利脱口而出："可大主教，他们肯定已经听到发生什么事了！"

"是的，蒙席，"曼多夫僵硬地回答，"但他们没有意识到针对教会的袭击事件的特殊性质。有人可能会说，这些暴行实际上是为了直接向秘密会议传递某种信息。如果是这样，就必须避免让枢机选举人接触与这些事有关的新闻，否则他们的判断会受到影响。"他淡色的眼睛透过眼镜冲洛麦利眨了眨。"你的意见是什么呢，阁下？"

警卫们在碎玻璃中清扫出了一条道路，现在正用铁铲将碎片送上手推车。玻璃和石头的声音使西斯廷听上去像一个战区。竟在这种地方听到可恶的亵渎神明的喧闹！透过屏风，洛麦利可以看见身穿红袍的枢机们从座位上起身，正陆续走向前厅。

"目前什么也别说，"他说，"如果有人对你们施加压力，就说你们在按我的指示行事，但不要提起发生了什么。明白了吗？"

两人点了点头。

"那秘密会议怎么办，阁下？"奥马利问，"就像之前那样继续开下去吗？"

洛麦利不知道该怎么回答。

*

他迅速走出西斯廷教堂，经过塞满卫兵的国王大厅，最后走进保禄小堂。这间灰暗宽敞的房间内空无一人。他在身后关上了门。奥马利、曼多夫和司仪在秘密会议召开时，就在这里等他们。门口的椅子被摆成了一个圈。他想知道他们是怎么打发漫长的投票时间的。是在猜测发生了什么事，还是在看书？椅子的排列方式让他们看上去好像一直在打牌。但这太荒谬了，他们当然没有。有一把椅子旁边有一瓶水，这让他意识到自己有多口渴。他喝了一大口，随后沿着过道走向祭坛，试图理清思路。

米开朗基罗的壁画中即将被倒钉的圣彼得还像以前一样用责备的眼神盯着他。他走上祭坛，跪下，然后心血来潮地转过身，往回走到过道的中间，开始仔细端详这幅画。画中大约有五十个人物，大部分正看向十字架上肌肉隆起、几近赤裸的圣徒，后者正被倒吊起来。只有圣彼得看向了画框外的现实世界，且这幅画的精妙之处在于他并没有直视观众，而是从眼角瞥向他们，仿佛在你经过的时候指责你竟然就这样袖手旁观。洛麦利从未感觉到和一件艺术品有如此深切的关系。他摘下四角帽，跪在画前。

尊敬的圣彼得，众使徒的领袖和首领，你是天国钥匙的守护者，阴间的权柄不能胜过你。你是教会的磐石，是基督羊群的牧羊人。请让我摆脱罪恶之海和所有敌人之手。请帮助我，牧羊人，告诉我应该怎么做……

他肯定花了至少十分钟来向圣彼得祈祷。他沉浸在自己的思绪中，以至于完全没有听见枢机们被领着穿过国王大厅，走下楼梯，然后乘上小巴，也没有听见保禄小堂的门被打开，随后奥马利来到他身后。他于不知不觉间产生了一种奇妙的平静而确定的感觉：他知道他应该做些什么了。

我愿侍奉耶稣基督和你，有了你的帮助，在结束美好的人生后，我应在天国中被赐予永恒的幸福，而你永远是门的守护者和羊群的牧者。阿门。

直到奥马利带着一丝关心，礼貌地叫他"阁下"时，洛麦利才从沉思中醒来。

他没有看向四周，而是问道："选票烧了吗？"

"是的，团长，还是黑烟。"

然后他又开始默想。半分钟之后，奥马利问："你感觉怎么样，阁下？"

　　洛麦利不情愿地将视线从画上移开，抬头看向这个爱尔兰人。现在他感到后者的态度中也有一些不同的东西了——不确定、焦虑、胆怯。大概奥马利已经看到第七轮投票的结果，并意识到团长所处的危险境地了吧。洛麦利向奥马利伸出手，在后者的帮助下站了起来。他理了理法衣和白色短袍。

　　"打起精神来，雷。看看这非凡的作品，就像我刚才做的那样，想想它是多么的有预见性。你看见笼罩在画像顶部的黑暗了吗？我过去以为那只是云，但现在我敢肯定那是烟雾。在我们看不到的地方起火了，因为米开朗基罗选择不给我们看，而火是暴力、斗争、冲突的象征。彼得是怎样竭力地抬起头，即使是脚朝上被吊了起来，你看见了吗？他为什么要这么做？当然是因为他决心不向加之于身的暴力屈服。他在用他最后的力量证明他的信仰和人性。他希望保持平衡，尽管整个世界已经完全颠倒。

　　"这难道不是教会的创始者传递给今天的我们的信号吗？恶魔正试图完全改变世界，但即使在我们受苦的时候，有福的使徒彼得也在教导我们保持理智，保持我们对复活的救世主耶稣基督的信仰。我们应该完成上帝希望我们完成的工作，雷。秘密会议将继续举行。"

17

主的普世羊群

　　洛麦利坐着警车迅速回到了圣玛尔大之家。他坐在车后座，身边还有两名警卫，其中一人坐在司机后方，另一人坐在他身边的乘客座位上。警车加速驶出元帅庭院，然后在拐角处转了个急弯。轮胎在鹅卵石上摩擦，发出了尖锐的声音，随后车辆直直地穿过了三个庭院，顶灯闪烁着，照亮了宗座宫处于阴影之中的墙壁。洛麦利瞥见瑞士卫队转过身盯着他，他们被灯光映蓝的脸上写满了惊恐。他紧紧握住胸前十字架，用拇指划过其尖锐的边缘。他想起已故美国枢机方济·乔治的话：*我希望自己在床上死去，我的继任者在监狱死去，而他的继任者在广场上殉道。*他一直认为这是疯话。但现在，当他们驶入圣玛尔大之家前面的广场，看到还有六辆闪着灯的警车停在那里时，他觉得这话有一定预见性。

　　一名瑞士卫兵上前为他打开车门，新鲜的空气扑面而来。他下了警车，抬头看向天空：厚重的乌云；几架直升机从远处掠过，导弹从其腹部伸出，让它们看起来就像准备叮咬的愤怒黑色昆虫；警笛声；然后是圣彼得大教堂泰然自若的穹顶。熟悉的穹顶坚定了他的决心。他迅速穿过成群的警察和瑞士卫兵，没有对他们的敬礼和鞠躬回以致意，而是径直走进旅社的大厅。

　　一切都和教宗去世那晚一样，同样的困惑，同样的压抑下的慌乱。枢机们三五成群地站在一起小声讨论，并在他进来时向他看去。曼多夫、奥马利、萨内蒂和司仪在前台凑作一堆。一些枢机在餐厅坐了下来。修女们站在墙边，显然不确定是否应该开始上餐。洛麦利只用一眼就看完了这景象。他冲萨内蒂弯了弯手指："我需要最新的资料。"

"好的，阁下。"

他要求的只是浅显的事实，仅此而已。神父递出一张纸，他简略地看了一眼，手指不自觉地捏紧，将它弄出了一点褶皱。多么可怕啊！"先生们，"他平静地对秘密会议的官员说，"能请你们让修女们回到厨房，并确保没有其他人走进大厅或用餐区吗？我想要绝对保密。"

走向餐厅时，他看见贝里尼独自一人站在那里。他拉住贝里尼的胳膊低声问："我决定宣布发生了什么事，这样做对吗？"

"我不知道，你必须自己做出判断，但无论发生了什么，我都会支持你。"

洛麦利捏了捏手肘，转身朝房间内说话。"弟兄们，"他大声说道，"请你们坐下，我想说几句。"

他一直等到最后一人从大厅过来坐下。在近几次用餐中，他们更好地了解了彼此，因此一些按语言划分的小组也混在了一起。而现在，在这个危急时刻，他注意到他们的座位在不知不觉中又回到了第一天的状态：意大利人朝着厨房，讲西班牙语的在中间，而母语是英语的离前台最近……

"弟兄们，在我就刚才发生的事情说点什么之前，我希望秘密会议能授予我这样做的权力。《使徒宪典》的第五款和第六款规定，若大部分枢机同意，就可在特殊情况下讨论某些事项或问题。"

"我可以说几句吗，团长？"芝加哥荣休大主教库拉辛斯基举手问道。

"当然，阁下。"

"和你一样，我也是经历了三次秘密会议的老资格，而我记得宪典的第四款也提到，枢机团不得做任何会影响'有关选举教宗的执行程序'的事，我相信这就是原话。我认为，试图在西斯廷教堂外开会的事实本身就是对该程序的一种干涉。"

"我并不是在建议改变选举的程序，我认为还是应该按照规定在今天下午继续进行选举。我想问的是，参加秘密会议的各位是否想知道今天上午在梵蒂冈城墙外发生的事。"

"但知道这些就是一种干涉！"

贝里尼站了起来："从团长的态度很容易猜到出了严重的事故，我本人想知道发生了什么。"

洛麦利感激地看了他一眼。在贝里尼坐下后，"听，听"和"我同意"的附和声逐渐减弱。

随后，特德斯科站了起来，餐厅里立刻安静了。他将手放在鼓起的肚子上（洛麦利觉得他看上去就像靠在墙上一样），过了一会儿才开始说话。"如果这件事真的有那么严重，那它肯定会增加秘密会议的压力，使我们迅速做出决定吧？无论这种压力是多么的轻微，它肯定是一种干涉。阁下，我们在这里是为了聆听上帝之言，而不是新闻简报。"

"看来威尼斯宗主教还认为我们不应该听见爆炸声，但我们确实听到了一声！"

随后传来一阵哄笑。特德斯科脸涨得通红，环顾四周，想知道说这话的是谁。是萨尔瓦多大主教萨枢机，一名自由派神学家，既不是特德斯科本人的朋友，也不是他们那群人的朋友。

洛麦利在梵蒂冈主持了许多会议，他知道应该在什么时候行动。"我可以提个建议吗？"他瞥了特德斯科一眼，等着后者配合自己。威尼斯宗主教极不情愿地坐了下来。"最公平的做法显然是就此问题表决,而这也正是现在的我在各位的许可下应该做的。"

"等等——"

特德斯科试图插话,但洛麦利径直说了下去:"请所有希望秘密会议收到这一消息的人举起手来。"许多红袖立刻举了起来。"反对的请举手。"特德斯科、库拉辛斯基、图廷诺,还有另外十来个人不情愿地举起了手。"那就通过了。当然,不想听我要说的内容的人可以离开。"他等了一会儿,大家都没有动。"很好。"

他展开一张纸,说道:"就在我离开西斯廷之前,我要求新闻办公室与教廷安全部门就最新消息写一份总结报告。事实是这样的:今天上午 11 点 20 分,一个汽车炸弹在复兴运动广场爆炸了。之后不久,正当人们撤离现场时,有一个人引爆了绑在身上的炸药。许多可靠的目击者报告称,他在拉动引线前喊道'真主至大'。"

不少枢机发出痛苦的声音。

"在袭击发生时,两个持枪歹徒闯进了圣马可埃万杰利斯塔教堂,并向做弥撒的会众开火。事实上,当时教堂内正在为这次秘密会议祈福。安全部队就在附近,据报道,两个袭击者都已被击毙。

"11 点 30 分,也就是十分钟之后,天主教鲁汶大学的图书馆里发生了一起爆炸……"

曾任鲁汶大学神学教授的范德罗布洛艾克枢机大喊:"噢,上帝,不!"

"……还有持枪人士在慕尼黑的圣母教堂开火。这一事件似乎已经演变成了一次围攻,整个建筑都已被包围。

"人员伤亡还在统计之中,但最新的数据如下:复兴运动广场死亡 38 人，圣马可埃万杰利斯塔死亡 12 人，比利时的大学死亡 4 人，慕尼黑至少死亡 2 人。我感觉这些数字很可能还会增加，受伤人数将以百人为单位计数。"

他放下纸。

"这就是我所掌握的全部信息。我的弟兄们，让我们站起来，为那些丧生和受伤的人静默一分钟。"

*

当一切结束后，神学家和教会律师清楚地认识到，教宗若望·保禄二世 1996 年颁布的宪谕《主的普世羊群》，也就是秘密会议的运作根据，显然属于一个更单纯的年代。在"9·11"事件发生的五年前，教宗和他的顾问都没有考虑过发生多重恐怖袭击的可能性。

但对在秘密会议第三天的午餐时间聚在圣玛尔大之家的枢机而言，一切都不太明朗。在一分钟的静默结束后，震惊的、怀疑的低声交谈慢慢地在餐厅里出现了。在发生了这一切后，他们怎么还能继续选举教宗呢？但同样的，他们要怎样做才能停下来？大部分枢机在静默结束后就立刻坐了下来，但有些还站着没动，其中就有洛麦利和特德斯科。威尼斯宗主教正皱眉朝身旁看去，显然不知道该做些什么。如果有三名支持者抛弃了他，他就无法保住他占三分之一的选票了。这是他第一次看起来不那么自信。

在房间较远的一端，洛麦利看见贝尼特斯试探着举起了手。

"阁下，我想说几句。"

离他最近的门多萨枢机和拉莫斯枢机让大家安静下来，以便他的声音能被大家听到。

洛麦利宣布："贝尼特斯枢机希望发言。"

特德斯科沮丧地拍着手臂："说真的，团长，这不能变成集会，那个阶段已经结束了。"

"我认为，如果我们中的一个弟兄希望和我们交谈，我们就应允许他这样做。"

"但宪典中的哪条规定说了可以允许？"

"哪条规定又说了要禁止？"

"阁下，我想说几句！"这是洛麦利第一次听到贝尼特斯提高嗓门，那种尖锐的音调穿透了四周低低的谈话声。特德斯科夸张地耸了耸肩，将眼神转向他的支持者，好像在说：瞧，整件事情都变得荒谬起来。不过，他没有再提出抗议。沉默再次笼罩了这个房间。"谢谢，我的弟兄们，我会尽量简短。"这个菲律宾人的双手在微微颤抖。他在背后把手紧紧握在一起，然后他的声音再次变得柔和："我对枢机团的规矩一无所知，所以请原谅我。但也许正是因为我是最近才加入进来的同事，所以我认为我必须代表那些正在墙外等待梵蒂冈新领袖出现的数百万民众说点什么。我们都是好人，我深信这一点。所有人都是，不是吗？"他找到了阿德耶米和特朗布莱，并向他们点头致意，也对特德斯科和洛麦利点了点头。"与降临到我们教会头上的罪行相比，我们卑微的欲望、愚蠢还有分歧完全算不上什么。"

许多枢机低声表示同意。

"我敢说出自己的想法，完全是因为你们中有二十四个人实在是太好了——其实我想说太蠢了，蠢到竟然把票投给了我。我的弟兄们，如果选举日复一日地继续进行，直到规定允许我们根据简单多数的原则选出教宗，那么我们将得不到赦免。在上轮投票后，我们已经有一个明显的领先者了，我希望今天下午我们能团结在他的身后。因此，就我而言，我希望所有投票给我的人能够转而支持我们的团长洛麦利枢机，在回到西斯廷后我们应该选他出任教宗。谢谢，请原谅我，这就是我想说的。"

还没等洛麦利做出回应，特德斯科就打断了他。

"噢，不！"特德斯科摇着头，"不，不，不！"他又开始挥舞他那粗短的手，绝望而又惊慌地笑着。"现在，你们看，这就是我警告过你们的！我们在头脑发热的时候就会忘记上帝，当我们迫于形势做出反应时，我们的秘密会议就不比一次政治会议更神圣了。圣灵不会顺从，不会像侍者一样召之即来挥之即去！弟兄们，我恳求你们，请记住，我们曾向上帝发誓，要选出我们认为最适合出任教宗的人，而不是可以在今天下午被随便推上圣彼得大教堂的阳台去安抚群众的人！"

事后，洛麦利想到，如果特德斯科能够就此打住，他肯定就能让在场者站在他那边，因为他的观点完全合理。但他不是那种在开始一个话题后能停下来的人。这既是他的骄傲所在，也是他的悲剧之源。这也是为什么他的支持者爱戴他，却又劝他在秘密会议开始前的日子里远离罗马。他就像基督布道时提到的那种人——因为心里所充满的，口里就说出来，[①]无论他心里充满的是善还是恶，是明智还是愚蠢。

"此外，不管怎样，"特德斯科指着洛麦利说道，"团长就是应对这次危机的最佳人选了吗？"他的脸上再次闪过恐怖的微笑。"我把他视为弟兄，当成朋友，但他并不是一个牧者，他不能治愈心碎的人，也不能包扎他们的伤口，更别说吹响号角了。他一直以来站在自由派的教义立场，而正是这种立场把我们带到了如今

---

① 《路加福音》6:45。

这种飘忽不定和相对主义的境地，让所有的信仰和昙花一现的幻想都被赋予同等重量。所以现在，环顾四周我们就可以看见，神圣的罗马天主教会的祖国居然布满了穆罕默德的清真寺和宣礼塔。"

有人大喊："丢脸！"洛麦利发现那是贝里尼。

特德斯科突然转向贝里尼，就像一头受到刺激的公牛。他的脸被愤怒烧得通红。"前国务卿说'丢脸'，这确实很丢脸，我同意。想想今天上午复兴运动广场上和圣马可埃万杰利斯塔教堂里那些无辜者的鲜血吧！难道我们就没有一点责任吗？我们在我们的土地上容忍他们，他们却在他们的土地上谩骂我们；我们让他们在我们的祖国成长，他们却在他们的祖国消灭我们，以成千上万的规模，是的，成千上万。这是我们这个时代尚未公开的种族灭绝。而现在，他们就在我们的墙外，而我们竟无动于衷！我们还要软弱到什么时候？"

就连库拉辛斯基都试图阻止他，但被他推到一旁。

"不，有些事情需要在秘密会议中说出来，现在必须说了。我的弟兄们，每次我们排队走进西斯廷教堂投票，我们都会路过国王大厅的壁画《勒班陀海战》，我今天上午还看了一眼。基督教联军的舰队在教宗庇护五世陛下的主导下建立，并在玫瑰圣母代祷的护佑下击败了奥斯曼帝国的舰队，将地中海人从穆斯林军队的奴役中解救出来。

"我们今天也需要这种领导能力。我们需要像伊斯兰主义者那样坚定我们的价值观。我们需要停止这种飘忽不定，这种在第二次梵蒂冈大公会议结束后就几乎从未消失的飘忽不定，而这种飘忽不定使我们在邪恶面前变得脆弱。贝尼特斯枢机提到，在这可怕的时刻，墙外还有数百万人在指望我们的引领。我同意他的说法。在教会本部授予圣彼得的钥匙这一最神圣的任务，现在被罗马内部发生的暴力事件打断了。最危急的时刻已经到来，正如主耶稣基督所预言的那样，而我们最终必须找到力量来应对它：日月星辰要显出异兆，地上的邦国也有困苦，因海中波浪的响声，就慌慌不定。天势都要震动，人想起那将要临到世界的事，就都吓得魂不附体。那时，他们要看见人子有能力，有大荣耀，驾云降临。一有这些事，你们就当挺身昂首，因为你们得赎的日子近了。"①

说完，他在胸前画了一个十字，低下头，迅速坐了下来，气喘吁吁。在洛麦利看来，接下来的沉默持续了很长时间，直到被贝尼特斯柔和的声音打破："但是，我亲爱的威尼斯宗主教，你忘了我还是巴格达大主教。在美国发动袭击之前，伊拉克有150万基督徒，现在却只有15万了。我自己的教区内几乎没有信徒。这就是刀剑的力量！我见过我们的圣所被轰炸，我们自己的弟兄姐妹一个接一个地死去，就在中东和非洲。我在他们痛苦的时候安慰他们，我埋葬了他们，我可以告诉你，他们中没有一个人希望以暴制暴，一个也没有。他们带着对我主基督耶稣的爱死去，也为了这种爱死去。"

拉莫斯、马丁内斯、考尔科等枢机大声鼓掌表示赞同。随后掌声逐渐在房间里蔓延开来，从亚洲，到非洲，到美洲，最后到意大利自己。特德斯科惊讶地看向四周，悲伤地摇了摇头，让人无法判断他是在对他们的愚蠢表示遗憾，还是意识到了自己的愚蠢，抑或是两者皆有。

贝里尼起身说道："我的弟兄们，威尼斯宗主教至少说对了一

---

① 《路加福音》21:24—28。

件事——我们将不再以集会的形式开会。我们是来选出教宗的，这就是我们应该做的。只要严格按照《使徒宪典》的规定选出教宗，他的合法性就毋庸置疑。这正是当务之急。希望圣灵能在我们需要帮助的时候现身。因此，我提议我们放弃午餐，我肯定我们现在都没有胃口。让我们立刻回到西斯廷教堂，继续投票。我认为这并不会违反神圣的法令。对吗，团长？"

"是的，不会。"洛麦利抓住了老同事丢向他的救命稻草。"宪典只规定在必要时今天下午必须组织两轮投票，如果我们还没有做出决定，就必须把明天留作默想日。"他扫了一眼房间。"秘密会议的大多数人是否愿意接受贝里尼枢机的提议，立刻回到西斯廷教堂？同意的请举手。"许多手臂举了起来，构成了红色的树林。"反对的请举手。"只有特德斯科举起了手，尽管在举手时他把头扭到一边，仿佛将自己从整件事中抽离出来了。"秘密会议的意愿很明确。奥马利蒙席，请你确认司机已经准备好了。萨内蒂神父，请你通知新闻办公室，秘密会议将进行第八轮投票。"

散会时，贝里尼在洛麦利耳边低声说道："做好准备，我的朋友，在今天下午结束时，你将成为教宗。"

18

第八轮投票

结果大部分巴士是多余的。一种自发的集体意识主导了秘密会议——那些身体足够强壮的枢机都选择从圣玛尔大之家步行前往西斯廷教堂。他们排成了一个方阵，一些人手挽着手，就像是在游行示威一样，尽管在某种意义上确实如此。

也许是天意使然，也许是出于神明的干预，在那个时候，正好有一架由多家电视新闻公司共同租用的直升机在复兴运动广场上方盘旋，拍摄爆炸造成的破坏。虽然梵蒂冈城的领空已经封闭了，但摄像师仍可通过长镜头拍到枢机们穿过圣玛尔大广场，经过圣卡罗宫，经过圣斯德望堂，沿梵蒂冈花园边缘走过，最后消失在宗座宫周围的庭院之中。

抖动的画面中出现了枢机们身着红衣的身影，这些画面不仅从现场被呈现给全世界，而且在这一天中不间断地反复播放，使天主教徒们稍稍放下了心。它们传达出一种使命感，一种团结感，一种反抗。它们也暗中传递了一个信息：很快就会有一名新教宗了。罗马各地的朝圣者都开始前往圣彼得广场，期待着消息的宣布，一个小时内就聚集了十万人。

当然，这一切都是洛麦利后来才发现的。而现在，他正走在人群中间，紧握着热那亚大主教德卢卡和勒文施泰因的手。他抬头看向天空中淡淡的亮光。他的身后隐约传来阿德耶米优美的歌声。一开始只有他一人在唱《求造物主圣神降临》，但他们很快便一同唱了起来：

驱逐敌仇悉使远遁，

惠赐我们诸事平顺。

俾能避免诸般危害，

赖你领导安稳前进……

洛麦利在歌唱时向上帝表示了感谢。在这次致命的考验中，在铺满鹅卵石的庭院里，在这个意想不到的环境下，除了盯着裸露的砖块外，秘密会议成员没有别的方法来鼓舞自己。而就是在这种情况下，他终于能够感到圣灵就在他们中穿梭。这是他第一次能如此平静地看待结果。如果天命要落在他的头上，那就顺其自然吧。父啊，你若愿意，就把这杯撤去。然而，不要成就我的意思，只要成就你的意思。①

他们唱着歌爬上前往国王大厅的台阶。在他们走过大理石地板时，洛麦利抬头看向瓦萨里那副巨大的壁画《勒班陀海战》。像以前一样，他的注意力都集中在壁画的右下角——一个骷髅挥舞着一把大镰刀，粗糙而又怪诞地象征着死亡，而在死亡身后，基督教联军和穆斯林的舰队正在备战。他想知道特德斯科是否还敢再看它一眼。就像奥斯曼帝国的舰队一样，威尼斯宗主教获胜的希望已经完全被勒班陀的海域吞没了。

西斯廷前厅的碎玻璃已经被清扫干净，一些用来封住窗户的木板正堆在那里。枢机们成对走上坡道，绕过屏风，走过铺着地毯的走廊，最后走向自己的座位。洛麦利则走向设在祭坛后方的

---

① 《路加福音》22:24。

话筒，等待所有人就位。他现在非常清醒，已经准备好接受上帝的出现了。永恒的种子在我心中，它可助我走出无穷的追逐。我将拒绝不属于天国的一切。我将平静纯粹地成长，诚实地回应他的召唤："主啊，我就在这里。"

在所有枢机就座后，他向教堂后方的曼多夫点头示意。作为回应，后者将秃头低下去，与奥马利一同离开了。司仪跟在他们的身后，然后钥匙在锁眼里转动了一下。

洛麦利开始点名。"阿德耶米枢机？"

"到。"

"阿拉塔斯枢机？"

"到……"

他并不着急。名字的吟诵是一种咒语，每念出一个名字他都离上帝更近一步。点名结束后，他低下了头，枢机们都站了起来。

"父啊，请赐予你的仆人以智慧、真理与和平，让我们能够指引和监督您的教会，让我们能够了解您的旨意，将全身心都奉献给您。为我主基督……"

"阿门。"

三天前还感觉非常陌生的仪式，对枢机们来说已经像晨间弥撒一样熟悉。在洛麦利下台走向座位时，检票员自行上前，在祭坛上放置瓮和圣餐杯。洛麦利打开文件夹，拿出选票，摘下笔帽，盯着不远处。他应该投给谁？他自己不行——在上次发生了那一切后，他无法再投给自己了。那就只有一个可行的候选人了。他犹豫了，迟迟不肯动笔。如果有人在四天前告诉他，他会在第八轮投票中把票投给一个素未谋面之人，他肯定会以为那人在说胡话。更何况，他不仅仅直到四天前才知道有这么一名枢机，此人对现在的他而言依然是一个巨大的谜团。但即便如此，洛麦利还是这样选了。他紧握着笔，坚定地用大写字母写下贝尼特斯的名字。而当他又看了选票一眼时，他竟很神奇地感到非常舒坦，因此到他起身向所有人挥舞自己折好的选票时，他可以本着一颗洁净的心念出誓言。

"吾以将为吾之审判者的主基督为吾之见证，吾之选票系给予了在天主面前吾认为应当选者。"

他将选票放入圣餐杯，将它倒入瓮中。

*

其他秘密会议成员投票时，洛麦利在专心阅读《使徒宪典》。这是分发给每位枢机的印刷制品之一。他想确保自己能记住接下来要进行的程序。

第七章第八十七款：在一名候选人获得三分之二多数票后，资历最浅的执事级枢机应提出开门请求，随后曼多夫和奥马利将拿着必备文件进来。作为团长，洛麦利将询问当选者："你是否接受你合法当选为教宗？"在当选者同意接受时，他再问："你愿意用怎样的名号称呼？"然后，曼多夫充当公证人，在两位司仪的见证下，拿出一张证书纸，写下新教宗的名号。

在当选者接受以后，他就直接成为罗马教会的主教、真正的教宗及世界主教团的领导者。由此他就获得了且能执行对普世教会的完全且最高的权力。

一句同意、一个名号、一个签名，一切就结束了。简单之中蕴有荣耀。

随后，新教宗将退到被称为"泪之屋"的圣器收藏室换衣服。同时，教宗的宝座将被设在西斯廷教堂内。当他再度现身后，枢机选举人将排队走到新教宗面前，"以规定的姿态，表达自己的敬意和服从"。烟囱将冒出白烟，而圣座教育部部长、资历最深的执事级枢机桑蒂尼，将在俯瞰圣彼得广场的阳台上宣布"*教宗诞生*"。接着，新教宗将出现在世人面前。

如果——洛麦利想，而这种可能性太重要了，虽然他感到没办法去想象，但不这么做的话又太不负责任了——如果贝里尼的预测被证明是正确的，圣杯被传给了自己，那时又会发生什么？

在那种情况下，则轮到秘密会议中资历第二深的贝里尼来问他愿意用怎样的名号。

这种设想让他感到头晕目眩。

在秘密会议刚开始时，贝里尼曾控诉他的野心，并坚称每位枢机都会偷偷提前想好他们当选后要选择的名号。洛麦利当时否认了。但现在——愿上帝宽恕他的虚伪——他对自己承认，他心里一直有一个名号，尽管他一直有意识地避免把它说出来，即使是在脑海中。

他在很多年前就已经知道他的名号了。

他的名号将是若望。

选若望是为了纪念那位有福的基督门徒和若望二十三世。他正是在若望二十三世革命性的任期中长大成人的。他选择它，是因为这将表明他希望成为改革者的想法，也因为传统上拥有这个名号的教宗，其统治都极为短暂，而他确信他的统治也必将如此。

他将是教宗若望二十四世。

这听上去很有分量，很真实。

当他走上阳台时，他的第一个动作将是 *Urbi et Orbi*，即降福全罗马城和全世界。但之后，他就需要说一些个人色彩较强的话，使那些在场者和渴求他领导的数十亿人镇定下来，并鼓励他们。

他必须成为他们的牧羊人。让他惊讶的是，他意识到这种想法并没有让他害怕。救主耶稣基督的话突然出现在他的脑海里：不要思虑怎样说话，或说什么话。到那时候，必赐给你们当说的话。①即便如此，他想（他的官僚作风从未远去），最好还是做一点准备。因此，在投票的最后二十分钟，洛麦利不时将目光投向西斯廷的天花板以寻找灵感，大致想了想了自己作为教宗将要说些什么来安慰他的教会。

*

圣彼得大教堂的钟敲响了三次。

投票结束了。

鲁克萨枢机将装满选票的瓮从祭坛上抬了下来，向教堂两侧展示，随后用力摇晃。洛麦利可以听见选票在里面搅动的声音。

空气变得寒冷起来。一种奇怪、轻柔又巨大的声音从破碎的窗户外飘了进来。那是一声喃喃自语，也是一声叹息。枢机们面面相觑。他们一开始不知道那是什么，但洛麦利立刻认了出来：那是聚集在圣彼得广场上的数万人的声音。

鲁克萨把瓮递给纽比枢机，然后威斯敏斯特大主教将手伸了进去，抽出一张选票，大声喊道："一……"然后他转向祭坛，将它放入第二个瓮，又转回鲁克萨，重复这个流程。"二……"

默丘里奥枢机将双手紧握在胸前，一边祈祷，一边跟着鲁克萨和纽比的每个动作微微摆头。

"三……"

---

① 《马太福音》10:19。

232

洛麦利之前有一种超然的感觉，内心十分平静。但现在每一声数票似乎都拉紧了那根缠在他胸口上的无形之线，使他难以呼吸。他试图用祷词塞满自己的脑袋，但他能听见的还是只有稳定且无法避开的数数声。他就像在经历水刑一样，直到纽比抽出最后一张选票，他才终于解脱出来。

　　"一百一十八。"

　　在他们的沉默中，信徒们低沉微弱的叫喊声传来，像远处的巨浪一样起伏涨落。

　　纽比与默丘里奥离开祭坛，走进了"泪之屋"，鲁克萨手拿白布在原处等候。他们搬来了桌子，鲁克萨小心地将白布盖在上面，轻轻抚过布料，将它拉平，随后将装满选票的瓮从祭坛上抬了下来，虔诚地将它放在桌子正中。纽比和默丘里奥摆好三把椅子，前者把话筒从支架上取下，然后三个检票员坐了下来。

　　西斯廷教堂内，枢机们在座位上动了起来，拿出自己文件夹中的候选人名单。洛麦利也打开了文件夹。他完全没注意到他的笔尖停在了自己的名字上。

　　"第一票投给贝尼特斯枢机。"

　　他向上移动笔，在贝尼特斯的名字后做了个记号，随后又移回自己的名字。他等待着，没有抬头。

　　"贝尼特斯枢机。"

　　他的笔又越过名单上的许多名字做了记号，然后回到初始位置。

　　"贝尼特斯枢机。"

　　这一次，在打完勾后，他抬起头来。鲁克萨正在瓮的深处摸索下一张选票。他把它拿了出来，展开，记下上面的名字，并将选票递给默丘里奥。这个意大利人也小心地记下名字，然后把选

233

票递给纽比。纽比看了一眼，随后向桌子倾斜身体，对着话筒宣布：

"贝尼特斯枢机。"

前七票都是投给贝尼特斯的。第八票投给洛麦利，第九票也是，于是他想，或许贝尼特斯的前期冲刺是他们经常在秘密会议中碰到的选票分布不均匀的情况。但随后又是一连串的贝尼特斯、贝尼特斯、贝尼特斯，就像魔咒一样，洛麦利感觉上帝的恩典已经离他远去。几分钟后，他开始统计菲律宾人的票数，每五票画一条线。五十票。五十一……五十二……五十三……

之后，他就没再管自己的票数了。

七十五……七十六……七十七……

当贝尼特斯的票数接近成为教宗的门槛时，西斯廷内的氛围似乎绷紧了，就像空气中的分子被某种磁力拉长了。其他几十个枢机都将头埋在桌上进行同样的计算。

七十八……七十九……八十！

大家都长吸一口气，并轻叩桌面发出小声的欢呼。检票员停下了计数，抬头看发生了什么事。洛麦利将身子探出座位，顺着过道看向贝尼特斯。后者的下巴抵在胸前，似乎正在祈祷。

唱票继续。

"贝尼特斯枢机……"

洛麦利拿出写了演讲要点的纸，将它撕成小碎片。

*

在最后一票唱完后——那一票投给了他——洛麦利靠在椅子上，等待检票员和校票员给出正式数字。后来，他试图向贝里尼描述自己当时的感受。他说，他感觉好像有一阵大风将他吹离地

234

面，刮到空中，然后又突然把他丢了下去，去吹另外一个人了。"那就是圣灵，我想。这种感觉让人既害怕又兴奋，当然也令人难忘。我很高兴能有这种体验，但当它结束的时候，我只觉得如释重负。"这或多或少就是事实。

纽比对着话筒说道："阁下们，第八轮投票的结果如下……"

出于习惯，洛麦利在这最后的时刻拿笔写下了数字。

贝尼特斯   92

洛麦利   21

特德斯科   5

纽比的宣读被突然爆发的掌声淹没了。谁都没有洛麦利拍得用力。他环顾四周，点头微笑。人们在欢呼。而在他对面，特德斯科非常缓慢地将双手合拢，就像在为一首挽歌打节拍一样。洛麦利更用力地鼓掌并站起身，整个秘密会议都将这看作一个信号，都站起来鼓掌。只有贝尼特斯还坐在座位上。他背后和两旁的枢机都在低头看他，为他喝彩。而在这个胜利的时刻，贝尼特斯看上去比之前更加瘦削，更加格格不入——一个瘦小的人影，仍在低头祈祷，一缕垂下的黑发遮住了脸，就和洛麦利在艾格尼斯修女的办公室第一次见他时一样，只是那时他还拿着念珠。

洛麦利拿起《使徒宪典》走上祭坛，纽比将话筒递给他。掌声逐渐停止，枢机们都坐了下来。他注意到贝尼特斯仍没有动。"必要的多数票已经达到了，可以麻烦资历最浅的执事级枢机通知一下教宗礼典长和枢机团秘书吗？"

他等着路德加德走向前厅要求开门。一分钟后，曼多夫和奥马利出现在教堂后部。洛麦利从祭坛上走下，沿着过道走向贝尼特斯。他注意到了大主教和蒙席脸上的表情。他们正小心地站在屏风内侧，震惊地盯着他。他们肯定以为他会成为教宗，想知道他现在是在做什么。他走向菲律宾人并站在后者面前，照着宪典读道：

"以枢机团全体成员的名义，我在此询问：贝尼特斯枢机，你是否接受你合法当选为教宗？"

贝尼特斯好像没有听见，因为他没有抬头。

"你是否接受？"

然后是长时间的沉默，一百多人屏住了呼吸。洛麦利突然想到贝尼特斯可能会拒绝。上帝啊，那将是怎样的灾难啊！他平静地说："阁下，需要我引用圣若望·保禄二世在《使徒宪典》中写的话吗？'我也祈求被选的人不要因畏惧责任重大而拒绝接受这蒙召的职务，但要谦诚地接受天主的计划。天主予人一个负担，必以援手来支持他，使他能担任。'"

最后，贝尼特斯抬起了头，黑色的眼中闪烁着坚定的光芒。他站了起来："我接受。"

教堂两侧同时爆发出快乐的惊叹声，紧接着是更多的掌声。洛麦利笑了，拍了拍胸口，表示自己松了一口气。"你愿意用怎样的名号称呼？"

贝尼特斯顿住了，而洛麦利突然明白为什么他刚才看起来那么格格不入了：他刚才一直在试着定下他的教宗名号。在参加秘密会议的枢机中，贝尼特斯肯定是唯一一个没有在心中想好名号的人。

最后他坚定地说道："英诺森 ①。"

---

① 即拉丁语中的 Innocentius，英语中的 Innocent，意为纯洁、无罪。

19
教宗诞生

他的选择出乎洛麦利的意料。用纯洁、虔诚、仁慈的美德，而非圣人的名字来作为教宗的名号，这种传统在好几代前就消失了。有十三任教宗的名号为英诺森，但都不是在最近的三百年里。但洛麦利越想——即使是在最初的几秒钟——就越被它的恰当性打动，被它在流血事件发生后的象征意义和直接彰显意图的大胆精神打动。它预示的不仅是回归传统，也是背离传统，完全符合教廷对模棱两可的偏好。而且它完美契合高尚的、孩子般的、优雅的、说话温柔的贝尼特斯。

教宗英诺森十四世，众人期待已久的来自第三世界的教宗！洛麦利暗暗表示感谢。上帝再一次奇迹般地引导他们做出了正确的选择。

他意识到枢机们又开始鼓掌了，他们试图对这个名号表示赞赏。他跪在新教宗面前。贝尼特斯惊慌地笑着，从座位上起身，身子探向桌子另一侧，使劲拉洛麦利的肩衣，暗示他应该重新站起来。"站在这里的应该是你，"新教宗小声说，"我每轮都把票投给了你，我需要你的意见。我希望你能继续担任枢机团团长。"

洛麦利紧紧抓住贝尼特斯的手，借力站了起来，低声回应道："而我的第一条建议，教宗陛下，是不要在这个时候就职位做出任何承诺。"然后他向曼多夫喊道："大主教，能不能请你带上见证人，然后起草接受书？"

他向后退了一步，让他们继续办理手续。这最多需要五分钟。文件已经写好了，曼多夫只需写下贝尼特斯的本名、教宗名号和日期，然后让新教宗在见证下签上名字。

直到曼多夫将纸放在桌上并开始在空白处填写相关内容时，洛麦利才注意到奥马利。奥马利定定地看着接受书，神情恍惚。洛麦利说："蒙席，我很抱歉打扰你……"这个爱尔兰人毫无反应。于是他又喊了一次："雷？"直到这时，奥马利才转头看向他。爱尔兰人的表情很困惑，几乎称得上恐惧。洛麦利说："我想你应该开始收枢机们的笔记了。我们越早点燃炉子，世界就越早知道我们有了一位新教宗。"他关心地伸出手。"雷，你还好吗？"

"抱歉，阁下，我没事。"但洛麦利可以看出他在很努力地装出无事发生的样子。

"怎么了？"

"这不是我期待的结果……"

"是的，但这也很棒。"洛麦利放低声音，"听着，如果你是在担心我的处境，我亲爱的伙计，那就让我告诉你，我只觉得如释重负。上帝为我们赐下了仁慈。我们的新教宗比我更适合出任此职。"

"是的。"奥马利试着挤出一种受挫的微笑，随后向两位不参与见证的司仪挥手，示意他们开始收集枢机们的笔记。他向西斯廷的深处走了几步，随后停下脚步，迅速走回来。"阁下，我的良心非常不安。"

就在那一刻，洛麦利再次感到恐慌的触须开始缠上胸口。"你到底在说什么？"

"我能私下和你谈谈吗？"奥马利抓住洛麦利的手臂，迫切地想把他拉向前厅。

洛麦利环顾四周，想看看是否有人注意到这边。枢机们都在看着贝尼特斯。新教宗已经签好了接受书，正离开座位，准备前往圣器收藏室换长袍。洛麦利不情愿地屈服于蒙席的压力，跟着他绕过屏风，走进冰冷的、空无一人的前厅。洛麦利朝上看去，风从没有玻璃的窗格中吹了进来。天色已经开始变暗。这可怜的家伙，爆炸显然牵动了他的神经。"亲爱的雷，"他说，"看在上帝的分上，冷静下来。"

"抱歉，阁下。"

"说吧，你到底在烦恼什么。我们还有很多事情要做。"

"是的，我现在才意识到我应该早点告诉你的，但这件事之前看起来是那么的微不足道。"

"继续。"

"在第一个晚上，当我给贝尼特斯枢机送去洗漱用品时，他告诉我不用给剃刀，因为他从来不刮胡子。"

"什么？"

"他在说这话的时候脸上带着笑。老实说，因为当时还有其他事，所以我并没有想太多。我是说，阁下，这并不少见，不是吗？"

洛麦利斜眼看着他，不明所以："雷，我很抱歉，我不明白你想说什么。"他隐约记起，当他吹灭贝尼特斯盥洗室里的蜡烛时，曾看见剃刀仍然包在玻璃纸里。

"但是现在，我查到了瑞士的那家诊所……"奥马利无助地说，声音越来越轻。

"诊所？"洛麦利重复道。大理石地板似乎突然变软了，就像融化成了液体一样。"你是指日内瓦的医院？"

奥马利摇了摇头。"不，阁下，这就是问题的关键。有什么东西一直在啃噬我的心，所以在今天下午，当我意识到秘密会议可能会向贝尼特斯枢机倾斜时，我决定去查一查，结果发现那并不是正规医院，而是间诊所。"

"什么诊所？"

"专门进行所谓的'变性治疗'的诊所。"

*

洛麦利匆匆走回教堂的主体部分。司仪正沿桌收集每一张纸。枢机们仍待在原位小声地交谈。只有贝尼特斯和洛麦利他自己的座位是空的。教宗宝座已经在祭坛前方摆好了。

他穿过西斯廷教堂，走向圣器收藏室，敲了敲门。萨内蒂神父开了一道缝。"教宗陛下正在更衣，阁下。"他低声说道。

"我需要和他谈谈。"

"但是，阁下——"

"萨内蒂神父，拜托了！"

这名年轻的神父被洛麦利的语气吓到了，盯着他看了一会儿，然后缩回脑袋。洛麦利听见里面传来声音，随后门开了一下，让他溜了进去。这个矮小的圆顶房间看上去就像剧院后台的道具室，里面塞满了被弃置的衣服和检票员之前用过的桌椅。贝尼特斯已经穿上了教宗的白色波纹绸法衣，双臂侧举地站立着，就像被钉在一个隐形的十字架上。来自加马雷力的教宗专用裁缝跪在他的脚下，齿间咬着大头针，正在缝边。此人非常专注地干着手上的工作，因此并没有抬头。

贝尼特斯无奈地向洛麦利笑了笑："显然最小的法衣对我来说仍是太大了。"

"教宗陛下，我能单独和您谈谈吗？"

240

"当然，"贝尼特斯低头看向裁缝，"我的孩子，你好了吗？"

裁缝从紧咬大头针的嘴中吐出让人无法分辨的回答。

"别管那个了，"洛麦利简短地命令道，"你可以晚点再弄。"裁缝转过脸看向他，将大头针吐进一个金属罐，随后咬断一根白色的丝线。洛麦利又补充了一句："还有你，神父。"

两人鞠了一躬，离开了房间。

门关上后，洛麦利说："您必须和我说说您在日内瓦诊所接受的治疗。您到底是什么情况？"

他预想过各种反应，不管是愤怒地否认，还是泪流满面地忏悔。但贝尼特斯看上去并不惊慌，更像是被逗乐了："必须说吗，团长？"

"是的，教宗陛下，必须说。再过不到一个小时，您就将成为世界上最出名的人。我们可以肯定的是，媒体会挖出与您有关的一切。你的同事们有权成为最先知道的人。所以请允许我重复一遍：您到底是什么情况？"

"我的情况——用你的话说——和我被任命为神父时一样，和我成为大主教时一样，和我被任命为枢机时一样。事实就是，我没有在日内瓦接受任何治疗。我考虑过，我祈求过指引，然后我决定不治疗了。"

"那么这个治疗是关于什么的？"

贝尼特斯叹了口气："用临床医学的术语来说，应该是大小阴唇粘连矫正术和阴蒂包皮切除术。"

洛麦利在最近的椅子上坐下，头埋进手里。几分钟后，他察觉到贝尼特斯将椅子挪到他身边。

"让我告诉你这是怎么一回事，团长，"贝尼特斯轻声说道，"事情的真相是这样的：我出生在菲律宾一个非常穷困的家庭中，在那里，男孩比女孩更加珍贵。我想这种偏爱在世界上仍然存在。我的畸形——如果我们必须这样说的话——使我能够非常轻松自然地以男孩的身份长大。我的父母认为我是个男孩，我认为我是个男孩。而且你也知道，神学院里的生活非常保守，反感身体的裸露，因此我没有任何理由去怀疑，其他人也没有。当然，这句话有点多余，但我一生都坚守了独身誓言。"

"你从未有过猜想吗？在过去六十多年里？"

"没有，从来没有。当然，现在的我在回首往事时发现，也许我所从事的神父工作，即帮助那些出于某种原因蒙受苦难的女性，就是对我自然状态的潜意识的反映，但我当时一点也不知情。我在巴格达的爆炸中受了伤，去了医院，直到那时我才第一次接受医生的全面检查。在医生向我解释医学事实时，我当然十分震惊。这种黑暗竟降临到我的头上了！在我看来，我的一生都犯了一种不可饶恕的大罪。我向教宗提出辞职，没有告诉他原因。然后他邀请我来罗马讨论此事，希望能劝阻我。"

"那后来你告诉他你辞职的原因了吗？"

"最后我说了，我不得不这样做。"

洛麦利满腹狐疑地盯着他。"然后他认为可以让你继续担任枢机？"

"他让我自己决定。我们一起在他房内祈求指引。最后我决定接受手术然后离任。但在飞往瑞士的前一天晚上，我改变了主意。是上帝把我造成这样的，阁下。在我看来，改动他的造物比保持身体原样的罪过更深，因此我取消预约，回到了巴格达。"

"教宗也同意了？"

"肯定是这样的，毕竟他是在完全知道我是谁的情况下，用默存于心的方式任命我为枢机的。"

洛麦利大喊："那他肯定是疯了！"

有人敲了下门。

洛麦利吼道："现在不行！"但贝尼特斯叫道："进！"

是资历最深的执事级枢机桑蒂尼。后来，洛麦利经常回想这个场景：新选出的教宗和枢机团团长并排坐在椅子上，膝盖几乎靠在一起，显然是在进行一次很有深度的谈话。"请原谅我，教宗陛下，"桑蒂尼说，"但您希望我什么时候到阳台上宣布您的当选？据说广场和周围的街道上有二十五万人。"他又以哀求的眼神看向洛麦利。"我们正等着烧掉选票，团长。"

洛麦利回答道："请再给我们一分钟。"

"当然。"桑蒂尼鞠了一躬，退出房间。

洛麦利揉了揉额头。眼后的疼痛去而复返，比之前更甚。"教宗陛下，有多少人知道你的身体状况？奥马利蒙席已经猜到了，但他发誓他没有告诉除我以外的任何人。"

"那就只有我们三个。在巴格达治疗我的医生在为我做完身体检查后不久，就因爆炸事件失去了生命，教宗也已经去世了。"

"日内瓦的那家诊所呢？"

"我只用假名预约了一次初诊，从未去过那里。没有人能猜到那个没来的病人是我。"

洛麦利靠在椅背上，思考着这件让人不可思议的事情。不过，《马太福音》中不也写了吗？灵巧像蛇，驯良像鸽子……"我认为，在短时间内我们应该能守住秘密。可以把奥马利提拔为大主教，然后把他派到别的地方去。他不会说的，我可以搞定他。但从长远来看，陛下，真相总会被发现的，我们都可以肯定这一点。我想起你为在瑞士逗留而递交了签证申请，上面有这个诊所的地址，也许有一天它会被人发现。你会变老，然后需要治疗，到那时，你就要接受体检。也许你会心脏病发作。而且最后你总会死去，然后有人会为你的身体做防腐处理……"

他们沉默地坐了一会儿。然后，贝尼特斯开口道："当然，我们还忘了一件事。还有一个人知道这个秘密。"

洛麦利警惕地看着他："谁？"

"上帝。"

*

两人现身时已经快5点了。事后，梵蒂冈新闻办公室透露，教宗英诺森十四世拒绝采用传统做法，即坐在教宗宝座上，等待参与投票选举的枢机对他表达敬意和服从。他想要站在祭坛前一一接见各位枢机。他亲切地拥抱了每一个人，特别是那些曾梦想获得他此时的地位的人：贝里尼、特德斯科、阿德耶米、特朗布莱。他对每个人都说了安慰和鼓励的话，对每个人都表示了支持。通过展现爱和宽恕，他向西斯廷教堂内的每一个人传递的信息是：不会有谁被指责，也不会有谁被解雇，教会将团结一心，共同面对未来岁月里的危险。大家都如释重负。就连特德斯科也不太情愿地承认，圣灵确实完成了他的工作，他们选对了人。

在前厅里，洛麦利看着奥马利把选票塞进纸袋，把秘密会议的所有笔记和记录都塞进圆炉。所有秘密都轻轻松松地被烧掉了。然后奥马利将氯酸钾、乳糖和松木树脂撒入方炉。洛麦利缓慢地沿着烟道移动目光，看着它伸出没有玻璃的窗框，笔直地指向灰暗的天空。他看不清烟囱或白烟，只能看到探照灯在天花板的阴影中投下淡淡的反光。过了一会儿，远处传来成千上万人充满希望的欢呼声。

致　谢

　　在开始调研时，我就向梵蒂冈方面征求同意，希望能访问秘密会议期间使用的、永不向公众开放的场地。我非常感谢教宗礼仪处的 Guillermo Karcher 蒙席帮我安排参观，非常感谢 Gabrielle Lalatta 夫人的专业指导。我还采访了许多著名的天主教徒，其中一名枢机还参加过一次秘密会议。不过我们的谈话是私下进行的，因此我只能这样一起而不是一一感谢他们。希望我们的谈话成果也就是这本书不会让他们过于震惊。

　　我参考了许多记者和作者的作品，并对下列作者和作品致以特别感谢：John L. Allen, *All the Pope's Men*, *Conclave*；John Cornwell, *A Thief in the Night: The Death of Pope John Paul I*, *The Pope in Winter: The Dark Face of John Paul II's Papacy*；Peter Hebblethwaite, *John XXIII: Pope of the Century*, *The Year of Three Popes*；Richard Holloway, *Leaving Alexandria: A Memoir of Faith and Doubt*；Austen Ivereigh, *The Great Reformer: Francis and the Making of a Radical Pope*；Pope John XXIII, *Journal of a Soul*；Sally Ninham, *Ten African Cardinals*；Gianluigi Nuzzi, *Merchants in the Temple: Inside Pope Francis's Secret Battle Against Corruption in the Vatican*, *Ratzinger Was Afraid: The Secret Documents, the Money and the Scandals that Overwhelmed the Pope*；Gerald O'Collins SJ, *On the Left Bank of the Tiber*；Cormac Murphy- O'Connor, *An*

English Spring；John- Peter Pham，*Heirs of the Fisherman: Behind the Scenes of Papal Death and Succession*；Marco Politi，*Pope Francis Among the Wolves: The Inside Story of a Revolution*；John Thavis，*The Vatican Diaries*。

再次感谢伦敦和纽约的编辑 Jocasta Hamilton 和 Sonny Mehta 一直以来的明智建议和热忱。也感谢米兰的 Joy Terekiev 和 Cristiana Moroni of Mondadori，在他们的帮助下，我参观了梵蒂冈。还要感谢我的德语翻译 Wolfgang Müller，他用慧眼帮我找出了错误。

最后，我要向我的家人献上爱意和感激。他们是我的孩子 Holly、Charlie（这本书也是献给他的）、Matilda 和 Sam，还有我的妻子 Gill。一如既往，她是我的首位读者。对她永远忠诚。

图书在版编目(CIP)数据

秘密会议 /（英）罗伯特·哈里斯著；汪潇译. --
北京：社会科学文献出版社，2020. 1
　书名原文：Conclave
　ISBN 978-7-5201-5665-3

　Ⅰ. ①秘…　Ⅱ. ①罗…　②汪…　Ⅲ. ①长篇小说-英
国-现代　Ⅳ. ①I561.45

中国版本图书馆CIP数据核字（2019）第222496号

秘密会议
CONCLAVE
_____

著　　者 /〔英〕罗伯特·哈里斯（Robert Harris）
译　　者 / 汪　潇

出 版 人 / 谢寿光
组稿编辑 / 董风云　张金勇
责任编辑 / 廖涵缤

出　　版 / 社会科学文献出版社·甲骨文工作室（分社）（010）59366527
　　　　　　地址：北京市北三环中路甲29号院华龙大厦　邮编：100029
　　　　　　网址：www.ssap.com.cn
发　　行 / 市场营销中心（010）59367081　59367083
印　　装 / 北京盛通印刷股份有限公司

规　　格 / 开　本：880mm×1230mm 1/32
　　　　　　印　张：8.25　字　数：189千字
版　　次 / 2020年1月第1版　2020年1月第1次印刷
书　　号 / ISBN 978-7-5201-5665-3
著作权合同
登 记 号 / 图字01-2017-9453号
定　　价 / 48.00元
_____

本书如有印装质量问题，请与读者服务中心（010-59367028）联系

▲▲ 版权所有　翻印必究